जयप्रकाश :
परिवर्तन की वैचारिकी

जयप्रकाश :
परिवर्तन की वैचारिकी

शिवदयाल

प्रलेक प्रकाशन

प्रलेक प्रकाशन

PRALEK PRAKASHAN

(an Imprint of "PRALEK PUBLISHING HOUSE PVT. LTD.")

मुख्य कार्यालय : 702, जे-50, ग्लोबल सिटी, विरार (वेस्ट), मुम्बई, महाराष्ट्र-401303

दिल्ली एनसीआर कार्यालय : 03/सी, ज्ञान खण्ड-4 इंदिरापुरम गाजियाबाद, उ.प्र.-201014

बनारस कार्यालय : 02, उर्मिल प्रेम सदन, नासिरपुर, वाराणसी, उ.प्र.-221005

E.mail : pralek.prakashan@gmail.com

Website : www.pralekprakashan.com

दूरभाष : +91 7021263557

जयप्रकाश : परिवर्तन की वैचारिकी : शिवदयाल

Jaiprakash : Parivartan Ki Vaichariki
by Shivdayal

ISBN : 978-93-5869-64-00

प्रथम पेपरबैक संस्करण : 2025

मूल्य : 299/-

मुद्रक : रेप्रो इंडिया लिमिटेड

आवरण एवं पुस्तक सज्जा : प्रलेक स्टूडियो

(प्रलेक प्रकाशन का लोगो मिक्की पटेल की तूलिका से।)

समर्पण

भारतीय समाजवाद के साधक योद्धा
चिंतक और नेता
आज की दुनिया में समाजवाद को प्रयोज्य बनाने के लिए
सिद्धांत और कर्म के स्तर पर निरंतर सक्रिय
आदरणीय रघु ठाकुर को...

अनुक्रम

प्रस्तावना

लोकनायक जयप्रकाश नारायण जो जेपी के नाम से अधिक आत्मीयता से पुकारे और याद किए जाते हैं, के चिंतन और कर्म में कोई अंतर नहीं है। जितने बड़े वे चिंतक और विचारक हैं, उतने ही बड़े या कि शायद उससे भी बड़े नेता और संगठक हैं। अपने चिंतन को उन्होंने कर्म की कसौटी पर कसा है इसीलिए वे कभी विचारधारा के बंदी नहीं हुए। स्वयं अपने ही विचारों को वे मांजते और उनका परिष्कार करते रहे हैं। उनकी विचारधारा जरूर मार्क्सवाद से आरंभ हुई थी और उसी की प्रथम दीक्षा उन्होंने ली किंतु स्वातंत्र्यचेता जेपी मानव मुक्ति के अपने स्वप्न को साकार करने के लिए विचारों की सतत यात्रा में संलग्न रहे। उनकी विचार यात्रा के अनेक पड़ाव हैं, यथा– मार्क्सवाद, समाजवाद, लोकतांत्रिक समाजवाद, सर्वोदय और संपूर्ण क्रांति। सबसे महत्वपूर्ण बात यह कि यह विचार यात्रा संवेदना का आरोहण भी है। यह बात सुनकर चकित हुआ जा सकता है लेकिन आज यह बात अधिक भरोसे के साथ कही जा सकती है कि क्रांतिशोधक जयप्रकाश के लिए संवेदना का स्थान विचारों के ऊपर था। उन्होंने राजनीति में नैतिकता के जो मानक बनाए, राजनीति को उन्होंने जो मानव मात्र के दु:खों और कष्टभोगों से मुक्त करने का, उनसे पार पाने का माध्यम बनाया, उसके लिए संवेदनापूरित तरल पारदर्शी मन और अंत:करण चाहिए। इसीलिए कहा जा सकता है कि संवेदना ही उनकी विचार यात्रा का पाथेय रही।

एक संवेदनापूर्ण हृदय के अलावा जेपी के व्यक्तित्व के कुछ और विरल गुण हैं जो एक ही व्यक्ति में शायद ही कभी पाए गए हों। पहले तो सत्यशोधन की प्रबल वृत्ति जिसके चलते वे वैचारिक दुराग्रहों से दूर रहे और नए रास्ते पर चलने में कोई संकोच नहीं किया। भारत में जितने भी राजनीतिक विचार आए, उन्होंने लगभग सबको भारत की सामाजिक-आर्थिक-राजनीतिक वास्तविकताओं

की कसौटी पर परखा। साहस और वीरता उनका एक और विरल गुण है जिसके चलते वे अल्पायु में ही देश भर में अत्यंत लोकप्रिय हुए। उनके पूरे व्यक्तित्व में सौम्यता और ऋजुता के साथ ही एक वीरोचित गरिमा है। जोखिम उठाने का साहस और कष्ट सहन की उनकी क्षमता अद्वितीय है। केवल बीस वर्ष की उम्र में वह अकेले अमेरिका गए और अत्यंत कठिन परिस्थितियों में बहुत संघर्ष करके सात वर्षों में अपनी पढ़ाई पूरी की। कांग्रेस के अंदर भारी विरोध के बावजूद उन्होंने कांग्रेस की नीतियों में समाजवादी रुझान लाने के लिए कांग्रेस समाजवादी पार्टी का गठन किया। जब तक कांग्रेस में रहे और जब तक गांधी जी जीवित रहे उन्होंने नीतियों के आधार पर हमेशा गांधी जी की कटु आलोचना की और इसके परिणामों की परवाह नहीं की। इस कारण वह कांग्रेस के शीर्ष नेतृत्व के कोपभाजन भी बने रहे। नेहरू जी की वैचारिक निकटता के बावजूद उनके विरोध से भी पीछे नहीं हटे। सविनय अवज्ञा आंदोलन के दौरान जब सभी बड़े नेता गिरफ्तार हो गए तो जयप्रकाश ने इस समय देश भर में कांग्रेस कार्यकर्ताओं का एक नेटवर्क तैयार करके आंदोलन को जीवित रखा लेकिन अंततः 1932 में गिरफ्तार करके नासिक जेल भेजे गए। 1940 में वे युद्ध विरोधी भाषण के कारण गिरफ्तार करके देवली कैंप जेल भेजे गए वहाँ कैदियों की बदहाली के खिलाफ उन्होंने इकतीस दिनों का अनशन किया। पुनः एक और अवसर पर अपना वचन न निभा सकने के करण पश्चाताप व आत्मशुद्धि के लिए 1952 में उन्होंने इक्कीस दिनों का उपवास किया। इसी दौरान मार्क्सवाद से हमेशा के लिए उनका नाता टूट गया, क्योंकि मनुष्य अच्छे काम क्यों करें, इसके लिए उस विचारधारा में कोई प्रेरणा नहीं थी। चालीस वर्ष की उम्र में हजारीबाग सेंट्रल जेल की सत्रहफीट ऊंची दीवार लांघकर भूमिगत आंदोलन को संगठित किया। वे 'करो या मरो' आंदोलन की बुझती लौ को प्रज्ज्वलित करके राष्ट्रीय नायक बन गए। उन्होंने भारत छोड़ो आंदोलन को एक क्रांतिकारी आयाम दे दिया किंतु 1943 में उन्हें अमृतसर के पास ट्रेन से गिरफ्तार करके लाहौर जेल में रखा गया और यंत्रणाएँ दी गईं। जयप्रकाश ने इस बारे में कभी कुछ नहीं कहा। देश की स्वतंत्रता के लिए त्याग और कष्ट सहन का यह अनुपम उदाहरण है। दादा धर्माधिकारी ने जयप्रकाश को वीरात्मा कहा है और यह माना है कि देश जयप्रकाश को उनकी वीरता के लिए ही अधिक मानता और पूजता है। जब वे दलीय राजनीति से अलग हो गए तब भी समय-समय पर उन मुद्दों पर खुलकर अपनी बात रखी जो देश के लिए और जनता के लिए ज्वलंत और महत्वपूर्ण थे। उन्हें कुछ मौकों पर गद्दार भी

कहा गया लेकिन वह इससे विचलित नहीं हुए। उन्होंने अनेक मौकों पर, नेहरूजी के राज से लेकर इंदिरा गांधी के राज तक, सरकार के साथ सहयोग भी किया, लेकिन जब देश में अधिनायकवादी प्रवृत्ति बढ़ने लगी और लोकतंत्र पर खतरा मंडराने आने लगा तब बहत्तर वर्ष की आयु में उन्होंने देश में संपूर्ण क्रांति के लिए लोक शक्ति का आह्वान किया। इसके बाद 26 जून 1975 को आपातकाल लगाया गया और स्वतंत्र भारत में स्वतंत्रता सेनानी, सन् बयालीस के हीरो जयप्रकाश को बंदी बना लिया गया।

वीरता के साथ त्याग का संगम दुर्लभ है। जयप्रकाश में जीवन भर राजनीति करने के बाद भी राजसत्ता के लिए लेश मात्र भी मोहासक्ति नहीं थी। उन्होंने कभी किसी भी पद के लिए चुनाव नहीं लड़ा। उन्हें नेहरू का स्वाभाविक उत्तराधिकारी माना जाता था। उनके पास राष्ट्रपति पद के लिए उम्मीदवार बनने का भी प्रस्ताव आया। लेकिन सत्ता उनको अभीष्ट नहीं थी। वे अनासक्त, महात्यागी राजनेता थे– निजी जीवन में भी और सार्वजनिक जीवन में भी। सचमुच यह ईश को समर्पित जीवन था जिसकी उपासना उन्होंने लोक शक्ति के रूप की थी– जनता ही जनार्दन!

कुछ बातों की चर्चा करना यहाँ जरूरी है। 1934 से लेकर 1954 तक जेपी जिस समाजवादी धारा का नेतृत्व करते रहे वह स्वतंत्रता आंदोलन की उग्र व क्रांतिकारी धाराओं तथा नेताजी सुभाष चंद्र बोस की आजाद हिंद फौज के बाद सबसे अधिक कष्ट सहने वाली और त्याग करने वाली धारा थी। स्वतंत्रता पश्चात भी उसकी ताब कम नहीं हुई। इस बात को ऐसे समझा जा सकता है कि 1947 से लेकर 1967 के बीच डॉक्टर राम मनोहर लोहिया बारह बार जेल गए। दूसरी ओर सत्ता की राजनीति से 1954 में ही दूर हो चुके जयप्रकाश को आपातकाल लगाकर बंदी बनाया गया। आपातकाल में भी निर्दलीय युवाओं के साथ समाजवादी जनों ने भारी कष्ट झेले। आज भी इस धारा के लोग बचे हुए हैं जिन्होंने सत्ता के लिए सिद्धांतों से समझौते नहीं किए और जन संगठन के काम में अब भी लगे हुए हैं। आज के तथाकथित समाजवादियों का आचार-व्यवहार देखकर उस यशस्वी धारा के त्याग-तप को अनदेखा करना एक तरह से पाप होगा। 1942 में जेल से निकल भागकर भूमिगत आंदोलन का संचालन करने वाले जयप्रकाश ने, कहते हैं, नेताजी से संपर्क साधने का प्रयास किया था लेकिन सफलता नहीं मिली। अगर यह संपर्क संभव हुआ होता तो पता नहीं देश किस दिशा में बढ़ता।

तो यही समाजवादी धारा कांग्रेस का सबसे सशक्त विपक्ष थी– संसद के

अंदर और बाहर भी। 1967 में डॉक्टर लोहिया के आकस्मिक निधन के बाद यह धारा कमजोर पड़ गई। तब जयप्रकाश जो सत्ता की राजनीति से बाहर होने पर भी राजनीति से बाहर नहीं हुए थे और सरकार की नीतियों की समय-समय पर आलोचना करते रहते थे, अब एक तरह से 'एक व्यक्ति का विपक्ष' की भूमिका में आ गए। इस भूमिका का निर्वाह इन्होंने जीवन पर्यंत किया– डायलिसिस मशीन पर रहते अपनी ही रचना जनता पार्टी की भी आलोचना की।

जेपी ने अंग्रेजों की पहल या निर्देश पर संविधान सभा के गठन का विरोध किया था। आज के संविधान-संविधान रटने वालों को जानकर पता नहीं कैसा लगे कि उन्होंने नेहरू जी को 1953 में कहा था कि उन्होंने यह संविधान स्वीकार कैसे कर लिया। 15 अगस्त 1947 को वे लाल किले नहीं गए क्योंकि उनकी दृष्टि में आजाद होने, स्वाधीन होने जैसी कोई उत्तेजना ही नहीं थी। यह मात्र सत्ता का हस्तांतरण था, 'ट्रांसफर ऑफ पावर' जिसे कांग्रेस ने स्वीकार कर लिया था। इसी प्रकार अखिल भारतीय कांग्रेस कमेटी के जून 1946 के भारत विभाजन प्रस्ताव का डॉक्टर लोहिया के साथ उन्होंने विरोध किया था। 1952 के चुनाव में सोशलिस्ट पार्टी की हार हुई जिसकी जिम्मेदारी उन्होंने स्वीकार की। बाद में संसदीय लोकतंत्र से उनका मोहभंग होता गया जो उनकी दृष्टि में भारत की अपनी शासन प्रणाली नहीं थी। इसमें जनता की सीधी भागीदारी नहीं थी। यह प्रातिनिधिक लोकतंत्र था जिसमें जनता की हैसियत लोकतंत्र के संचालक होने की नहीं बल्कि मात्र वोटर होने की थी और उस अधिकार की भी वंचना की जाती थी। वे लोकतंत्र को अनिवार्य रूप से एक नैतिक व्यवस्था मानते थे। संसदीय लोकतंत्र में जनता की सामूहिक शक्ति बंट जाती है, वोट की राजनीति के दबावों में नैतिकता का आग्रह कमजोर पड़ जाता है, ऐसा उनका विचार था। वह हर प्रकार की सत्ता का विकेंद्रीकरण चाहते थे। इसी माध्यम से व्यवस्था में आम जनता की वास्तविक भागीदारी संभव हो सकती थी। भारत के लिए नयी राज्य व्यवस्था की उन्होंने कल्पना की जिसमें सत्ता का पिरामिड उल्टा करके यानी नीचे से ऊपर करके लोक स्वराज्य स्थापित किया जा सकता है। ऐसी व्यवस्था में जनता के पास ही वास्तविक शक्ति होगी। इसी प्रकार उन्होंने संसदीय लोकतंत्र के स्थान पर सामुदायिक लोकतंत्र का विचार दिया जो समुदाय आधारित शासन तंत्र और समुदाय आधारित विकेंद्रित अर्थव्यवस्था पर आधारित होता। यह व्यवस्था भारत की हजारों वर्षों में विकसित अपनी शासन प्रणाली होती जिसमें वास्तविक एवं प्रत्यक्ष लोकतंत्र संभव हो सकता था, जिसमें असल स्वराज की प्राप्ति हो

सकती थी। यह ऐसी व्यवस्था होती जिसमें अधिकतम लोग अपना अधिकतम शासन कर सकते प्रेम, करुणा, शांति और सहकार के जीवन मूल्यों से संपृक्त होकर।

गांधीजी ने ब्रिटिश संसद को लोकतंत्र की माता माना, लेकिन उसे बाँझ और वेश्या भी कहा जिसे कुछ मंत्री चलाते हैं जो बदलते रहते हैं। यानी उसका अत्यंत तीखा विरोध किया। भारत के संदर्भ में वे उसे अनुपयुक्त प्रणाली मानते थे। उनका कहना था कि प्रातिनिधिक संसदीय लोकतंत्र में 51 प्रतिशत लोग 49 प्रतिशत लोगों के लोकतांत्रिक अधिकारों का हरण कर सकते हैं। जयप्रकाश को जब संसदीय प्रणाली से विरक्ति हुई तो उन्होंने उसके लिए वैकल्पिक शासन का, वैकल्पिक राजव्यवस्था का एक चित्र भी सामने प्रस्तुत किया, यानी उसका व्यवहार्य हल लोगों के सामने रखा। यह वास्तव में स्वराज को लक्षित विऔपनिवेशिकीकरण की ओर बढ़ा एक कदम था।

जिस संसदीय लोकतंत्र को विविधता वाले बहुलतावादी भारतीय समाज की एकता और राष्ट्रीय अखंडता के लिए अपरिहार्य माना गया था, आज सतहत्तर वर्षों बाद वह 'बूमरैंग' कर रहा है, यानी अपने उद्देश्यों के विपरीत जा रहा है, बिल्कुल विपरीत। वोट की राजनीति इतनी गिर चुकी है कि आज राष्ट्रीय एकता और अखंडता को ही चुनौती प्रस्तुत हो रही है। राष्ट्र की भावात्मक एकता ही टूट रही है। लोकतंत्र का जो भी विद्रूप रचा जा सकता है रचा जा रहा है। राज्य की शक्ति अपरिमित है, सत्ता का केंद्रीकरण अपनी महत्तम सीमा को छू रहा है। दल एक-दूसरे के शत्रु बन गए हैं। लोकतांत्रिक मर्यादा पिछले जन्म की बात हो गई है।

यह बीमारी अब पंचायती राज संस्थाओं तक पहुँच गई है। आज जेपी की भविष्यवाणी सही उतर रही है जो उन्होंने दलीय राजनीति के बारे में की थी कि यह राजनीति अभी और गिरेगी, टूटेगी-फूटेगी, फिर इसके मलबे से एक नई राजनीति निकलेगी, वह जनता की अपनी राजनीति होगी, दलीय राजनीति नहीं। वह लोकनीति होगी। कैसी विडंबना है कि भारत में संपन्नता आने और इसके एक आर्थिक शक्ति बनने के बाद भी अमीर और गरीब के बीच की, साधनसंपन्न और साधनहीन के बीच की खाई चौड़ी होती जा रही है, समाज का वर्गीय आधार अधिक स्पष्ट दिखाई दे रहा है, विभिन्न सामाजिक समूह एक-दूसरे से मिल रहे हैं, अंतर्जातीय विवाह पहले से बहुत अधिक हो रहे हैं, एक ऊर्ध्व गतिशीलता दिखाई दे रही है, वहीं राजनीति समाज को जातिग्रस्त बना रही है। सामाजिक न्याय और भागीदारी के नाम पर विघटनकारी जातीय

बहुसंख्यावाद को लोकतांत्रिक राजनीति का नियामक बनाया जा रहा है। जो दल कल तक भारतीय समाज के अंतरजातीयता पर आधारित वर्गीय आधार को विस्तृत करने पर जोर देते रहे, वह भी आज जातीय जनगणना की जोर-शोर से मांग कर रहे हैं। सभी किस्म की समाजवादी पार्टियों के साथ कम्युनिस्ट पार्टियाँ इसमें शामिल हो गई हैं। दूसरी ओर जो जाति को गौण मानकर हिंदू समाज के एकत्व का दावा करते रहे– उनकी भारतीय जनता पार्टी की सरकार इस दबाव में आ गई और जातीय जनगणना करने का निर्णय ले चुकी।

जेपी की लोकशक्ति वोट देनेवाली जातियों में बिखर चुकी है, भारतीय लोकतंत्र का जातियों के लोकतंत्र और भारतीय नागरिकता का जातीय नागरिकताओं में संकुचन हो रहा है। यह स्थिति, जेपी के समुदायवादी लोकतंत्र की तो बात बहुत दूर की है, लोहिया जी के (जाति से) 'जमात की राजनीति' के भी करीब नहीं है। संदेह, संशय और अविश्वास के बादलों ने भारत के राजनीतिक क्षितिज को ढक लिया है। लोकतंत्र में जिनकी भी आस्था है उनके लिए यह चिंता का विषय है।

इसमें भी संदेह नहीं कि आज लोकतांत्रिक देशों में भी आतंकवाद तथा अन्य प्रकार की आंतरिक एवं बाह्य हिंसाओं के कारण राज्यवाद और सैन्यवाद और मजबूत हुआ है। हथियारों की होड़ और उनके व्यापार का लगातार विस्तार हो रहा है। उसी अनुपात में हिंसा भी बहुत बढ़ गई है, दुनिया के मानचित्र पर युद्धग्रस्त भूमि का क्षेत्रफल बढ़ रहा है। संयुक्त राष्ट्र आज एक निष्प्रभावी संस्था बनकर रह गई है। एक आम नागरिक के विश्व नागरिक बनने की स्थितियाँ और संभावनाएँ धूमिल होती जा रही हैं। मात्र सुविधा-भोग के लिए धरती के संसाधनों का इतनी तीव्र गति से दोहन हो रहा है कि आगामी पीढ़ियों के लिए अस्तित्व का संकट खड़ा हो रहा है। स्थिति ऐसी है कि शक्तिशाली देश कमजोर देशों के संसाधनों को लोलुप दृष्टि से देख रहे हैं। विकास का दबाव एक ओर गरीब देशों पर है तो दूसरी ओर अमीर देश अपने वर्तमान जीवन-स्तर को किसी भी कीमत पर बनाए रखना चाहते हैं और इसके लिए कुछ भी करने को तैयार हैं। विश्वव्यापी बाजारवाद इन्हीं स्थितियों में फल-फूल रहा है। लगभग संपूर्ण विश्व समुदाय, विशेषकर लोकतांत्रिक सरकारें 'उदारवाद बनाम राष्ट्रवाद' के द्वैध में उलझी हुई हैं।

तो विनाश की ओर बढ़ता मानवता का यह कारवां कैसे रुके और कैसे नव-पथ का संधान हो, जयप्रकाश के विचार इस विषय में हमें आलोकित करते हैं, हमारा दृष्टि-विस्तार करते हैं। मनुष्य जीवन का नैतिक आधार कैसे

उन्नत हो, यह मौलिक चुनौती है। नैतिकता हमें अपने से बाहर देखना सिखाती है– आज जो विश्व व्यवस्था है, वह हमें स्वार्थी और आत्मकेंद्रित होने को विवश कर रही है, उसका मानो जीवन के मूलभूत मूल्यों से कोई वास्ता नहीं रह गया है। एक नई समतामूलक न्यायपूर्ण विश्व व्यवस्था के निर्माण में वह पूरब की महत्वपूर्ण भूमिका देखते थे।

जयप्रकाश, उनकी राजनीति तथा उनकी वैचारिकी पर मैं समय-समय पर लिखता और बोलता रहा हूँ। इस बीच मैंने पाया कि दस चुने हुए आलेखों, प्रस्तावनाओं एवं भाषणों की एक पुस्तक तैयार हो गई है। भारतीय उच्च अध्ययन संस्थान, शिमला के एक आयोजन अर्थायाम में मैं 'जयप्रकाश का अर्थ चिंतन और परिवर्तन की वैचारिकी' विषय पर विस्तार में बोला था। इस भाषण में दरअसल शुरुआत से लेकर अंत तक जेपी के आर्थिक चिंतन की जो यात्रा रही, उसका एक लेखा-जोखा मैंने वर्तमान परिस्थितियों के आलोक में प्रस्तुत किया था। इसी प्रकार अंबेडकर केंद्रीय विश्वविद्यालय, लखनऊ में मैंने 'जेपी, डेमोक्रेसी एंड रिवॉल्यूशन' विषय पर एक पत्र प्रस्तुत किया था। पुनः जयप्रकाश विश्वविद्यालय छपरा में जेपी जयंती पर मैंने राष्ट्र को उनके योगदान पर व्याख्यान दिया था। इसके पूर्व जेपी जन्मशती के अवसर पर 'सर्वोदय से संपूर्ण क्रांति' शीर्षक से छपी स्मारिका में मैंने 'संपूर्ण क्रांति का प्रस्थान बिंदु' लेख लिखा था, साथ ही उसके संपादक मंडल में भी शामिल था। कुछ लेख मैंने जनसत्ता, संवेद, सबलोग आदि पत्र-पत्रिकाओं में लिखे। पिछले वर्ष 2024 में जेपी आंदोलन की अर्द्ध शती पर मेरी पुस्तक 'जेपी आंदोलन और भारतीय लोकतंत्र' (सं) प्रलेक प्रकाशन से प्रकाशित हुई। साथ ही जेपी के चुने हुए लेखों, पुस्तक-अंशों, भाषणों, पत्रों का संचयन सेतु प्रकाशन के ज्ञान शृंखला के अंतर्गत प्रकाशित हुआ– 'जयप्रकाश नारायण' (सं)। वर्ष 2017 में अनन्य प्रकाशन से प्रकाशित मेरा उपन्यास 'एक और दुनिया होती' जेपी आंदोलन की परिवर्तनकामी धारा पर केंद्रित है जिसका रेखा देशपांडे ने मराठी में 'केला होता अट्टाहास' नाम से अनुवाद किया जो साधना प्रकाशन, पुणे से प्रकाशित हुआ।

इसी कड़ी में यह पुस्तक जयप्रकाश नारायण में और उनके काम और योगदान में रुचि रखने वालों के लिए उपयोगी सिद्ध हो सकती है। कुछ आलेखों को नए संदर्भों और परिस्थितियों में संपादित और परिवर्तित भी किया गया है। जयप्रकाश का व्यक्तित्व इतना विराट है और उनका भारत की राजनीति को और समाज को योगदान इतना महती है कि इन दस आलेखों में उसकी एक झलक भर ही देखी जा सकती है, लेकिन आज की पीढ़ी को यदि वह भी

सुलभ हो जाए तो मुझे लगता है उनका कंटकाकीर्ण मार्ग कुछ सुगम हो जाएगा, जैसा कि जयप्रकाश जी ने अपनी प्रसिद्ध कविता में लिखा है– *'..और यह विफल जीवन /शत-शत धन्य होगा /यदि समानधर्मा युवा तरुणों का/ कंटकाकीर्ण मार्ग/यह कुछ सुगम बना जावे..।'*

पुस्तक में एक परिशिष्ट लगाया गया है– 'बिहार वासियों के नाम चिट्ठी'। यह एक महत्वपूर्ण दस्तावेज है जो जयप्रकाश जी ने आपातकाल में बिहार और देश की जनता के नाम लिखा था और जो गुप्त रूप से जनता के बीच वितरित किया गया था। जीवन के अंतिम चरण में किन परिस्थितियों में वे देशव्यापी जनांदोलन का नेतृत्व कर रहे थे, यह चिट्ठी इसकी गवाही देती है। संयोग से यह आपातकाल का अर्द्धशती वर्ष है। इसमें कोई संदेह नहीं कि इस बीच समाज और राजनीति की धारा कहीं अधिक समावेशी हुई है लेकिन उसी अनुपात में लोकतांत्रिक व्यवस्था में धर्म, जाति, अस्मिता और वंश का आग्रह ही नहीं, धन का प्रभाव भी बढ़ता गया है। दमन की प्रवृत्ति भी बढ़ी है। देश ने इस बीच भयानक हिंसा को भी देखा और भोगा है, जिनमें धन-जन की बड़ी क्षति हुई ही, जाति विनाश और बेदखली की अकल्पनीय घटनाएँ भी घटीं। आज ठहर कर सोचने की घड़ी है कि आखिर हम ऐसा समाज कब बना पाएँगे जिसमें व्यक्ति समुदाय तथा समुदाय व्यक्ति के हितों के प्रति समर्पित हो, कब हम संसदीय लोकतंत्र के आगे, अस्मितावादी राजनीति के आगे समुदायवादी राजनीति की ओर एक कदम बढ़ा पाएँगे। आज सचमुच जयप्रकाश को याद करने का समय है।

मैं उन सभी संस्थाओं एवं पत्र-पत्रिकाओं के संपादकों को धन्यवाद देता हूँ जिन्होंने मुझे इस विषय पर बोलने और लिखने का अवसर दिया। पांडुलिपि तैयार करने और तत्संबंधी सुझावों के लिए पत्नी आभा हमेशा उपलब्ध रहीं। उनको धन्यवाद क्या दूँ!

कुछ लेखों के अंग्रेजी से हिंदी अनुवाद के लिए मित्रवर सीताराम शरण एवं श्री रवींद्रनाथ सिन्हा का आभारी हूँ।

अंत में प्रलेक प्रकाशन और उसके निदेशक श्री जितेन्द्र पात्रो को हार्दिक धन्यवाद और शुभकामनाएँ देता हूँ जिन्होंने कम समय में पूरी तत्परता से पुस्तक का प्रकाशन किया, वह भी सुरुचि और सौंदर्य बोध के साथ।

पटना, 10 जून 2025. **शिवदयाल**

जयप्रकाश का अर्थचिंतन और परिवर्तन की वैचारिकी

जयप्रकाश जी गाँधीजी के बाद एकमात्र सत्ता-विरक्त जननेता हुए जिन्हें नियति ने दो बार देश का नेतृत्व करने का अवसर दिया। पहली बार अविभाजित भारत में सन् 1942 की क्रांति के दौरान जबकि उन्होंने हजारीबाग जेल की अलंघ्य मानी जाने वाली ऊँची दीवार को लाँघकर 'भारत छोड़ो' और 'करेंगे या मरंगे' आंदोलन की बुझती लौ को पुनः प्रज्ज्वलित किया था। और दूसरी बार 1974 में जब उन्होंने गुजरात और बिहार के छात्रों-नौजवानों की महँगाई, भ्रष्टाचार, कुशिक्षा और बेरोजगारी के खिलाफ प्रकट तौर पर तथा परोक्ष रूप में स्वतंत्रता और स्वराज के मूल्यों से विचलन, सार्वजनिक जीवन में नैतिकता के ह्रास तथा आसन्न सर्वसत्तावाद के खिलाफ 'सम्पूर्ण क्रांति' का उद्घोष किया था।

जयप्रकाश नारायण जो छात्र जीवन से ही जेपी नाम से विख्यात हुए, एक प्रयोगधर्मी, सौम्य क्रांतिकारी रहे जो समाज में ऐसे मौलिक, समग्र परिवर्तन के लिए आजीवन प्रयत्नशील रहे जिसमें मानवीय गुणों से परिपूर्ण, सुबुद्ध, नैतिक मनुष्यों के समाज का निर्माण हो। वे ऐसे समाज की स्थापना के लिए अपने चिंतन और स्थापनाओं में लगातार संशोधन-परिवर्द्धन करते रहे, लेकिन अपने मूल लक्ष्य से कभी नहीं हटे। वे बनी-बनाई वैचारिकी को बलपूर्वक लागू करने के स्थान पर परिस्थितियों एवं आमजन की जरूरतों और प्राथमिकताओं के अनुसार उसे प्रयोज्य और स्वीकार्य बनाने के लिए हरचंद कोशिश करते रहे। उनकी विचारयात्रा अनेक लोगों को हैरान करती है; अनेक लोग उनके जीवन को 'खोए हुए अवसरों की कहानी' कहते हैं क्योंकि नेहरूजी के बाद वे देश के सबसे लोकप्रिय और मान्य नेता थे और इसलिए प्रधानमंत्री पद के सबसे सशक्त दावेदार भी, लेकिन उन्होंने अलग ही रास्ता चुना, जैसा कि आपातकाल में नजरबंदी के दौरान उन्होंने अपनी प्रसिद्ध कविता में कहा है–

"मुझ क्रांतिशोधक को

कुछ अन्य पथ ही मान्य थे, उद्दिष्ट थे
पथ त्याग के, सेवा के, निर्माण के
पथ सम्पूर्ण क्रांति के ....",

वास्तव में जेपी की विचारयात्रा में बीसवीं सदी की प्रमुख राजनीतिक-आर्थिक विचार-सरणियों से गाढ़ा परिचय प्राप्त हो जाता है। आप औपनिवेशिक तथा उत्तर-औपनिवेशिक भारतीय राजनीतिक चिंतन एवं उनके संघर्षशील कार्यान्वितियों एवं उद्यमों तथा जन-पहलों का विश्वस्त एवं प्रामाणिक विवरण प्राप्त कर सकते हैं। स्कूल के दिनों में स्वदेशी आंदोलन के क्रांतिकारी युवाओं की ओर आकर्षित जयप्रकाश ने असहयोग आंदोलन में पढ़ाई छोड़ दी। उन्हें मैट्रिक की परीक्षा में छात्रवृत्ति भी मिली थी। उन्होंने उस दौरान राष्ट्रवादियों द्वारा खोले गए तीन विद्यापीठों में से एक बिहार विद्यापीठ में नामांकन लिया। फिर आगे की पढ़ाई किसी ब्रिटिश संस्था में न करने के संकल्प के कारण उच्च शिक्षा के लिए 1922 में अमेरिका चले गए। वहाँ उन्होंने विस्कोन्सिन, ओहियो, आयोवा विश्वविद्यालयों में पढ़ाई की। उन्होंने समाजशास्त्र में एम.ए. किया। यहाँ वे मार्क्सवादियों के सम्पर्क में आए। उन्होंने मार्क्सवाद का गहन अध्ययन किया, इस हद तक कि1940 में गाँधीजी को कहना पड़ा– जयप्रकाश मार्क्सवाद के बारे में जो नहीं जानते उसे भारत में दूसरा कोई नहीं जानता।

1929 में मार्क्सवादी जयप्रकाश भारत लौटे। वे गाँधीजी से मिले और काँग्रेस से जुड़े। जवाहरलाल उनसे प्रभावित हुए जो उस समय काँग्रेस के अध्यक्ष थे। उन्होंने जयप्रकाश को काँग्रेस के लेबर सेल का सचिव बना दिया। नेहरूजी के साथ उनका आत्मीय रिश्ता बना जो राजनीतिक मतभेदों के बावजूद कायम रहा। इस रिश्ते के चलते जयप्रकाशजी को कई बार अपने ही साथियों के लांछन सहने पड़े। 1932 में सविनय अवज्ञा आंदोलन के दौरान जब प्रमुख नेता गिरफ्तार हो गए तो उन्होंने कार्यकारी महासचिव के रूप में देश भर में पहली बार एक भूमिगत नेटवर्क खड़ा कर लिया और आंदोलन को जारी रखा लेकिन वे स्वयं भी गिरफ्तार कर नासिक जेल भेज दिए गए। यहाँ उनकी मुलाकात मीनू मसानी, एन.जी. गोरे, आचार्य नरेन्द्र देव, राम मनोहर लोहिया, अच्युत पटवर्द्धन, यूसुफ मेहर अली, अशोक मेहता आदि नेताओ से हुई। 1934 में इन्हीं समाजवादी रुझानों वाले सहमना साथियों के साथ मिलकर काँग्रेस के अंदर ही काँग्रेस सोशलिस्ट पार्टी बना ली और इसकी नीतियों और कार्यक्रमों को स्पष्ट किया। इस समूह को नेहरूजी का परोक्ष समर्थन प्राप्त था। यह काँग्रेस के अंदर ही एक सशक्त विपक्ष के रूप में बना रहा जबतक कि 1948

में सोशलिस्ट पार्टी के रूप में इसका काँग्रेस से अलग स्वतंत्र अस्तित्व नहीं बन गया।

1936 में जेपी ने प्रसिद्ध पुस्तक लिखी– Why Socialism (समाजवाद ही क्यों)। कहते हैं इस पुस्तक ने कितने ही लोगों को समाजवादी और कम्युनिस्ट बना दिया। ई.एम.एस. नम्बूबरीपाद उनमें से एक थे। वे पहले काँग्रेस सोशलिस्ट पार्टी में थे। 1936 से 1939 के बीच जेपी देश की समाजवादी शक्तियों के बीच एकता का निष्फल प्रयत्न करते रहे। 1939 में युद्ध के विरोध में सरकार को राजस्व रोकने का अभियान चलाया। टाटा स्टील में हड़ताल कराई। 1940 में युद्ध विरोधी भाषण देते वे जमशेदपुर में गिरफ्तार हुए और 9 माह की सजा काटी। 1941 में मुंबई में फिर पकड़े गए और राजस्थान की देवली कैम्प जेल में रखे गए। वहाँ कैदियों की दुर्दशा के खिलाफ 31 दिनों का उपवास किया। 1942 में हजारीबाग सेन्ट्रल जेल भेजे गए। भारत छोड़ो आंदोलन का भयंकर दमन हो रहा था और वे जेल में थे। देश के लिए कुछ कर गुजरने के लिए उन्होंने 8 नवम्बर 1942 को जेल की दुर्लंध्य दीवार फाँदकर फरार हो गए और देश भर में भूमिगत आंदोलन को संगठित किया, आजाद दस्ते बनाए और नेपाल से इनका संचालन किया। नेपाल में इनकी गिरफ्तारी हुई लेकिन इनके साथियों ने धावा बोलकर उन्हें छुड़ा लिया। 18 सितम्बर 1943 को चलती ट्रेन से गिरफ्तार हुए और जिला जेल लाहौर में शारीरिक उत्पीड़न और मानसिक यातना सही। उनको आगरा स्थानान्तरित कर दिया गया और वहीं से 11 अप्रैल 1946 को रिहा किए गए। 19 अप्रैल को पटना में नागरिक अभिनंदन किया गया। फरवरी 1947 में काँग्रेस सोशलिस्ट पार्टी में से काँग्रेस शब्द हटाया। जून 1947 में काँग्रेस कार्यसमिति में भारत विभाजन के प्रस्ताव का विरोध किया। 1947 में साम्प्रदायिक सद्‌भावना के प्रयास किए। 1947 में ही रेलवे, डाकतार, आर्डनेंस फैक्ट्री के कर्मचारियों के संघों के अध्यक्ष बने। भारत के श्रमसंघ आंदोलन में प्रमुख भूमिका।

1948 से 1952 के बीच का समय वैचारिक परिवर्तन का काल, आर्थिक चिंतन इसमें शामिल था। मार्क्सवाद और तत्कालीन समाजवादी तौर-तरीकों से मोहभंग। मार्क्स-लेनिन की क्रांतिकारी पद्धति के स्थान पर गाँधीजी के शुद्ध साध्य और साधन की ओर झुकाव। 1952 में केन्द्र सरकार के कर्मचारी संघ के साथ छल की जिम्मेदारी खुद पर लेकर 21 दिनों का उपवास किया और अच्छाई की प्रेरणा– Incentive to Goodness पर 'फ्रीडम फर्स्ट' में लेख लिखा। इस उपवास के बाद मार्क्सवाद को पूरी तरह त्याग दिया। विनोबा के

भूदान आंदोलन के प्रति आकर्षण। 1953 में नेहरू के मंत्रिमंडल में शामिल होने के प्रस्ताव के उत्तर में अपनी शर्तें रखीं– चौदह सूत्री कार्यक्रम राष्ट्र निर्माण के। 1953 में ही रंगून में एशियाई देशों की पहली समाजवादी परिषद में शामिल हुए। 1954 में बोधगया में सर्वोदय और भूदान आंदोलन को जीवनदान की घोषणा, 'भूदान यज्ञमूलक ग्रामोद्योग प्रधान अहिंसक समाज रचना' के लिए हमेशा के लिए दलीय राजनीति, सत्ता की राजनीति से अलग। 5 मई 1954 को गया के सोखोदवेरा में आश्रम की स्थापना। 1954 में ही 'अवार्ड'– स्वयंसेवी संगठन की स्थापना– भारत में स्वयंसेवी क्षेत्र की शुरुआत की। 1957 में प्रजा सोशलिस्ट पार्टी से विच्छेद।

1958 में इंग्लैण्ड और यूरोप की चार महीनों की विदेश यात्रा– लोकतांत्रिक समाजवादियों से भेंटवार्ताएँ। 1959 में तिब्बत समस्या पर अंतरराष्ट्रीय सम्मेलन का आयोजन। 1960 में विश्वशांति सेना के तीन सदस्यीय अध्यक्षमंडल में शामिल। 1961 में भारत पंचायत परिषद के अध्यक्ष। 1962 में भारत-पाकिस्तान मैत्री-मंडल की स्थापना। 1962 में भारत-चीन युद्ध में भारत की पराजय के पश्चात नेहरू का स्थान लेने के कुछ लोगों के प्रस्ताव को अमान्य किया। 1963 में 'कॉमनवेल्थ ऑफ वर्ल्ड सिटीजेन' के पाँच सदस्यीय मंडल में शामिल।

1964 में नगालैण्ड में पीस मिशन की स्थापना करके युद्ध-विराम के लिए अथक प्रयास। 1965 में फिलीफीन्स का रामन मैग्सेसे पुरस्कार। 1967 में राष्ट्रपति पद का चुनाव लड़ने का प्रस्ताव अस्वीकार किया। 1967-68 में बिहार रिलीफ कमिटी की स्थापना करके अकाल राहत का प्रशस्तिपूर्ण कार्य। 1968 में अमेरिका, रूस, यूरोप की 70 दिवसीय यात्रा। 1969 में गाँधी शताब्दी वर्ष में ऑस्ट्रेलिया में भाषण, बादशाह खान सम्मान समिति के अध्यक्ष। 1970 गंगोत्री यात्रा। 1970 में ही मुजफ्फरपुर के मुसहरी प्रखण्ड में दो सर्वोदय कार्यकर्त्ताओं को नक्सलियों द्वारा धमकी किए जाने को प्रत्युतर में मुसहरी में ही रहकर जमीनी कार्य करने और शांति स्थापित करने का निर्णय।

1971 में पूर्वी पाकिस्तान में बंगालियों के खिलाफ अत्याचार तथा भारत में शरणार्थी समस्या के प्रति विश्व लोकमत जगाने के लिए 47 दिनों की विश्व यात्रा। अप्रैल 1972 में चम्बल के पाँच सौ से अधिक बागियों ने जेपी के चरणों में बन्दूकें रख दीं। वे चम्बल घाटी शांति मिशन के अध्यक्ष बने। 15 अप्रैल 1973 में प्रभावती जी के निधन से शोकाकुल, लेकिन उसी वर्ष अंग्रेजी साप्ताहिक 'एवरीमैन्स' का प्रकाशन शुरू किया, अज्ञेय सम्पादक हुए। 1973

के दिसम्बर में ही 'यूथ फॉर डेमोक्रेसी' के माध्यम से युवकों का आह्वान किया। फरवरी 1974 में गुजरात में नवनिर्माण आंदोलन से परिवर्तन के नये युग का संकेत मिला।

भारतीय लोकतंत्र में नये चरण की शुरुआत। 18 मार्च को बिहार में छात्रों का आंदोलन चार सूत्री मांगों को लेकर– महँगाई, बेरोजगारी, भ्रष्टाचार और कुशिक्षा के विरोध में। हिंसा और सरकारी दमन। 8 अप्रैल को जेपी के नेतृत्व में शांति जुलूस। रेणु के नेतृत्व में बिहार के साहित्यकार और कलाकार शामिल। 12 अप्रैल के गया गोलीकांड में अनेक छात्रों की मृत्यु। विधानसभा भंग करने की माँग। 5 जून 1974 को लाखों हस्ताक्षरों वाला ज्ञापन राज्यपाल को सौंपा। उसी दिन ऐतिहासिक गाँधी मैदान में 'सम्पूर्ण क्रांति' का आह्वान। अगस्त 74– भ्रष्टाचार की समाप्ति के लिए नैतिक क्रांति का आवाह्न। 4 नवम्बर को एक जुलूस का नेतृत्व करते जेपी पर स्वतंत्र भारत में लाठियाँ चलीं। 18 नवम्बर 1974 को पटने में विशाल रैली में संघर्ष का फैसला चुनाव के मैदान में करने की इंदिरा गाँधी की चुनौती स्वीकार की। देशव्यापी दौरा। इलाहाबाद हाईकोर्ट का फैसला आया– इंदिरा जी के चुनाव को रद्द किया। प्रधानमंत्री पद से त्यागपत्र की माँग। 25 जून 1975 को दिल्ली के रामलीला मैदान में ऐतिहासिक रैली। 25-26 की रात्रि में देश में आंतरिक आपातकाल लागू। जेपी नजरबंद, चंडीगढ़ पीजीआई में एकांत कारावास। 5 नवम्बर 1975– दोनों गुर्दे खराब। मर्मांतक पीड़ा और कष्ट में गुजरते बंदी जीवन के दिन। एक माह के पैरोल पर रिहा। मुंबई के जसलोक अस्पताल में इलाज– हर तीसरे दिन डायलिसिस। दिसम्बर 75 में नजरबंदी वापस। रुग्णता और असह्य कष्ट के दिन। जनवरी 1977 में आम चुनावों की घोषणा। जेपी की गैर काँग्रेसी विपक्ष को एक करने की पहल– जनता पार्टी अस्तित्व में आई। मार्च 1977 में देश में पहली गैर-काँग्रेसी सरकार मोरारजी देसाई के नेतृत्व में। जनता पार्टी का आपसी कलह, बावजूद इसके कुछ अच्छे दूरगामी देशहित के फैसले लिए। आपातकाल सम्बन्धी प्रावधानों को अत्यंत दुरुह बनाया। हालांकि आर्थिक नीतियों में कोई बड़ा बदलाव नहीं दिखा। जनता पार्टी टूटी, चौधरी चरण सिंह काँग्रेस के समर्थन से प्रधानमंत्री बने। जेपी निराश और व्यथित– 'बाग उजड़ गया।'

1977-78 में युवाओं से व्यवस्था परिवर्तन के लिए गाँवों में जाने का आह्वान। उनके द्वारा संस्थापित सम्पूर्ण क्रांति के लिए पूर्णतया समर्पित एक अर्द्धसैनिक छात्र-युवा संगठन छात्र-युवा संघर्ष वाहिनी के युवाओं ने 8 अप्रैल 1978 को बोधगया मठ के हजारों एकड़ बेनामी जमीन की मुक्ति, भूदास प्रथा

की समाप्ति और भू-शोषण के अंत के लिए आंदोलन की शुरुआत की। वाहिनी के युवाओं ने दस हजार एकड़ जमीन को मुक्त कराने में सफलता पाई, पहली बार महिलाओं के नाम जमीन के पट्टे लिखे गए—जनमुक्ति के साथ स्त्री -मुक्ति का मुद्दा भी जोड़ा। बाद में गंगा नदी में जल जमीन्दारी, गंधमार्दन में पर्यावरण रक्षा और मजदूरों के शोषण के खिलाफ सफल आंदोलन चलाए। विकास की प्रक्रिया में विस्थापन से बेहाल, लाचार जन समुदाय को भी संगठित करने का अभियान चलाया, सरकार को कारगर विस्थापन नीति बनाने को विवश होना पड़ा। तो जमीनी आंदोलनों की अलग से मुहिम शुरु हुई लेकिन सफलता के पश्चात भी इनकी देशव्यापी कड़ी नहीं बन सकी। लेकिन इस परिवर्तनकामी धारा को जेपी आन्दोलन से उपजे सत्तावादी नेताओं की धारा से अलग करके पहचानने की जरूरत है।

11 अक्तूबर 1979 को जब उनका निधन हुआ तब अनेक लोगों के लिए भले ही सम्पूर्ण क्रांति अपूर्ण या असफल रह गई हो लेकिन जेपी तब तक लोकतंत्र को देश में वापस ला चुके थे, साठ करोड़ जनता सर्वसत्तावाद के दलदल से बाहर निकल चुकी थी और आगे भविष्य में इसकी सम्भावना को भी निर्मूल किया जा चुका था। इसलिए इसे दूसरी आजादी कहा गया। इस दृष्टि से वास्तव में यह एक सफल नायक का महाप्रयाण था। यहीं यह भी उल्लेखनीय है कि वे अपनी विचार यात्रा में, परिवर्तन की वैचारिकी में सम्पूर्ण क्रांति के लिए शांतिमय वर्गसंघर्ष का एक नया अध्याय भी शुरू कर चुके थे। इसे उन्होंने नई परिस्थिति में गाँधीजी के सत्याग्रह का ही एक नया स्वरूप या संस्करण बताया। उन्होंने साफ-साफ कहा था कि यदि भेदभाव, शोषण और वंचना नहीं रुकी तो हिंसक संघर्ष को टालना असंभव हो जाएगा। शोषितों के पास शस्त्र उठाने के अलावा और कोई विकल्प नहीं बचेगा। इस स्थिति को रोकने के लिए शोषित, भूमिहीन मजदूर-किसानों का वर्गसंगठन तैयार करके उन्हें शांतिमय संघर्ष के लिए तैयार करना होगा। इस संघर्ष में परिवर्तन के दूसरे आयाम भी जोड़ने होंगे और इसके स्वरूप को व्यापक बनाया जाएगा— जीवन के प्रत्येक क्षेत्र में जहाँ कहीं असत् है वहाँ सत्य का प्रकाश फैलाना होगा— सामाजिक, आर्थिक, शैक्षिक, सांस्कृतिक, नैतिक और यहाँ तक कि आध्यात्मिक क्षेत्र में, जिससे कि नये, शोषणविहीन, प्रेमपूरित समाज का निर्माण हो, नये, संवेदनशील और तेजस्वी, नैतिक रूप से समुन्नत स्वतंत्र मनुष्य की रचना हो। परिवर्तन की यह सतत् प्रक्रिया चलती रहेगी और युवा शक्ति इसकी संवाहक होगी। बोधगया भूमि आंदोलन में जेपी के युवा अनुगामियों ने संघर्ष की इस नई

युक्ति को सफलतापूर्वक आजमाया। इस प्रकार संसदीय लोकतंत्र के तीस साल के सरकारी प्रयासों के बावजूद, साथ ही भूदान जैसे बड़े भूमि आंदोलन के साथ ही नक्सलपंथी सशस्त्र संघर्ष के बाद भी शोषण, असमानता, भेदभाव और अधिकारवंचना की स्थिति बनी रहने की स्थिति में क्रांतिशोधक जयप्रकाश ने गाँधीजी के शुद्ध साध्य-साधन और अन्याय और असत्य के विरुद्ध संघर्ष के साथ मार्क्स की वर्गीय चेतना और संगठन का योग किया और परिवर्तन की एक नई सैद्धान्तिकी जीवन के अंतिम दिनों में गढ़ी। मार्क्स और गाँधी के जिस समन्वय की कल्पना और अभीप्सा अनेक सामाजिक-राजनीतिक विचारक करते हैं, जयप्रकाश वास्तव में उसे प्रयोग में ला चुके हैं, इस विचार-युग्म के सबसे जीवंत प्रतीक बन चुके हैं।

जयप्रकाश मानव समाज और सभ्यता के विषय में विशेषकर भारत के संदर्भ में, समग्रता से विचार करते हैं। उनका चिंतन एकांगी नहीं है। वे जब देश की स्वतंत्रता के लिए जूझ रहे होते हैं तो स्वतंत्रता उनके लिए सबसे बड़ा मूल्य होती है– उनके जीवन का आकाशदीप जो अंत-अंत तक मद्धिम नहीं पड़ता। यही मूल्य और जीवन का यही चरमोद्देश्य लेकर वे बीस वर्ष की उम्र में पढ़ाई के लिए अमेरिका गए और छोटा से छोटा काम करके अपनी पढ़ाई पूरी की। वहीं मार्क्सवाद के जरिए उन्होंने समानता के मूल्य को आत्मसात किया। आजादी मिले लेकिन उससे अगर अमीरी-गरीबी, ऊँच-नीच का भेद नहीं मिटा तो फिर तो वह अधूरी आजादी होगी। जो पहले से साधन-सम्पन्न हैं, शक्तिमत हैं, वे अपनी प्रभुता की वृद्धि और विस्तार के लिए स्वतंत्र हो जाएँ और समाज के निचले पायदान पर खड़े जनसाधारण– किसानों-मजदूरों के जीवन में कोई बदलाव न आए तो स्वतंत्रता निष्फल होकर रह जाएगी। जेपी के अर्थचिंतन की आधारभूमि यहीं है और यहीं से परिवर्तन की वैचारिकी आकार पाती है। उनकी विचारयात्रा का प्रस्थान बिंदु यही है।

वास्तव में स्वतंत्रता और समानता के मूल्यों की ठोस अभिव्यक्ति स्वतंत्रता आंदोलन के दौरान 'राष्ट्रवाद' और 'समाजवाद' के दोहरे पदों में मिली। भारत में समाजवादी आंदोलन का यही आदर्श रहा है। राष्ट्रवाद समाजवाद के साथ बद्धमूल रहा है। यही समाजवादी आंदोलन और कम्युनिस्ट आंदोलन का मूलभूत फर्क है। जयप्रकाश को भारत लौटने पर कम्युनिस्टों से जो उमीद थी वह जाती रही। वे तो राष्ट्रवादी आंदोलन और गाँधी जी के खिलाफ थे और सोवियत संघ के निर्देश पर अपनी नीतियाँ बना और बदल रहे थे। द्वितीय विश्वयुद्ध छिड़ने के बाद उनका जो जुड़ाव राष्ट्रीय आंदोलन के साथ किंचित बना भी वह

पोलैण्ड पर जर्मनी के हमले और सोवियत रूस के युद्ध में उतरने के साथ ही टूट गया। वे तब ब्रिटिश हितों के पक्षकार बन गए। दूसरी ओर समाजवादियों ने राष्ट्रीय आंदोलन को और गति प्रदान करने में अपनी शक्ति लगाई– जयप्रकाश ने अपने सहयोगियों के साथ काँग्रेस के अंदर ही 1934 में काँग्रेस समाजवादी पार्टी (CSP) बना ली। नेहरू जी के समाजवादी रुझानों से इन्हें सहारा मिला लेकिन गाँधी जी की नीतियों की आलोचना करते हुए भी वे उनके करीब रहे और इसका उनकी नीतियों और कार्यक्रमों पर भी कालांतर में प्रभाव पड़ा। इन बदलावों के केन्द्र में जो व्यक्ति था, वह स्वयं जयप्रकाश ही थे।

1936 में जेपी ने एक पुस्तक लिखी– 'Why Socialism', समाजवाद ही क्यों? मार्क्सवाद, समाजवाद और भारत में इसकी प्रयोजनीयता पर केन्द्रित इस पुस्तक को पढ़कर कितने ही लोग मार्क्सवादी बन गए। ई.एम.एस. नम्बूदरीयाद भी उनमें से एक थे। वे पहले सीएसपी के सदस्य और नेता थे, बाद में सीपीआई में चले गए और केरल में पहली गैर-काँग्रेसी सरकार बनाई। जेपी के अर्थचिंतन की पहली स्पष्ट अभिव्यक्ति इस पुस्तक में मिलती है। उल्लेखनीय तथ्य यह है कि उन्होंने मार्क्सवादी सिद्धांतों का सहारा तो लिया लेकिन सोवियत मॉडल की कोई अनुकृति प्रस्तुत नहीं की। उन्होंने भारत की अपनी विशिष्ट परिस्थितियों के अनुरूप ही राजनीति और अर्थतंत्र का अपना समाजवादी मॉडल खड़ा किया। इसमें आर्थिक समानता स्थापित करने का लक्ष्य रखा गया था, उसकी युक्ति भी सुझाई गई थी, लेकिन व्यक्ति और समुदाय ही स्वतंत्रता के आदर्श को भी स्थान मिला था। इस पुस्तक की प्रमुख निष्पत्तियाँ निम्नलिखित हैं–

'समाजवाद ही क्यों?' में अर्थव्यवस्था की परिकल्पना :

- उत्पादक जनता को समस्त सत्ता का हस्तांतरण,
- देश के आर्थिक जीवन का राज्य द्वारा नियोजित और नियंत्रित विकास।
- वितरण एवं विनिमय के साधनों का उत्तरोत्तर समाजीकरण और इसके लिए आधारभूत उद्योगों, बैंकों, बीमा एवं सार्वजनिक सेवाओं का समाजीकरण, अर्थात राष्ट्रीयकरण।
- वैदेशिक व्यापार पूर्णतः राज्य का मामला, उस पर राज्य का विशेषाधिकार।
- राजाओं, जमीन्दारों एवं शोषक वर्गों का बिना क्षतिपूर्ति किए उन्मूलन।
- भूमि का पुनर्वितरण। सामूहिक एवं सहकारी कृषि को राज्य द्वारा प्रोत्साहन।

- समाजवादी व्यवस्था की ओर संक्रमण बलात और जोरजबरदस्ती से नहीं होगा। राज्य द्वारा इसके लिए अनुकूल परिस्थितियाँ निर्मित की जाएँगी।
- गाँव ही कृषि उत्पादन की इकाई, न कि सामूहिक फार्मों वाले अनेक गाँवों के विशाल पिंड/संकुल जैसा कि रूस में है।
- प्राचीन भारत के ग्राम-कम्यूनों का आदर्श, लेकिन ग्राम एक सीमित इकाई न होकर एक वृहत्तर आर्थिक व्यवस्था की सक्रिय, सहकारशील इकाई होगा।
- सीमित भूमि संसाधन और अधिक जनसंख्या को ध्यान में रखकर ही कृषि में तकनीक का उपयोग, श्रम प्रधान प्रचलनों (Labour Intensive Practices) को तब तक जारी रखा जाएगा जबतक कि उद्योगीकरण इस स्तर तक न पहुँच जाए कि वह अधिशेष (surplus) ग्रामीण आबादी को अवशोषित न कर ले।
- कृषि-औद्योगिक गाँव (agro-industrial village) के लिए नीतियाँ-गाँधीजी की कल्पना से मिलते-जुलते।

इस प्रकार जयप्रकाश जिस समाजवादी अर्थरचना का खाका प्रस्तुत करते हैं उसमें कुछ बातें विशेष रूप से उल्लेखनीय हैं। पहली बात कि समाजवाद की ओर बढ़ते हुए जोर-जबरदस्ती नहीं होगी, लोगों को इसके लिए प्रेरित और तैयार किया जाएगा। दूसरी बात कि गाँव ही कृषि-उत्पादन की इकाई होगा, न कि बड़े-बड़े फार्म। तीसरी बात कि क्रांतिकारी जयप्रकाश प्राचीन भारत के ग्राम-कम्यूनों (village communes) को अपना आदर्श मानते हैं जो वृहत्तर अर्थव्यवस्था के सक्रिय अंग के रूप में गतिशील रहेंगे।

'समाजवाद ही क्यों' पुस्तक के प्रकाशन के चार वर्ष पश्चात 1940 में रामगढ़ काँग्रेस में 'स्वराज की रूपरेखा' शीर्षक से एक प्रारूप प्रस्ताव में जयप्रकाश आपने अर्थचिंतन को कुछ और 'भारतीय' बनाने की कोशिश करते हैं-

- भूमि सम्बन्धी कानून को जनता की स्वतंत्रतापूर्वक व्यक्त इच्छा पर आधारित किया जाएगा।
- जन्मगत एवं विशेषाधिकार आधारित भेदभाव का उन्मूलन सामाजिक न्याय एवं आर्थिक स्वतंत्रता ही राज्य के राजनीतिक और आर्थिक संगठन का मार्गदर्शन सिद्धांत होगा।
- राज्य का राजनीतिक-आर्थिक संगठन प्रत्येक व्यक्ति की जायज

आवश्यकताओं की पूर्ति करेगा, लेकिन भौतिक संतुष्टि ही उसका एकमात्र लक्ष्य नहीं होगा, बल्कि स्वस्थ स्थितियों के निर्माण, तथा व्यक्ति के नैतिक और बौद्धिक विकास का लक्ष्य सामने रखेगा।

- व्यक्तिगत एवं सामूहिक/सहकारी प्रयास से लघुस्तरीय उत्पादन को बढ़ावा दिया जाएगा।
- गाँवों को यथासंभव स्वशासी (autonomous) तथा आत्मनिर्भर बनाने के लिए ग्राम जीवन का पुनर्गठन किया जाएगा।

जयप्रकाश का समाजवाद किस सीमा तक भारतीय रंग में रंगता जा रहा था, यह दस्तावेज इस बात का प्रमाण है। ध्यातव्य है कि इस समय तक जयप्रकाश सोवियत मार्का समाजवाद के कटु आलोचक हो चुके थे, वहाँ 'समाज़वाद' लागू करने के लिए जिस पैमाने पर और जिस स्तर पर आम किसान-मजदूरों का दमन हो रहा था, जिस प्रकार सर्वहारा की तानाशाही ने सर्वसत्तावादी राज्य को जन्म दिया था, प्रतिक्रांति के नाम पर जरा-से विरोध को भी कुचल देने की नीति अमल में लाई जा रही थी, उससे जेपी बहुत उद्वेलित थे। वे समाजवाद को लागू करने में 'जनता की स्वतंत्रतापूर्वक व्यक्त की गई इच्छा' को महत्व दे रहे थे। वे स्वराज का ऐसा स्वरूप सामने रख रहे थे जिसमें स्वशासी और आत्मनिर्भर गाँव होंगे। और भी आगे जाकर वे अपनी ओर से एक महती चेष्टा करते हैं कि समाजवाद भौतिकतावाद में रेड्यूस न हो जाए, समाजवाद की सुंदर, सर्वकल्याणकारी कल्पना को भौतिक उपलब्धियाँ ढक न लें। वे जनता की मात्र भौतिक संतुष्टि को राज्य का अंतिम लक्ष्य न मानकर लोगों की नैतिक और बौद्धिक उन्नति और विकास को महत्व देते हैं। एक और महत्वपूर्ण प्रस्ताव है सामाजिक भेदभाव और जातीय पदानुक्रम वाले भारतीय समाज में सामाजिक न्याय की उपलब्धि पर जोर। जनता के लिए आर्थिक स्वतंत्रता की बात की गई है, यानी वे अपने समक्ष उपलब्ध विकल्पों में से चुनाव कर सकती है, राज्य इसमें दखलन्दाजी नहीं करेगा, अथवा सीमित दखलन्दाजी करेगा।

जेपी 1940 में जमशेदपुर में युद्ध विरोधी भाषणों और कार्यक्रमों के अपराध में गिरफ्तार किए गए। 9 माह बाद छूटकर वे पुनः 1941 में गिरफ्तार हुए और राजस्थान के देवली कैम्प जेल होते हुए हजारीबाग सेन्ट्रल जेल में लाए गए। यहाँ से पलायन करने के बाद भूमिगत आंदोलन को संगठित किया, लेकिन 1943-46 के दौरान लाहौर जेल (और आगरा जेल) में उन्होंने सामाजिक-आर्थिक-राजनीतिक विषयों पर टिप्पणियाँ और पुस्तकों की समीक्षाएँ

लिखी थीं। जेल में भी उन्होंने अर्थरचना के प्रश्न पर गंभीरता से विचार किया था। उन्हें एक ऐसे भारतीय अर्थशास्त्री की जरूरत मालूम हुई थी जो समग्र भारतीय आर्थिक जीवन पर रोशनी डाले, भारत के आर्थिक इतिहास का विश्लेषण करते हुए। और ऐसा करते हुए वह अपने को ब्रिटिश, यानी औपनिवेशिक अध्ययन पद्धतियों एवं विचार-दृष्टियों से असंपृक्त रखे। उन्होंने दाँतवाला, जे.सी. कुमारप्पा तथा अशोक मेहता आदि की पुस्तकों और दस्तावेजों का भी अध्ययन किया था।

1946 में जेल से बाहर आने के बाद उन्होंने जनता पत्र में एक लेख लिखा– 'समाजवाद की मेरी तस्वीर'। इस लेख में उन्होंने स्पष्ट तौर पर कहा कि "मार्क्सवाद समाज का एक विज्ञान है, समाज परिवर्तन की एक वैज्ञानिक प्रक्रिया है जिसमें कठमुल्लापन के लिए कोई स्थान नहीं। भारत में समाजवादी आंदोलन को 'मार्क्सवादी चिंतन, मार्क्सोत्तर विश्व इतिहास तथा भारत की परिस्थिति एवं ऐतिहासिक पृष्ठभूमि के आलोक में समाजवाद का अपना चित्र प्रस्तुत करना चाहिए।" आसन्न स्वतंत्रता के संदर्भ और आलोक में जेपी ने इस लेख में समाजवाद की कुछ ऐसी तस्वीर प्रस्तुत की–

- भारत की स्वतंत्रता समाजवादी लक्ष्यों को प्राप्त करने की पूर्व शर्त है।
- विशेषधिकार प्राप्त आर्थिक या राजनीतिक वर्ग की समाप्ति। जमीन्दारी उन्मूलन के बाद बड़ी जोतों को तोड़ना और छोटी जोतों को लाभकारी बनाना। भूमि का पुनर्वितरण करके अधिकतम और न्यूनतम जोत की सीमा बनाना।
- सहकारी फार्म, जो ग्राम पंचायतो से संचालित होंगे। नई बस्तियों में सामूहिक फार्म। सहकारी से सामूहिक कृषि की ओर संक्रमण।
- वृहत् उद्योग राज्य (केन्द्र और राज्य सरकारों) के नियोजन में रहेंगे और इनमें प्रत्येक स्तर पर प्रबंधन में श्रमिकों की भागीदारी होगी।
- उद्योगों को समुदाय के स्वामित्व एवं प्रबंधन में रखा जाएगा। लघु उद्योग उत्पादकों की सहकारी समितियों के नियंत्रण में होंगे।
- वृहत उद्योग लम्बे समय तक लोगों को रोजगार नहीं दे सकता, दूसरी ओर उद्योग और रोजगार पर राज्य का पूर्ण एकाधिकार होने से अधिनायकवाद का खतरा, इसलिए उद्योग के स्वामित्व और प्रबंधन को विकेन्द्रित कर, साथ ही गाँवों को लोकतांत्रिक ग्राम-गणराज्यों के रूप में विकसित कर सर्वसत्तावाद या अधिनायकवाद की संभावना को धूमिल किया जा सकता है।

- इस प्रकार समाजवाद की यह 'तस्वीर' वास्तव में आर्थिक और राजनीतिक लोकतंत्र की तस्वीर है जिसमें "मनुष्य न तो पूँजी का दास होगा, न ही दल या राज्य का गुलाम होगा।"

इसी प्रकार 1947 की फरवरी में 'समाजवाद की ओर संक्रमण' नामक लेख में जेपी कहते हैं– "हमें तीनों अलोकतांत्रिक शक्तियों से लड़ना है– ब्रिटिश सत्ता, राजशाही (राजाओं के शासन) तथा सम्प्रदायवाद से। इसके लिए 'एक और भारत छोड़ो' की जरूरत होगी। लेकिन झण्डे पर केवल 'भारत छोड़ो' ही नहीं, कुछ घोष वाक्य भी लिखे हों– 'जमीन उसकी जो जोतता है, उद्योग उसका जो उत्पादन करता है, देशी राज्यों में प्रजा-राज्य हो!" जेपी मार्क्स द्वारा हेग में दिए गए व्याख्यान का हवाला देते हुए 'लोकतांत्रिक प्रक्रिया से पूर्ण समाजवाद' की वकालत करते हैं।

1948 में स्वतंत्रता-पश्चात् जब काँग्रेस सोशलिस्ट पार्टी काँग्रेस से अलग हो गई तो सोशलिस्ट पार्टी के छठे वार्षिक नासिक अधिवेशन में राष्ट्रवाद जेपी के लिए पहली प्राथमिकता बन जाता है, वे भारतीय राज्य की रक्षा के लिए काँग्रेस के साथ सहयोग का आवाह्न करते हैं। वे गाँधीजी की हत्या के पश्चात समाजवाद की प्राप्ति के लिए साधन की शुद्धता पर बल देते हैं। वे चाहते हैं कि विपक्ष रचनात्मक कार्यों से जनता का दिल जीते।

1950 में सोशलिस्ट पार्टी के वार्षिक सम्मेलन में जयप्रकाश महामंत्री का प्रतिवेदन प्रस्तुत करते हुए 'लोकतांत्रिक समाजवाद : आदर्श और विधि' में और अधिक उदार और लोकतांत्रिक समाजवादी के रूप में सामने आते हैं। वे कहते हैं कि समाजवाद का उद्देश्य केवल पूँजीवाद का नारा और दलीय तानाशाही की स्थापना नहीं बल्कि ऐसे समाज का निर्माण करना है जिसमें सभी लोग स्वतंत्र रहें, जिसमें ऐसे मानवीय मूल्यों का समावेश होगा जिनका बलिदान दलीय नीति, सिद्धांत या उद्देश्य-पूर्ति के नाम पर नहीं किया जा सकेगा। निश्चय ही उनका लोकतांत्रिक समाजवाद गाँधीवाद के परिसर में दाखिल हो रहा था। वे आसन्न आम चुनावों में गीता के निष्काम भाव से पार्टी जनों को काम करने की सलाह देते हैं।

30 जनवरी 1950 को ही 'सर्वोदय योजना' नाम से एक दस्तावेज जारी हुआ जो वास्तव में गाँधीनिष्ठ सिद्धांतों पर बने कार्यक्रम की रूपरेखा थी जिसकी तैयारी गाँधीजी के रहते ही शुरू हो गई थी। 1949 में दो सौ रचनात्मक कार्यकर्त्ताओं ने मिलकर यह दस्तावेज बनाया था जिसमें जेपी की रुचि थी। इसका उद्देश्य था– 'एक अहिंसक, शोषण मुक्त, सहकारी समाज का निर्माण

जो जाति या वर्ग पर आधारित नहीं होगा और जिसमें सबके लिए समान अवसर होंगे। ऐसे समाज में प्रतियोगी अर्थरचना की जगह सामाजिक अर्थव्यवस्था (social economy) की स्थापना की जाएगी। सर्वोदय योजना की इस सामाजिक अर्थव्यवस्था की मुख्य विशेषताएँ थीं–

- कृषि भूमि का स्वामित्व जोतदार में निहित, किन्तु समाज के नियमों के अंतर्गत।
- **भूमि का पुनर्वितरण–** आर्थिक जोत के तिगुने से अधिक जमीन किसी को नहीं। अनार्थिक जोत का सहकारी फार्मों के रूप में एकत्रीकरण।
- **उद्योग– केन्द्रित उद्योग–** स्वामित्व समाज के अधीन, संचालन स्वायत्त निगमों या सहकारी समितियों द्वारा। ऐसे उद्योगों का समाजीकरण या समुदायीकरण करना चाहिए। विकेन्द्रित उद्योग– उत्पादन के साधनों पर व्यक्तिगत या सहकारी स्वामित्व।
- **कर निर्धारण–** संग्रहित राजस्व का पचास प्रतिशत ग्राम पंचायतों द्वारा खर्च किया जाएगा। शेष पचास प्रतिशत उच्चतर स्तर के प्रशासन पर खर्च होगा।

काँग्रेस ने सर्वोदय योजना को अस्वीकार कर दिया। लेकिन जेपी सोशलिस्ट पार्टी को रचनात्मक कार्यकर्त्ताओं के साथ मिलकर कार्य करने की सलाह देते हैं, वे पार्टी को इस योजना को कार्यान्वित करने का जनता को आश्वासन देने को कहते हैं। वे साफ-साफ कहते हैं– "समाजवाद यदि गाँधीवाद की उपेक्षा करेगा तो संकट में पड़ेगा।"

1951 में 'जनता' में प्रकाशित 'समाजवाद और सर्वोदय' शीर्षक लेख में जयप्रकाश समाजवादियों को गाँधीवाद से तीन स्तरों पर जुड़ने को कहते हैं–

1. **गाँधीवाद का नैतिक और आचारिक आधार–** मूल्यों के लिए आग्रह और साधन की शुद्धता पर जोर। जेपी के अनुसार समाजवादी जिन मूल्यों को प्राप्त करने का प्रयत्न करता है वे नई सभ्यता के आधार हैं और वे ही गाँधीवादी समाज की आधारशिलाएँ हैं।
2. **क्रांतिकारी विधि**-विज्ञान और तौर-तरीके में गाँधीजी ने अपना मौलिक योग दिया है। सत्याग्रह और सविनय अवज्ञा कमजोर वर्ग के हाथों में सशक्त हथियार हैं, लोकतंत्र की लड़ाई इन्हीं से लड़ी जा सकती है।
3. **विकेन्द्रीकरण–** आर्थिक और राजनीतिक विकेन्द्रीकरण द्वारा सर्वसत्तावाद

से बचा जा सकता है। आर्थिक विकेन्द्रीकरण में तकनीक-विषेध नहीं है, लेकिन आधुनिक वैज्ञानिक प्रक्रियाओं का उपयोग मनुष्य द्वारा मनुष्य के शोषण और दमन में नहीं हो, यह आग्रह जरूर है। भारत जैसी पिछड़ी अर्थव्यवस्थाओं में उत्पादन पूँजी या तकनीक प्रधान न होकर श्रम प्रधान होना चाहिए। उसी प्रकार राजनीतिक विकेन्द्रीकरण का अर्थ एक कमजोर राज्य नहीं है।

यह एक विस्मयकारी तथ्य है कि जिस समय जयप्रकाश नारायण को नेहरू का उत्तराधिकारी और विकल्प समझा जा रहा था, वे स्वयं वैकल्पिक राजनीति की तलाश में लग गए थे। वे समाजवाद से सर्वोदय की ओर अकृष्ट तो हो ही रहे थे, संसदीय लोकतंत्र और बहुदलीय प्रणाली में भी उनकी आस्था घटती चली जा रही थी, वे वास्तविक, सच्चे लोकतंत्र के संधान में लगे थे जिसमें बहुमत अल्पमत पर हावी न हो, दलीय राजनीति समाज में विभाजन को और तीखा करके सत्ता-प्राप्ति का साधनमात्र बनकर न रह जाए। वे दलविहीन लोकतंत्र की बात करने लगे थे और उनकी पार्टी जो 1952 में प्रजा सोशलिस्ट पार्टी बन चुकी थी, में मतभेद भी उभरने लगे थे। काँग्रेस-विरोधी मतों के बिखराव के कारण सोशलिस्ट पार्टी की प्रथम आम चुनावों में करारी हार हुई थी। इस बीच एक ऐसी घटना घटी जिससे कि जयप्रकाश के जीवन में निर्णायक मोड़ आया। 1946 की डाक-तार कर्मचारियों की हड़ताल को लेकर नेहरू सरकार के मंत्री रफी अहमद किरवई ने कर्मचारियों के हक में जेपी से कुछ वायदे किए थे जिससे वे बाद में मुकर गए, क्योंकि यह कोई 'लिखित आश्वासन' नहीं था। जयप्रकाश ने कर्मचारियों के साथ इस 'धोखे' की जिम्मेवारी अपने ऊपर ली और भूल प्रायश्चित के लिए पूना में इक्कीस दिनों का उपवास किया। इसी दौरान उन्होंने राजनीतिक विषयों के अलावा मानव-वृत्तियों पर भी गहन चिंतन-मनन किया और इस नतीजे पर पहुँचे कि मार्क्सवादी भौतिकवादी दर्शन से अच्छाई, भलाई के लिए कोई प्रेरणा नहीं मिलती। भौतिकवाद में मनुष्य को नैतिक ऊँचाई प्राप्त करने का उद्दीपन या प्रोत्साहन नहीं होता। 'फ्रीडम फर्स्ट' जर्नल में 'मैटरियलिज्म ऐंड गुडनेस' नामक निबंध में उन्होंने लिखा कि मनुष्य को द्रव्यमात्र होने के बोध से ऊपर उठना होगा तभी वह अपने लिए और समाज के भले के विषय में सोच-समझ सकता है, वरना तो वह पद-पैसे-प्रभुत्व प्राप्त करने की माराकाटी में ही फँसा रहेगा। मानव पुनर्निमाण के बिना सामाजिक पुनर्निमाण संभव नहीं। उन्होंने मार्क्सवाद को सदा के लिए त्यागने के अपने निश्चय को इस प्रकार भावालंकृत किया– ".... तो

द्वन्द्वात्मक भौतिकवाद की जिस देवी की आराधना मैं जो अबतक करता आया, उनसे अब विदा लेता हूँ।.. द्वन्द्वात्मक भौतिकवाद के साम्राज्य में भय ही लोगों को समरूप बनाता है और पार्टी ही भगवान का स्थान ले लेती है।"

1953 में प्रधानमंत्री जवाहरलाल नेहरू ने जेपी को एक पत्र लिखकर उन्हें सरकार में शामिल होने का प्रस्ताव दिया। उन्होंने आचार्य जे.बी. कृपलानी और आचार्य नरेन्द्रदेव को भी मंत्रिमंडल में साथ लेने को कहा। इसके जवाब में जेपी ने सरकार में शामिल होने की शर्त के रूप में एक चौदह सूत्री कार्यक्रम– 'राष्ट्रीय पुनर्निर्माण के लिए निम्नतम कार्यक्रम' नेहरू जी को भेजा। ये चौदह-सूत्री कार्यक्रम वास्तव में भारत को तीव्र गति से समाजवाद की ओर अग्रसर करनेवाले कार्यक्रम थे। इनमें 'संवैधानिक सुधार', 'प्रशासनिक सुधार', 'भूमि का पुनर्वितरण', 'राष्ट्रीयकरण, सहकारी समितियाँ तथा श्रमिक संघ', 'लघु स्तरीय उद्योग', 'आर्थिक समानता' और 'स्वदेशी' शीर्षकों के अंतर्गत कार्यक्रमों को रखा गया था। स्पष्ट है कि इन सात शीर्षकों में से पाँच आर्थिक विषयों से सम्बन्धित हैं।

भूमि के पुनर्वितरण का एजेंडा सर्वोपरि था। इसे आर्थिक विषमता और शोषण के निराकरण के लिए जरूरी माना गया। सभी प्रकार की बेदखली की समाप्ति के साथ भू-विखण्डन रोकने और चकबंदी लागू करने की माँग की गई। जमीन्दारी जितनी भी बची थी, उसे समाप्त करने की माँग की गई। एक और महत्वपूर्ण बात थी बहुद्देशीय समितियों के निर्माण द्वारा ग्रामीण अर्थरचना का सहकारी अर्थव्यवस्था में परिवर्तन। एक प्रकार से एक नये ग्रामीण समुदाय के निर्माण की बात की गई जिसमें राज्य अलग-अलग किसानों से नहीं बल्कि उनके समूह/समिति/पंचायत से निपटेगा।

बैंकों, बीमा कम्पनियों, कोयला तथा महत्वपूर्ण खनिजों का उत्पादन करनेवाली खानों के राष्ट्रीयकरण करने की माँग की गई। राजकीय व्यापार के उत्तरोत्तर विकास की बात की गई। उद्योगों में श्रमिकों की भागीदारी तथा यूनियन शॉप के माध्यम से श्रम संघ आंदोलन को संगठित करने पर जोर दिया गया।

लघुस्तरीय उद्योगों को आर्थिक पुनर्रचना में महत्वपूर्ण मानते हुए इनके संस्थापन यानी इनको खड़ा करने, प्रोत्साहन एवं संरक्षण का आग्रह किया गया। लघु एवं वृहत्त उद्योगों के बीच क्षेत्र-निर्धारण की बात की गई ताकि लघु उद्योगों को वृहत उद्योगों से प्रतियोगिता न करनी पड़े।

आर्थिक समानता स्थापित करने के लिए सरकारी सेवाओं में ऊँचे वेतन

एवं अन्य परिलाभों को कम और सीमित करने की माँग की गई।

इस माँग पत्र में समाजवाद को स्वदेशी से जोड़ा गया और जीवन के प्रत्येक क्षेत्र में इसे लागू करने की माँग की गई।

नेहरूजी उस समय इतनी तेजी से समाजवाद की ओर बढ़ने के लिए तैयार नहीं थे, इसलिए जयप्रकाश के नेहरू मंत्रिमंडल में शामिल होने की बात बन नहीं सकी।

1953 के साल में ही रंगून (म्याँमार) में प्रथम एशियाई समाजवादी सम्मेलन में जेपी ने समाजवाद के विषय में– सिद्धांत और व्यवहार के स्तर पर कुछ अत्यंत मौलिक बातें कहीं। उन्होंने कहा कि केवल व्यक्ति को बदलकर या फिर व्यवस्था को बदलकर समाज का पुनर्निर्माण नहीं किया जा सकता। बदलाव एकांगी न होकर दोनों स्तरों पर हो तभी सार्थक परिणाम ला सकता है। इसके लिए व्यक्ति और समाज के लिए कुछ न्यूनतम, आधारभूत मूल्यों को मान्य करना ही पडेघ्गा जिनकी किसी हालत में तिलांजलि या बलि नहीं दी जा सकती। व्यक्ति और व्यवस्था (समाज) को बदलते रहना है अधिक संवेदनशील, अधिक मानवीय दुनिया बनाने के लिए। यह सतत प्रक्रिया है परिवर्तन की (संपूर्ण क्रांति)।

दूसरी बात समाजवाद के अनुरूप राजनीतिक ढाँचे के निर्माण की चुनौती को लेकर उन्होंने कही थी और अंततः स्वीकार किया था कि सामान्य जनों को राजनीतिक व्यवस्था में स्थान देने के लिए एक विकेन्द्रित राज्य का विकास करना ही होगा। समाजवाद को निचले स्तर तक लोक-शासन में परिणत करने का एकमात्र यही संभव तरीका है।

तीसरी बात उन्होंने समाजवादी अर्थतंत्र को लेकर कही। उन्होंने रूसी व्यवस्था को दोषपूर्ण बताते हुए इंगित किया कि वहाँ केन्द्रीकरण, अधिकारितंत्रीकरण, औद्योगिक लोकतंत्र का अभाव तथा उद्योगों में श्रमिक भागीदारी का अभाव है। कुल मिलाकर आर्थिक प्रक्रियाओं पर लोक-नियंत्रण का अभाव है। एशियाई देशों में समाजवादी अर्थतंत्र का ढाँचा अनिवार्य रूप से विकेन्द्रित ढाँच होगा जो केन्द्रित नहीं बल्कि विकेन्द्रित निर्माण पर आधारित होगा। इसका विस्तार छोटे शहरों-कस्बों आदि तक होने के कारण आर्थिक सत्ता कुछ हाथों में केन्द्रित नहीं होगी और आर्थिक तानाशाही से बचा जा सकेगा। इन विकेन्द्रित उद्योग केन्द्रों में हर स्तर पर श्रमिकों की सहभागिता होगी। दूसरी ओर किसानों के सहयोग के बिना समाजवाद एशियाई देशों में संभव नहीं हो सकता। समाजवादियों के सामने अपनी जमीन के छोटे-से टुकड़े

से भावनात्मक रूप से जुड़े किसानों को समाजवादी किसान बनाने की चुनौती होगी। इसके लिए किसानों की जमीन का समूहीकरण या राष्ट्रीयकरण नहीं होगा, बल्कि भूमि का ग्रामीकरण (villagisation of land) करना होगा। इसके लिए भूमि ग्राम-समुदाय को हस्तांतरित होगी– अर्थात राज्य या राष्ट्र जैसी किसी अमूर्त सत्ता को नहीं बल्कि ऐसी मूर्त सत्ता को जिसका किसान स्वयं एक अंग है।

चौथा महत्वपूर्ण बिन्दु समाजवाद के लिए संघर्ष की पद्धति को लेकर था। जयप्रकाश जी ने एशियाई समाजवादियों को हिंसा पर निर्भरता से दूर रहने की अपील की और लोकतांत्रिक परिस्थितियों में लोकतांत्रिक तरीके से, शांतिपूर्ण तरीके से ही काम करने का आग्रह किया। यहाँ लोकतांत्रिक पद्धति से उनका तात्पर्य वृहत जनांदोलन, व्यापक अहिंसक जन-कार्रवाई से है जो सत्ता के लिए अवैधानिक होते हुए भी परिवर्तन के शांतिपूर्ण साधन हैं। उन्होंने उदाहरण के तौर पर भूमि-पुनर्वितरण के प्रश्न को हल करने के लिए तीन तरीकों की चर्चा की– समाजवादी दल सत्ता प्राप्त करके कानून बनाए, कृषक-भूमिहीन हिंसक कार्रवाई द्वारा भूमि पर अधिकार का प्रयास करे और तीसरा रास्ता यह कि कृषक वर्ग शांतिमय व्यापक कार्रवाई के द्वारा भूमि पर अधिकार करे। यह तीसरा तरीका समाजवादियों के लिए उन देशों में अधिक युक्तिसंगत है जहाँ लोकतंत्र है, लोकतांत्रिक ढंग से कार्य करने का अवसर है। हजारों भूमिहीन लोगों को बड़े जमीन्दारों की भूमि कर शांतिपूर्ण अधिकार करने को प्रेरित कर सकते हैं। वे जमीन पर शांतिपूर्ण धरना, सत्याग्रह आदि कार्यक्रम लम्बे समय तक जारी रखने की तैयारी कर के यह काम बखूबी कर सकते हैं (35 साल बाद बोधगया आंदोलन में यही युक्ति आजमाई गई)। एक व्यापक शांतिपूर्ण जनान्दोलन करके क्रांतिकारी ढंग से सत्ता प्राप्त की जा सकती है।

जेपी ने अपने भाषण में समाजवाद की स्थापना के लिए प्रयोगधर्मी बनने को कहा और विनोबा भावे के भूदान आंदोलन में भी दिलचस्पी दिखाई। 1953 में ही 'जनता' में प्रकाशित अपने एक लेख में उन्होंने समाजवाद और गाँधीवाद के समन्वय की वकालत की। उनके अनुसार रूस में हिंसा के माध्यम से स्थापित साम्यवाद विफल हो गया है जबकि यूरोप में समाजवाद एक संसदीय पंथ बनकर रह गया है और उसने अपना मौलिक आदर्शवाद ही खो दिया है। ऐसे में अब एक तीसरा विकल्प– अहिंसक सामूहिक कार्रवाई के द्वारा क्रांति का विकल्प ही बचता है। अपने इस लेख में वास्तव में उन्होंने गाँधीवाद को अधिक क्रांतिकारी और युक्तिसंगत प्रमाणित करने की कोशिश की। समाजवाद

एक वर्ग के ऊपर दूसरे वर्ग की विजय द्वारा वर्गों का विनाश चाहता है जबकि गाँधीवाद वर्गों को एक साथ लाकर वर्ग-भेद मिटाना चाहता है और इसमें राज्य पर कोई निर्भरता नहीं होती। राज्यविहीन समाज का लक्ष्य समाजवाद और गाँधीवाद दोनों का है लेकिन समाजवाद को इसके लिए भी राज्य की शक्ति की दरकार होती है जबकि गाँधीवाद सीधे समुदाय और समाज से जुड़कर मूल्यगत क्रांति की प्रक्रिया शुरू करता है और लोकशक्ति को इस सीमा तक जागृत करता है कि राज्य शक्ति उसी की इच्छा का प्रतिबिम्बन करे।

1954 की 19 अप्रैल को बोधगया के सर्वोदय सम्मेलन में जयप्रकाश ने भूदान आंदोलन के लिए जीवनदान की घोषणा की और सत्ता की राजनीति से स्वयं को अलग कर लिया। उन्होंने भूदान को सर्वतोमुखी सामाजिक एवं मानवीय क्रांति की शुरुआत माना। विनोबा की परिवर्तन की तकनीक 'निःस्वार्थ बँटवारे और स्व-नियंत्रित ग्राम इकाइयों' पर आधारित' थी। वे पूरे मन से भूदान आंदोलन में लग गए। 1959 में उन्होंने सर्वोदय के अनुरूप भारतीय राज्यव्यवस्था की पुनर्रचना की एक पहल की, एक वैकल्पिक मॉडल प्रस्तुत किया– 'भारतीय राज्य व्यवस्था की पुनर्रचना : एक सुझाव' (A Plea To Reconstruction of Indian Polity)। इसके पीछे उनकी दृष्टि थी कि हम भारतीय जन के लिए सबसे उपयुक्त और अनुकूल राज्य व्यवस्था का स्वरूप कैसा होना चाहिए, इस पर समग्रता से विचार हो। इसके लिए राजनीतिक चिंतन के साथ ही आर्थिक चिंतन भी स्वाभाविक जरूरत है। इस प्रबंध (पुस्तक) में उन्होंने शासन-प्रशासन का ग्राम आधारित, पूर्णतः लोक-केन्द्रित मॉडल खड़ा किया है जिसमें दलविहीन वातावरण में वास्तविक लोकतंत्र संभव हो रहा है– सत्ता नीचे, ग्राम/ग्राम-पंचायत स्तर से शुरू होकर राष्ट्रीय एसेम्बली/संसद तक जा रही है। इस पुस्तक में उन्होंने समुदाय की अर्थव्यवस्था का निरूपण किया है जिसकी प्रमुख विशेषताएँ निम्न हैं -

- इसका उद्देश्य समुदाय और प्रत्येक सदस्य का हित साधन।
- प्रतिद्वन्द्विता और शोषण नहीं, सहयोग और साझेदारी ही इसके आधार
- अर्थव्यवस्था का उद्देश्य मानव जीवन का संतुलित विकास। अर्थव्यवस्था का वर्तमान 'विज्ञान' संतुलित समाज व्यवस्था में लागू नहीं हो सकता, इसका तो उद्देश्य ही है अलगाव और असंतुलन पैदा करना।
- भावी पीढ़ी की आवश्यकताओं का ध्यान। अपव्यय का स्थान नहीं।
- प्राकृतिक साधनों की बर्बादी न हो, जो कुछ प्रकृति से लिया जाए, उसे वापस भी लौटाया जाए।

- **आत्मनिर्भर अर्थव्यवस्था–** सदस्यों की आवश्यकताओं की पूर्ति ही प्राथमिकता। आधुनिक औद्योगिक व्यवस्था में मानव एक असहाय व्यक्ति की तरह होता है जिसका अपनी शासक शक्तियों पर कोई नियंत्रण नहीं होता। सामुदायिक अर्थव्यवस्था में नियंत्रण संभव है।
- मूलभूत के अलावा अन्य आवश्यकताओं को पूर्ति जहाँ तक संभव हो, निकटतम क्षेत्र–समुदाय से हो। सीढ़ी इस प्रकार होगी–प्राथमिक समुदाय–क्षेत्रीय समुदाय–जिला–प्रान्तीय–राष्ट्रीय–अंतरराष्ट्रीय समुदाय। प्रत्येक विस्तरणशील क्षेत्र जहाँ तक संभव हो, आत्मनिर्भर होता जाएगा।
- **नियोजन** (**Planning**) का एक ढाँचा तैयार होगा जो प्राथमिक समुदाय से आरंभ होकर आगे बढ़ता जाएगा। ग्राम समुदाय बहुत छोटा होने के कारण, क्षेत्रीय समुदाय आधारभूत इकाई होगा जिसपर सम्पूर्ण राष्ट्र के नियोजन का ढाँचा खड़ा होगा। कस्बों को क्षेत्रीय अथवा जिला समुदाय के अंतर्गत रख सकते हैं। नगरों को पुनर्संघटित कर उन्हें समुदायों के संघ का रूप दिया जा सकता है।
- **स्वामित्व–** प्राकृतिक संसाधनों का स्वामित्व समुदाय का होगा। भूमि समुदाय की सम्पति होगी। प्रत्येक प्राथमिक समुदाय अपने क्षेत्र में आने वाली भूमि का स्वामी होगा।
- आय और संपत्ति का अंतर एक सीमा तक ही मान्य होगा।
- श्रमिक की स्थिति प्रधान होगी क्योंकि समुदाय के लिए श्रम ही सबसे प्रधान वस्तु है।
- **समुदाय का कृषि-औद्योगिक** (**agro-industrial**) स्वरूप होगा, न कि विशुद्ध कृषि अथवा विशुद्ध औद्योगिक। कृषि और उद्योग दोनों परस्परावलम्बी और पूरक रूप में चलाए जा सकते हैं।

1961 में 'लोक-स्वराज्य' (Swarajya For The People) नामक पुस्तिका में जेपी जोर देकर कहते हैं कि उत्पादन, वितरण एवं विनिमय के साधनों के राष्ट्रीयकरण से ही आर्थिक लोकतंत्र की स्थापना नहीं हो जाएगी क्योंकि इससे आर्थिक शोषण और विषमता के नये रूप पैदा होते हैं। केवल आर्थिक विकेन्द्रीकरण से ही आर्थिक लोकतंत्र स्थापित किया जा सकता है। ऐसी विकेन्द्रित अर्थव्यवस्था लघु यंत्राधारित और श्रमप्रधान होगी जिसमें क्षमता और उत्पादकता का निरंतर सुधार करते करना होगा। क्षेत्रीय आधार पर सर्वेक्षण और नियोजन के द्वारा क्षेत्रीय संसाधनों का उपयोग क्षेत्र विशेष की आवश्यकता की

पूर्ति के लिए किया जा सकेगा। इसके अलावा ग्रामीण उद्योगीकरण (rural industrialisation) का कार्यक्रम चलाकर प्रत्येक ग्राम या ग्राम समूह को कृषि और उद्योग के समुचित समन्वय पर आधारित कृषि-औद्योगिक समुदाय के रूप में विकसित किया जा सके।

जेपी का दावा है कि वे उत्पादन के परम्परागत तरीकों को ही कायम रखना नहीं चाहते, बल्कि एक आधुनिकतम ढंग की अपूर्व अर्थव्यवस्था का सुझाव दे रहे हैं जिसके लिए न केवल नई प्रौद्योगिकी बल्कि नए सामाजिक-आर्थिक परिवेश की भी जरूरत होगी। विकेन्द्रित अर्थव्यवस्था न केवल लोकतांत्रिक होगी बल्कि बड़े पैमाने पर रोजगार सृजन में और आर्थिक गतिविधियों के विस्तार में भी सक्षम होगी। इस अर्थव्यवस्था में सम्पत्ति का वितरण आम उपभोक्ताओं को तत्काल सुनिश्चित हो पाएगा।

1976 में आपातकाल के दौरान बिहार एवं भारत की जनता के नाम एक चिट्ठी (देखें परिशिष्ट) में सरकार द्वारा देश को समाजवाद के रास्ते ले चलने के दावे पर जेपी ने निम्न शब्दों में अपनी प्रतिक्रिया दी–

"...सम्पत्ति का सरकारीकरण या केंद्रीकरण समाजवाद हरगिज नहीं है। असली समाजवाद की व्यवस्था वह है जो आर्थिक समता एवं आर्थिक स्वतंत्रता की बुनियाद पर खड़ी होती है। आज, जो कई सरकारी उद्योग चल रहे है वे पूँजीवाद के सिद्धान्तों पर चल रहे हैं। वेतन में विषमता और श्रमिकों का शोषण पूँजीवाद के मुख्य लक्षण हैं और ये दोनों लक्षण इंदिराजी के समाजवादी ढाँचे में मौजूद हैं। समाजवाद का, विशेष कर लोकतांत्रिक समाजवाद जिसका दावा इन्दिराजी करती हैं, का एक अनिवार्य पहलू यह है कि उसमें वैयक्तिक स्वतंत्रता बनी रहे। आज जिस ढंग से वैयक्तिक स्वतंत्रता और नागरिक अधिकारों को कुचला जा रहा है वह सिद्ध करता है कि इन्दिराजी का समाजवाद लोकतंत्र का विरोधी है। भारत की जनता ऐसे समाजवाद को कभी स्वीकार नहीं करेगी।

'इमरजेंसी क्यों?' नाम की पुस्तिका में मेरे उस चौदह सूत्री कार्यक्रम की भी चर्चा की गयी है जो मैंने प्रधानमन्त्री जवाहर लाल नेहरू के सामने पेश किया था। नेहरूजी ने उसे कबूल नहीं किया, इसलिए उनकी सरकार के साथ सहयोग करने की बातचीत विफल हो गयी। आज मैं पीछे मुड़कर देखता हूँ तो लगता है कि अगर उन कार्यक्रमों को भी जोर जबरदस्ती से, जनता का सहयोग हासिल किये बिना, क्रियान्वित किया जाता, और समाजवाद के मानवीय मूल्यों का ख्याल नहीं रखा जाता, तो इस देश में समाजवाद के नाम पर एक भयानक

राज्यवाद कायम होता। मैं ऐसे समाजवाद में विश्वास करता हूँ जिसमें आर्थिक सत्ता स्वयं श्रमिक जनता के हाथों में हो ओर व्यक्ति की स्वतंत्रता एवं नागरिक आजादी सुरक्षित रहे। मेरी राय में समाजवादी क्रांति तभी सफल होगी जब उस क्रांति के फलस्वरूप आर्थिक सत्ता (और राजनीतिक सत्ता भी) जनता के हाथों में होगी और वह बिना किसी बाहरी हस्तक्षेप के अपने भाग्य का निर्माण करने में समर्थ होगी। आज जिस संपूर्ण क्रांति की बात मैं कर रहा हूँ, उसमें वह क्रान्ति भी निहित है जिसके गर्भ से वास्तविक समता एवं मानवीय स्वतंत्रता पर आधारित समाजवाद जन्म ग्रहण करेगा।"

जेपी का मानना है कि अर्थव्यवस्था मानव जीवन को अधिक से अधिक बेहतर, सुखी और संतुष्ट बनाने का एक माध्यम है, बल्कि प्रमुख माध्यम है। लेकिन जो वर्तमान व्यवस्था है वह ठीक उल्टे ढंग से उल्टी दिशा में कार्य कर रही है। वह मनुष्यों के बीच भेद और संघर्ष पैदा कर रही है। वह प्रकृति द्रोही तो है ही, मानवद्रोही भी है और व्यापक रूप से मानव समाज में तथा प्राकृतिक परिवेश में असंतुलन पैदा कर रही है। मानव समाज के हित में, और पारिस्थितिकीय संतुलन की दृष्टि से भी इसे बदलने की जरूरत है। कैसी अर्थव्यवस्था इसका स्थान ले सकती है और उसकी प्रक्रिया क्या होगी, अभी आपको बताया जा चुका। जयप्रकाश के परिवर्तन की वैचारिकी वास्तव में नई राजनीतिक व्यवस्था के साथ नई अर्थव्यवस्था के संधान में भी समान रूप से प्रयुक्त हुई है। स्वतंत्रता, समानता तथा नैतिक और आध्यात्मिक मूल्य इस वैचारिकी की मूल प्रेरणाएँ हैं और सत्य, न्याय और शांतिमयता का आग्रह इसकी चालक शक्ति। जयप्रकाश एक ऐसी शोषणविहीन, सद्भावपूर्ण मानवीय व्यवस्था का आवाह्न करते हैं जिसमें अधिकतम लोग अपना अधिकतम शासन कर सकें।

आज की विश्वव्यापी, भूमंडलीकृत बाजार अर्थव्यवस्था में भूमि, श्रम और मुद्रा का वस्तुकरण हो चुका है। प्राकृतिक उपादानों का वस्तुकरण हो चुका है– यह सब खरीद बिक्री की वस्तुओं में तब्दील हो चुके हैं। पहले उत्पादों का वस्तुकरण होता था, खरीद-बिक्री होती थी, यानी मानव ने अपने श्रम, पूँजी और प्रविधि के योग से जिसे सृजित किया, वह चीज उत्पाद होती थी। आज तो ज्ञान भी वस्तु बन चुका है।

बाजार की अपनी सत्ता है। वह सामाजिक सम्बन्धों का हिस्सा या उसका एक रूप भर नहीं है, वह सामाजिक सम्बन्धों में विलयित नहीं होता, उल्टे सामाजिक सम्बन्ध ही बाजार में विलयित हो जाते हैं, जज्ब हो जा रहे हैं। मूल्यों

के पतन को इसी संदर्भ में देखना चाहिए। यह हमेशा याद रखना है कि रिश्ते, सम्बन्ध मानव जीवन का सबसे अमूल्य धन हैं, बाजार इसी धन का क्षय करके हमें आत्मिक रूप से दरिद्र बनाता है।

इसका परिणाम यह कि बाजार अर्थव्यवस्था मनुष्य समाज के अनुकूल न रहकर उसके ही प्रतिकूल कार्य करने लगती है– सामाजिक सम्बन्धों और मूल्यों का विनाश करती हुई। इसलिए आखिरकार इसे नियंत्रित करने के लिए समाज को ही खड़ा होना पड़ेगा।

आज की अर्थव्यवस्था आवश्यकता की संतुष्टि और मानव समाज में सुख-संतोष भरने वाली नहीं बल्कि अधिकाधिक उपभोग के लिए स्थाई अतृप्ति पैदा करने वाली व्यवस्था है– धरती पर जो कुछ है, और वह सीमित है, उसे जल्दी से जल्दी हजम कर जाएँ। पूँजी और तकनीक के संयोग में श्रम का स्थान पीछे छूट गया है जबकि श्रम ही सभ्यता-संस्कृति का मूल तत्व है, हमसे अविलग और अविच्छिन्न। हमारे तुच्छ से तुच्छ और महान से महान प्रयास श्रम पर ही अवलम्बित हैं। ठहर कर सोचना होगा, क्या हम श्रम को उचित मूल्य और मान दे रहे हैं? कुछ प्रतिशत नौकरियों (सरकारी) को छोड़कर किसी को आर्थिक सुरक्षा नहीं। तदर्थवाद (adhocism) के अजगर ने पूरे सिस्टम को जकड़ रखा है। दूसरी ओर एक ही कम्पनी में पाँच हजार से लेकर एक करोड़ के वेतनमान। अमीरी की कोई सीमा क्यों नहीं? अमीरी रेखा क्यों नहीं? शहरीकरण ही क्यों, ग्रामीणीकरण या ग्रामीकरण (ruralisation) क्यों नहीं? हमारा जोर परावलम्बी, मुखापेक्षी, प्रलोभित किए जा सकने वाले मतदाताओं पर क्यों है, क्यों नही हम स्वावलम्बी, श्रमशील और स्वाभिमानी नागरिकों का भारत बनाना चाहते हैं!

आज यह गंभीरता से सोने की जरूरत है कि हमें समाजवाद भी चाहिए क्या? सामाजिक आर्थिक समानता और मानव समाज में एकता और बंधुत्व के अभाव में राष्ट्रवाद एकांगीपन का शिकार होकर रह जाएगा। भारतीय राष्ट्रवाद की भूमिका का एक वैश्विक संदर्भ है–विवेकानंद टैगोर और गांधी जैसे विचारक इसकी पूर्वपीठिका तैयार कर चुके हैं। हम एक हैं एक राष्ट्र की संताने हैं फिर भी हम विश्व नागरिक भी हैं विश्व का कल्याण भी हमारा ध्येय है। तो राष्ट्रवाद को संबल प्रदान करने के लिए भी समाजवाद की दरकार है, चाहे वह सर्वोदय में फलित हो, अंत्योदय में या कि संपूर्ण क्रांति में।

मित्रो, इन विषयों पर आज और अभी नहीं सोचेंगे तो कल देर हो चुकी होगी। हमें अपनी राजनीतिक प्रणाली और अर्थतंत्र– दोनों पर गंभीर चिंतन

करना है। एक ऐसा रास्ता तैयार करना है जिसपर चलकर हम सचमुच मनुष्य जीवन को सार्थक करने में समर्थ हो सकें। यह याद रखने की जरूरत है कि यदि आर्थिक गतिविधियों में मानवीय तत्व का पलड़ा हल्का है तो समाज में व्यापक रूप से मानवीयता का घाटा बना रहेगा, मुनाफा चाहे आप जितना कमा लें। हमें समृद्धि और बर्बरता में से चुनाव करना है।

वर्षों पहले जयप्रकाश ने कहा था, मनुष्य को केवल विकास ही नहीं, स्वतंत्रता भी चाहिए– आत्मविकास की स्वतंत्रता।

(भरतीय उच्च अध्ययन संस्थान, IIAS, शिमला में विंटर स्कूल में आयोजित 'अर्थायाम' व्याख्यान शृंखला के अंतर्गत दिया गया व्याख्यान, 10 दिसम्बर, 2021)

लोक ही लोकनायक के चिंतन और कर्म का केन्द्रक

जेपी की जीवन यात्रा के वे चरण उनके और देश के लिए बहुत प्रभावकारी रहे जबकि उन्होंने अकेले ही आगे बढ़कर नेतृत्व संभाला 1942 और 1974 ऐसे ही दो अवसर थे 1942 में जबकि कांग्रेस पार्टी के लगभग सभी नेता जेल में थे, जेपी ने जेल की दीवाल लांधकर प्रतिरोध की मशाल जलाई वे नेहरू जी की ओर आशा अपेक्षा से देखते थे उनकी उम्मीदें टूटीं फिर उन्होंने सर्वोदय में संभावना तलाशी और अपने से कहीं कम लोकप्रिय विनोबा भावे को अपना साथी और नेता बनाया यह साथ लंबा रहा लगभग दो दशकों का लेकिन इसके बाद फिर एक बार वे अकेले चल चल पड़े सर्वोदय से संपूर्ण क्रांति की ओर अपने समानधर्मा तरुणों को साथ लेकर, और देश एक बड़े बदलाव का साक्षी बना 74 का आंदोलन यूँ तो महंगाई, बेरोजगारी, भ्रष्टाचार और कुशिक्षा के खिलाफ शुरू हुआ था, लेकिन इसकी पृष्ठभूमि में स्वतंत्रता के पच्चीस वर्षों के अंदर ही लोक का सिकुड़ता दायरा और तंत्र निष्ठुर तंत्र का फैलता-पसरता जाल, लोक संस्थाओं का अवमूल्यन और क्षरण, समाजवाद और धर्मनिरपेक्षता के नाम पर बढ़ती, पांव पसारती राज्यवादी निरंकुशता, और नैतिकता में लगातार आती गिरावट थी जिसके अभाव में लोकतंत्र खोखला और निरर्थक हो जाता है इसलिए गुजरात और बिहार के छात्रों का यह आंदोलन एक अवसर था जबकि लोक को उसकी संपूर्ण स्वायत्तता सौंपी जाए स्वराज के स्वप्न को फलीभूत करने के लिए बड़े बदलाव की जरूरत थी, इसीलिए 'लोकनायक' जयप्रकाश ने लोक शक्ति के संधान के लिए संपूर्ण क्रांति का शंखनाद किया- क्रांति और परिवर्तन का एक नितांत देशी भारतीय पाठ जिस पर कई लोगों ने तंज कसे तो कई लोगों के लिए यह जीवन का पाथेय बना।

इसके पहले सत्ता की राजनीति से अलग रहकर भी जयप्रकाश 'एकल व्यक्ति विपक्ष (वन मैन अपोजीशन) की भूमिका में रहे और वास्तव में जमीनी

लोकतंत्र के लिए लोक शक्ति को ही संगठित करते रहे गांधीजी के बाद वे देश में सबसे बड़े सत्ता-विरक्त जन नेता थे। लोकतंत्र को मूल्य और व्यवस्था के रूप में वास्तविक बनाने, उसे मानव मुक्ति का सुलभ साधन बनाने के लिए उन्होंने अपना जीवन लगा दिया लोकतंत्र को लेकर जितनी भी संकल्पनाएँ हो सकती हैं, उन सब पर उन्होंने विचार किया है गांधीजी ने 1940 में कहा था मार्क्सवाद के विषय में जो जयप्रकाश नहीं जानते उसे भारत में दूसरा कोई नहीं जानता यही बात लोकतंत्र के विषय में भी कही जा सकती है जयप्रकाश लोकतंत्र के बारे में जितना जानते हैं और समझते हैं, जिस गहनता और व्यापकता से उन्होंने इस पर विचार किया है, वह अन्यतम और अतुलनीय है वे कहते हैं 'लोकतंत्र एक ऐसी व्यवस्था है जिसमें अधिकतम लोग अपना अधिकतम शासन कर सकें 'इस छोटी सी, किंतु सारगर्भित परिभाषा में लोकतंत्र के मूल्य, उद्देश्य और लक्ष्य एक ही साथ स्पष्ट हो जाते हैं इसी लक्ष्य के लिए वे वैचारिक रूप से, चिंतन के स्तर पर तथा कर्म के स्तर पर भी जीवन के अंतिम क्षणों तक सक्रिय और समर्पित रहे भारत के अतीत, परंपराओं तथा वर्तमान की वास्तविकताओं के अनुरूप लोकतांत्रिक शासन के वैकल्पिक मॉडल की खोज में लगे रहे इसी खोखोथज और शोध का परिणाम उनके विचार गुच्छ हैं, और उनका वह प्रसिद्ध प्रबंध, थीसिस 'भारतीय राज्य की पुनर्रचना एक सुझाव (अ प्ली टु रिकंस्ट्रक्शन ऑफ इंडियन पालिटी, 1959) इसने तब दुनिया भर के लोकतंत्रवादियों और सोशल डेमोक्रेट्स का ध्यान खींचा था। ब्रिटिश राजनीति विज्ञानी मॉरिस जॉन्स और अमेरिकी विचारक विलियम कारपेंटर के बीच 'इकोनामिक वीकली पत्रिका में वैचारिक बहस चली थी। इस पुस्तक में जेपी ने शासक और शासित को पुनर्परिभाषित करते हुए लोकतंत्र का एक वैकल्पिक मॉडल प्रस्तुत किया है जिसमें सचमुच अधिकतम लोग अपना अधिकतम शासन कर सकते हैं। जब वे समाजवादी थे तब 'समाजवाद की मेरी तस्वीर' (1946) में उन्होंने ऐसी तस्वीर पेश की थी जिसमें मनुष्य ना तो पूंजी का दास होगा और ना ही दल अथवा राज्य का गुलाम इसे भी तो लोकतांत्रिक व्यवस्था के ही आदर्श के रूप में देखा जा सकता है।

जेपी की जीवन यात्रा और विचार यात्रा वास्तव में एक-दूसरे के पर्याय हैं। स्वर से और अक्षर से वे भारत के अत्यंत मुखर नेताओं में से एक हैं। वे ऐसे चिंतक विचारक हैं जो सुदूर अतीत से लेकर अदृश्य भविष्य तक की यात्रा कर सकते हैं। शांति, एकता और लोकतंत्र के प्रति उनकी निष्ठा केवल अपने देश तक सीमित या आबद्ध नहीं है, वह अंतरराष्ट्रीयतावादी हैं जीवन के आरंभ से

ही, जबकि वे केवल बीस वर्ष की आयु में अध्ययन के लिए अमेरिका गए। वहाँ से मार्क्सवादी बनकर लौटे, राष्ट्रीय आंदोलन में अपनी पहलकारी भूमिका निभाई– चिंतन और कर्म, दोनों ही स्तरों पर स्वयं को ब्रिटिश सत्ता का सबसे बड़ा शत्रु घोषित किया और इसे सिद्ध भी किया, जेल गए, यातनाएँ सहीं। विडंबना यह कि स्वतंत्र भारत की देसी सत्ता ने भी उन्हें अपना दुश्मन माना जब वे 'लोकतांत्रिक' सत्ता की निरंकुशता के खिलाफ खड़े हुए। 72 वर्ष की उम्र में उन पर लाठियाँ चलीं, उन्हें कैद किया गया। उन्हें यह भी कहना पड़ा– जिस दिन जयप्रकाश देशद्रोही हो जाएगा, उस दिन इस देश में एक भी देशभक्त नहीं बचेगा।

जेपी स्वतंत्रता और लोकतंत्र के लिए अपने गहरे सरोकारों के कारण विश्व नेता भी थे जैसा कि विश्व शांति के अथक योद्धा चार्ल्स सी वाकर ने कहा– 'जेपी दूसरे देशों के मित्रों और साथियों के बीच सुख का अनुभव करते थे। वे हिंदुस्तान की ओर से बोल सकते थे। उनके विचार में भारत को जिन उद्देश्यों का समर्थन करना चाहिए उनसे अधिक विशाल उद्देश्यों का भी वे समर्थन कर सकते थे। वे जानते थे कि अंतिम उद्देश्य तो समूची मानव जाति का है। जो लोग जेपी से कभी मिले नहीं, वे भी जेपी को अपना ही मानते थे, उदाहरण के लिए, बांग्लादेश के संकट के दिनों में जेपी ने दूसरे देशों के सरकारी और गैरसरकारी नेताओं से, जिनमें पोप भी थे, जो चर्चाएं कीं, उन्हें लोगों ने स्वाभाविक ही माना।' जेपी अपनी विश्व यात्रा के दौरान संयुक्त राष्ट्र महासचिव ऊं था से मिले थे। अमेरिका के विदेश मंत्री डीन रस्क ने उनसे मुलाकात की थी। पहली बार अमेरिकी विदेश मंत्री ने किसी 'अनऑफिशियल' व्यक्ति से ऑफिशियल मुलाकात की। केनेथ काउंडा ने, जो जांबिया के राष्ट्रपति हुए, जेपी को तार भेजा– 'आपने हमारी मदद की, इसके लिए हम आभारी हैं।'

एक और, अत्यंत विरल घटना का उल्लेख करना प्रासंगिक होगा 1945 में जबकि जेपी जेल में थे, उनकी रिहाई के लिए लेबर पार्टी ने फेनर ब्रॉकवे, नोएल बेकर और सोरेन सेन के नेतृत्व में लंदन में एक रैली निकाली थी। और तो और, फेनर ब्रॉकवे ने तो यहाँ तक कहा था कि लेनिन के बाद जेपी सबसे बड़े समाजवादी हैं ध्यातव्य है कि विश्व समुदाय को उनके योगदान का सम्मान करते हुए जेपी के निधन के पश्चात संयुक्त राष्ट्र का झंडा झुका दिया गया था उस समय कुर्त वाल्देहम महासचिव थे।

जयप्रकाश का चिंतन सकर्मक चिंतन है। वे सोचते-विचारते ही नहीं, बोलते-लिखते भी हैं, और जहाँ जरूरत होती है, सदेह उपस्थित हो जाते हैं,

क्योंकि वे संगठनकर्ता भी हैं और नेता या नेतृत्वकर्ता भी। वे आरंभ से ही लगातार लिखते रहे हैं। उनकी विधारयात्रा पर दृष्टि डाली जाए तो अमेरिका से 1929 में भारत लौटने के बाद से वे एक दृढ़ मार्क्सवादी के रूप में सामने आते हैं 1934 में लिखी अपनी पुस्तक समाजवाद ही क्यों (Why Socialism) में वे लिखते हैं 'समाजवाद का केवल एक रूप है, एक सिद्धांत है, और वह है मार्क्सवाद'। वह उस समय भारत के साम्यवादियों से बड़ी आशाएँ रखते थे, उन्हें लगता था कि भारत के समाजवादी और साम्यवादी मार्क्सवादी सिद्धांत को आधार बनाकर एक हो सकते हैं। 1936 कर्मिटर्न (कम्युनिस्ट इंटरनेशनल) ने भारत के स्वतंत्रता आंदोलन और कांग्रेस को लेकर अपनी राय बदल ली थी, बल्कि उसका समर्थन किया था। इस कारण इस संभावित एकता की जमीन पुख्ता हुई थी। जयप्रकाश ने कांग्रेस सोशलिस्ट पार्टी में कम्युनिस्टों को शामिल करना शुरू कर दिया लेकिन उनका और उनके साथियों का अनुभव इस बारे में बहुत प्रतिकूल रहा। कम्युनिस्ट वास्तव में कांग्रेस सोशलिस्ट पार्टी को ही नष्ट करने का प्रयास कर रहे थे, इसलिए समाजवादी-साम्यवादी एका की कल्पना ही ध्वस्त हो गई। 1940 के रामगढ़ अधिवेशन में बकायदा प्रस्ताव पारित कर कम्युनिस्टों की पार्टी से निकाल दिया गया।

यह वह दौर था जबकि रूस में साम्यवादी नेताओं पर मुकदमें हो रहे थे। इस पूरी घटना का जयप्रकाश के चित्त और सोच पर गहरा प्रभाव पड़ा। जयप्रकाश मार्क्सवाद के कार्यान्वियन को लेकर पहले जितने दृढ़ नहीं रहे। पहले उनका मानना था कि समाजवादी दल भारत सहित किसी भी समाज या देश में सत्ता प्राप्त कर समाजवाद को बलपूर्वक लागू कर सकता है। अब 1940 के पश्चात वे नम्र होते चले गए। मार्क्सवाद के कार्यान्वियन में, विशेषकर भूमि के प्रश्न का समाधान जनता की स्वतंत्रतापूर्वक व्यक्त इच्छा के अनुसार करने की बात करते हैं (स्वराज की रूपरेखा, 1940 के रामगढ़ अधिवेशन के लिए तैयार किया गया प्रारूप प्रस्ताव)। वे 1940 में ही सामाजिक न्याय और आर्थिक समानता को राज्य का मार्गदर्शक सिद्धांत बनाने पर जोर देते हैं। राजनीतिक व्यवस्था को लेकर उनका चिंतन लोकतांत्रिक समाजवाद की ओर झुक रहा था। युद्धविरोधी भाषण और हड़ताल के लिए फरवरी 18 सितंबर 1940 में ही उन्हें गिरफ्तार किया गया देवली वौंप जेल में कैदियों की दयनीय स्थिति के खिलाफ इकतीस दिनों का उपवास भी किया 1942 के भारत छोड़ो आंदोलन के समय जयप्रकाश हजारीबाग सेंट्रल जेल में कैद थे आंदोलन को बुरी तरह कुचला जा रहा था यह एक बड़ा मौका था उपनिवेशवाद से मुक्ति कर, और

इसके लिए जयप्रकाश की मुक्ति जरूरी थी। 8 नवंबर 1942 को जेल की दीवार फांद गए और साध्य-साधन की परवाह किए बिना आजाद दस्ता संगठित किया। अपनी भूमिगत लड़ाई को परदेश नेपाल तक ले गए, वहीं से गतिविधियों का संचालन करते रहे। आखिरकार 18 सितंबर 1943 को अमृतसर के निकट ट्रेन में गिरफ्तार कर लिए गए। उन्हें कुख्यात लाहौर किला में रखा गया। यातनाएँ सहते भी उन्होंने अध्ययन-लेखन का काम जारी रखा। उस समय की चर्चित पुस्तकों का अध्ययन किया, समीक्षा भी की। उन्होंने एरिक फ्रॉम डगलस रीड, माइकल स्ट्रेट, जिम फैलैन, अर्नेस्ट हेमिंग्वे जैसे विदेशी लेखकों-विचारकों से लेकर भारत के दांतवाला, परदीवाला, अशोक मेहता, मीनू मसानी, वाडिया एवं मर्चेट (आवर इकनोमिक प्रॉब्लम) की कृतियों पर भी टिप्पणियाँ लिखीं। उन्हें अखबार और पुस्तकें मिलती थीं। मीनू मसानी और कमला शंकर जैसे मित्र उन्हें पुस्तकें भेजते रहते और जयप्रकाश कोठरी के अंदर रहकर भी बाहर की दुनिया से जुड़े रहते। उन्होंने पेरिस की मुक्ति, कॉमिटर्न का स्टॉलिन द्वारा विघटन, रूजवेल्ट की युद्ध में विजय के लिए प्रार्थना और आइंस्टाइन की गांधी-स्तुति से लेकर भारत में राजनीतिक घटनाक्रमों पर अपनी प्रतिक्रिया दी है। उन्हें इस बात का दुःख और रंज है कि 1942 के जनविद्रोह से गांधीजी और कांग्रेस ने किनारा कर लिया, क्योंकि वह विफल हो गया। उन्होंने भारत की अर्थव्यवस्था पर अलग से, भारतीय दृष्टि से पुस्तक लिखने की जरूरत पर बल दिया। वे भारतीय सभ्यता, संस्कृति, सामाजिक संगठन को लेकर डॉक्टर भगवान दास (भारत रत्न) की पुस्तक दि साइंस ऑफ सोशल ऑर्गेनाइजेशन और दि लॉज ऑफ मनु इन द लाइट ऑफ थियोसोफी की विवेचना करते हुए मनु को नई दृष्टि से देखते हैं। बंदी जीवन में चिंतन-मनन और लेखन का यह उपक्रम आपातकाल में स्वतंत्र भारत में बंदी जयप्रकाश दोहराते हैं (उनकी जेल डायरी 'कारावास की कहानी)।

जेपी की जीवन यात्रा और विचार यात्रा लगभग एकमेव है। 1947 में गांधीजी जेपी को कांग्रेस अध्यक्ष बनाना चाहते थे स्वयं जेपी ने 1946 में राष्ट्रहित में समाजवादियों (अगस्टीयर्स, सन् 42 के विप्लवी) की स्वतंत्रता-पश्चात कांग्रेस के साथ घुलने-मिलने की जरूरत व्यक्त की थी। या तो समाजवाद को लेकर नेहरू जी की प्रतिबद्धता सच्ची नहीं थी, या फिर जयप्रकाश की योग्यता में उनका भरोसा पक्का नहीं था, नहीं तो वे गांधीजी का कहा मान लेते। गांधीजी समाजवादी, विप्लवी, गांधी-विचार से असहमत जयप्रकाश को इतिहास के एक महत्वपूर्ण मोड़ पर कांग्रेस की बागडोर देना चाहते थे, लेकिन नेहरू

जी और सरदार पटेल को यह स्वीकार्य नहीं हुआ। यहाँ यह भी उल्लेखनीय है कि जेपी ने जून 1947 में कांग्रेस की कार्यसमिति की बैठक में राम मनोहर लोहिया के साथ देश के बंटवारे के प्रस्ताव का विरोध किया था, जबकि पूरी कार्यसमिति इसके समर्थन में थी। सीमांत गांधी खान अब्दुल गफ्फार खान ने जरूर अपनी पीड़ा इन शब्दों में व्यक्त की थी– 'तुम लोग तो हमें भेड़ियों के आगे फेंक रहे हो।' 15 अगस्त 1947 को गांधीजी नोआखाली में थे और जयप्रकाश दिल्ली में रहकर भी स्वतंत्रता प्राप्ति के उत्सव में शामिल नहीं हुए थे क्योंकि उनके लिए यह स्वतंत्रता 'सत्ता का हस्तांतरण (ट्रांसफर ऑफ पॉवर) मात्र थी।

अध्यवसाय, चिंतन और लेखन जेपी की जीवनचर्या का प्रमुख अंग है। लेखन कार्य वे निरंतरता में करते हैं। 11 अप्रैल 1946 को वे जेल से बाहर आए, उसी वर्ष उनके साथियों और मित्र युसूफ मेहर अली ने उनकी चुनिंदा रचनाओं/लेखों का संकलन प्रकाशित किया 'इंडिया स्ट्रगल फॉर फ्रीडम– पॉलीटिकल, सोशल एंड इकोनामिक बाय जयप्रकाश नारायण। इसके पहले जैसा कि ऊपर बताया जा चुका है 1936 में जेपी ने 'व्हाई सोशलिज्म लिखी जो बहुत चर्चित हुई थी इसी पुस्तक के एक अध्याय में उन्होंने कांग्रेस सोशलिस्ट पार्टी के गठन के औचित्य पर प्रकाश डाला है। यहाँ वे उद्घोष करते हैं– 'सारी सत्ता जनता के हाथ'। वे यह मानते हैं कि मानवता को समाजवाद की सबसे बड़ी देन यही है कि इसने मानव विकास और प्रगति की प्रक्रिया को मानव बुद्धि द्वारा निर्देशित और नियंत्रित करना संभव बनाया है। इसी आधार पर वे समाजवादी भारत में राज्य द्वारा नियोजित एवं नियंत्रित विकास की रूपरेखा प्रस्तुत करते है। इसमें आधारभूत एवं प्रमुख उद्योगों का समाजीकरण करने पर बल देते हैं।

जयप्रकाश का लेखन विपुल मात्रा में उनकी पुस्तकों, पुस्तिकाओं, लेखों, दलीय मसौदों, प्रारूपों और प्रस्तावों, प्रेस विज्ञप्तियों, भाषणों, साक्षात्कारों एवं डायरियों के रूप में उपलब्ध है। उनके पत्रों की संख्या तो बहुत बड़ी है जो उन्होंने राष्ट्राध्यक्षों और विश्व नेताओं से लेकर एकदम साधारण नागरिकों तक को लिखा है. उन्होंने ज्यादातर अंग्रेजी में लिखा। देशी-विदेशी पत्र-पत्रिकाओं के अतिरिक्त उनके लेख और टिप्पणियाँ सप्ताहिक जनता में नियमित रूप से छपती रहीं। 1946 में इसका प्रकाशन समाजवादी विचारधारा के प्रचार-प्रसार के लिए शुरू किया गया था। बहुत बाद में 1972 में उन्होंने एवरीमैन्स' का प्रकाशन शुरू किया और अज्ञेय जी उसके कार्यकारी संपादक बने। समाजवादी

नेता एन. जी. गोरे को लिखे एक पत्र में उन्होंने इस साप्ताहिक पत्र से मुक्त चिंतन वाले संवेदनशील बुद्धिजीवियों को जोड़ने की बात कही है। आपातकाल में इसका प्रकाशन बंद हो गया। इतिहासकार और जेपी के निकट सहयोगी रहे प्रोफेसर विमल प्रसाद ने बहुत श्रम से दस खंडों में उनकी रचनावाली अंग्रेजी में संपादित की है– 'जयप्रकाश नारायण, सिलेक्टेड राइटिंग्स'। जयप्रकाश उन बहुत थोड़े भारतीय व्यक्तित्वों में शामिल हैं जिनकी अनेक जीवनियाँ हिंदी, गुजराती और अंग्रेजी में प्रकाशित हैं। जीवनी लेखकों में रामवृक्ष बेनीपुरी, श्रीराम, लक्ष्मी नारायण लाल, कांति शाह, एलेन. स्कार्फ, वेडी स्कार्फ, जे. एस. ब्राइट.एच.एल. सेठ, अजीत भट्टाचार्य, ए.के. गांधी, ओंकार शरद, सुरेश राम, श्रीकृष्ण दत्त भट्ट, राम भूषण, रघुवंश दयाल सावंत, निर्मल शुक्र, जगदीश चावला, रमण लाल पटेल, नारायाण देसाई, चंद्रशेखर सत्यसेवक, प्रकाश नारायण शाह, विमल प्रसाद–सुजाता प्रसाद, सुधांशु रंजन, शैलेंद्र नाथ श्रीवास्तव आदि शामिल हैं। उनके कृतिल पर दर्जनों पुस्तकें प्रकाशित है। उनके निधन के पश्चात जयप्रकाश अमृत कोष ने उनके जीवन और कर्म पर एक विशद ग्रंथ प्रकाशित किया– 'जयप्रकाश'। जयप्रकाश की एक दुर्लभ विशेषता यह है कि वे सामाजिक-राजनीतिक विषयों को प्रथमतया एक समाजशास्त्री की दृष्टि से देखते हैं और तब अपनी सैद्धांतिकी और कार्य-योजना तैयार करते हैं। सामाजिक शोध और सर्वेक्षण के समाजशास्त्रीय औजारों का उपयोग उन्होंने नगा समस्या, दस्यु समस्या और नक्सल समस्या के समाधान के लिए बखूबी किया। मुसहरी प्रयोग वास्तव में एक क्षेत्र विशेष का समाजशास्त्रीय अध्ययन भी है। सरकारी कार्यक्रमों एवं योजनाओं के कार्यान्वयन को प्रभावी एवं वास्तविक बनाने के लिए सोशल ऑडिट या सामाजिक अंकेक्षण की अवधारणा वही लेकर आए जो आज योजनाओं एवं कार्यक्रमों के मूल्यांकन का एक प्रमुख उपकरण है। जयप्रकाश देश के बड़े श्रम संघ नेता भी रहे हैं। भारत में ट्रेड यूनियन आंदोलन को उनका महत्वपूर्ण योगदान रहा है। ट्रेड यूनियन गतिविधियों के कारण स्वतंत्रता-पूर्व की अंग्रेज और कांग्रेसी सरकारों की आंखों की किरकिरी भी रहे उन्होंने श्रमिकों की समस्याओं का न केवल आर्थिक और राजनीतिक बल्कि समाजशास्त्रीय दृष्टिकोण से भी अध्ययन किया और कार्यक्रम हाथ में लिए। भारत में स्वयंसेवी क्षेत्र के विकास में भी उनकी भूमिका अग्रणी रही है। 1954 में सामाजिक विकास के क्षेत्र में काम करनेवाली संस्था 'अवार्ड' के वे संस्थापक अध्यक्ष रहे। लोकतंत्र में संस्थाओं की भूमिका को वह बहुत महत्व देते थे। उन्होंने अनेक संस्थाएँ बनाईं और

अनेक संस्थाओं से उनका जुड़ाव रहा। उन्होंने 'इंडो-पाक रिकॉन्सिलीएशन कमिटी' बनाई थी। 'वर्ल्ड पीस ब्रिगेड' की स्थापना में भी उनका प्रमुख योगदान था 'कॉमन वेल्थ ऑफ वर्ल्ड सिटीजेन्स के पांच सदस्यीय अध्यक्ष मंडल में शामिल रहे। उन्होंने नागालैंड पीस कमेटी की स्थापना की, तिब्बत की समस्या पर अंतरराष्ट्रीय परिषद का आयोजन किया। वे चंबल घाटी शांति मिशन के अध्यक्ष रहे, बिहार रिलीफ कमेटी के अध्यक्ष रहे और 1967 के अकाल के दौरान जबरदस्त काम किया। इसके पहले 1934 में भूकंप राहत में वे डॉ. राजेंद्र प्रसाद के साथ भी कार्य कर चुके थे। 1965 में लोक सेवा के क्षेत्र में महत्वपूर्ण योगदान के लिए उन्हें फिलीपींस का मैग्सेसे पुरस्कार प्राप्त हुआ था। बिहार में गया के सोखोदेवरा में उन्होंने आश्रम स्थापित किया और कृषि तथा सामाजिक विकास के क्षेत्र में कई प्रयोग किए। इसके अलावा प्रभावती जी के साथ मिलकर बिहार महिला चरखा समिति की स्थापना भी उन्होंने की। जनवरी 1974 में उन्होंने पटना में स्वतंत्रता सेनानी, चंपारण आंदोलन में गांधीजी के सहयोगी रहे ब्रजकिशोर प्रसाद की स्मृति में ब्रजकिशोर मेमोरियल इंस्टिट्यूट की स्थापना की। संस्था निर्माण की आवश्यकता को वह किस तीव्रता के साथ अनुभव करते थे और इसके प्रति किस सीमा तक प्रतिबद्ध थे, इसका अनुमान इसी तथ्य से लगाया जा सकता है कि आपातकाल में गिरफ्तारी के बाद 1976 में पैरोल पर रिहा होने के बाद उन्होंने नागरिक स्वतंत्रता एवं लोकतांत्रिक अधिकारों की रक्षा के लिए पीयूसीएल (पीपुल्स यूनियन फॉर सिविल लिबर्टीज) नामक फोरम का गठन किया जो आज भी सक्रिय है। इसके पहले 1974 में वह रेडिकल ह्यूमनिस्ट जस्टिस वीएम तारकुंडे के साथ मिलकर सिटीजंस फॉर डेमोक्रेसी (जनतंत्र समाज) की स्थापना कर चुके थे यह फोरम भी आज तक सक्रिय है।

उसी प्रकार दल और संगठन बनाने में भी जयप्रकाश जी की रुचि रही। जब वे मात्र बत्तीस वर्ष के थे, आचार्य नरेंद्र देव, राम मनोहर लोहिया, मीनू मसानी और अशोक मेहता आदि समाजवादी रुझान वाले नेताओं के साथ मिलकर 1934 में कांग्रेस के अंदर ही कांग्रेस सोशलिस्ट पार्टी बना दी। 1948 में कांग्रेस सोशलिस्ट पार्टी कांग्रेस से विधिवत अलग हो गई और सोशलिस्ट पार्टी बन गई। 1952 में जे. बी. कृपलानी की किसान मजदूर प्रजा पार्टी के साथ मिलकर प्रजा सोशलिस्ट पार्टी का जन्म हुआ। 1955 में राम मनोहर लोहिया के नेतृत्व में एक वर्ग अलग होकर संयुक्त सोशलिस्ट पार्टी बन गया। तब तक जेपी सत्ता की राजनीति से अलग होकर सर्वोदय आंदोलन को अपना जीवन देने

की घोषणा कर चुके थे। सर्वोदय से उनका लगभग बीस वर्षों तक सक्रिय और जीवंत जुड़ाव बना रहा। जब उन्होंने 1974 में संपूर्ण क्रांति का आवाहन किया तो इस ध्येय के लिए एक समर्पित और प्रतिबद्ध छात्र-युवा संगठन छात्र युवा संघर्ष वाहिनी का गठन 1 जनवरी 1975 को किया। वाहिनी के युवा आपातकाल के दौरान भूमिगत आंदोलन चलाते रहे और आपातकाल के पश्चात व्यवस्था परिवर्तन के लिए बोधगया भूमि आंदोलन और गंगा मुक्ति आंदोलन जैसे जमीनी आंदोलनों का सफल संचालन किया। ध्यातव्य है कि 1942 में जेपी ने ब्रिटिश सत्ता के खिलाफ आजाद दस्ता का गठन किया था 1977 में तानाशाही बनाम लोकशाही के संघर्ष में सर्वसत्तावाद के विरुद्ध गैर कांग्रेसी दलों को एक चुनाव चिन्ह पर चुनाव लड़ने के लिए राजी किया और जनता पार्टी अस्तित्व में आई जिसे ऐतिहासिक विजय मिली और देश में लोकतंत्र पुनः स्थापित हुआ इसे दूसरी आजादी कहा गया इन सारी भूमिकाओं के ऊपर वे अपने समय के सबसे बड़े जन नेता, मास लीडर रहे। लोक ही उनके चिंतन और कर्म का केंद्रक है, उनके सारे अभिक्रम, सारा पुरुषार्थ जनता जनार्दन को समर्पित है इसीलिए वे लोकनायक है।

जेपी की विचार यात्रा को मोटे तौर पर चार चरणों में देखा जा सकता है। पहला, जबकि वे प्रखर और प्रतिबद्ध मार्क्सवादी हैं और समाजवाद की स्थापना के प्रति कृतसंकल्प हैं। उपनिवेशवाद, विदेशी शासन इसके मार्ग का सबसे बड़ा अवरोध है, इसलिए स्वराज समाजवाद की पहली शर्त है। दूसरा चरण वह है जिसमें तात्विक रूप से रूसी किस्म के समाजवाद से उनकी वैचारिक दूरी बनती है, और वे लोकतन्त्र के अभाव में समाजवाद को अधूरा मानते हैं। इसी दौर में वे यूरोप में उस समय प्रचलित लोकतांत्रिक समाजवाद की ओर आकर्षित होते हैं। लगभग इसी वैचारिक आधार के साथ वे स्वतंत्र भारत के पहले आम चुनाव में भाग लेते हैं। तीसरा, गांधी-विचार से उत्तरोत्तर बढ़ती निकटता के बीच 1952 के एक प्रायश्चित-उपवास के दौरान 'अच्छाई और भलमनसाहत की प्रेरणा' को लेकर हुई आंतरिक अनुभूति ने इनकी चिंतनधारा ही मोड़ दी, वे भारतीय सभ्यता और परम्परा के पुनरान्वेषण में प्रवृत्त हुए और सर्वोदय को अपना जीवन दे दिया। और चौथा चरण वह जिसमें लोकतन्त्र में 'तंत्र' बढ़ रहा था और 'लोक' घट रहा था, देश सर्वसत्तावाद की ओर बढ़ रहा था। दूसरी ओर सर्वोदय आंदोलन में ठहराव आ रहा था। हिंसक पद्धति से परिवर्तन का आग्रह भी देश के समक्ष विषम चुनौती प्रस्तुत कर रहा था। राष्ट्रीय जीवन में एक निराशा और जड़ता घर कर रही थी लेकिन युवा रक्त उबल रहा

था, और यहीं जयप्रकाश को सम्भावनाओं की रेख दिखाई दी। पहले तो उन्होंने 'यूथ फॉर डेमोक्रेसी' की अपील की, फिर बिहार के छात्रों के ऐतिहासिक आंदोलन की बागडोर अपने हाथ में लेकर संपूर्ण क्रांति का आह्वान किया। जनता पार्टी द्वारा लोकतंत्र की पुनर्स्थापना जयप्रकाश की दृष्टि में एक महत्वपूर्ण पड़ाव भर थी, आगे यात्रा लंबी थी। वे एक निरंतर क्रांति देखना चाहते थे जिसमें जीवन में जो कुछ शुभ और सुंदर है, वह निखर आए और सबको लभ्य हो। इस विचार यात्रा में वास्तव में जीवन सत्य की खोज है जो परिवर्तन की आकांक्षाओं, आग्रहों और उपक्रमों में प्रकट होती है, और राजनीति जिसका माध्यम बनती है। यही कारण है कि जेपी के यहाँ राजनीति सत्ता प्राप्त करने का जरिया और युक्ति भर नहीं रहती, उसका एक बहुत व्यापक, लोकसंग्रही स्वरुप सामने आता है। जेपी इस अर्थ में क्रांति-शोधक के रूप में वास्तव में सत्य-शोधक हैं। वे जीवन भर सत्य कहने और उसी पर टिके रहने की कीमत चुकाते हैं– विदेशी शासन में भी, और स्वदेशी शासन में भी।

[सेतु प्रकाशन, दिल्ली द्वारा सेतु विचार शृंखला के अंतर्गत प्रकाशित 'जयप्रकाश नारायण' पुस्तक (चयन एवं संपादन शिवदयाल) की प्रस्तावना।]

सन् चौहत्तर : लोकतंत्र के लिए लोकशक्ति का संधान!

18 मार्च 1974 का दिन। बढ़ती महँगाई, बेरोजगारी, भ्रष्टाचार और शिक्षा में गिरावट के खिलाफ बिहार प्रदेश छात्र संघर्ष समिति की अगुआई में बिहार भर के हजारों छात्र-नौजवान अपनी बारह सूत्री माँगों को लेकर बिहार विधान सभा और सचिवालय के समक्ष पहुँचे। वे सचिवालय और राजभवन को जोड़ने वाले देशरत्न मार्ग पर धरना देने बैठे तो पुलिस ने निर्दयतापूर्वक लाठी चार्ज किया। दो दिन पहले ही बिहार के नागरिकों ने पहली बार केन्द्रीय सुरक्षा बलों सीआरपीएफ और बीएसएफ के जवानों को सड़कों पर मार्च करते देखा था। पुलिस ने छात्र नेताओं को विशेष रुप से निशाना बनाया। इस अप्रत्याशित हमले से छात्रों सहित उपस्थित जनसमूह भी भड़क गया और पथराव शुरू कर दिया। फिर तो कई बार के लाठी चार्ज और अश्रु गैस के गोले छोड़ने के बाद आखिर गोली चलाने का आदेश दे दिया अधिकारियों ने। स्थिति इस हद तक बेकाबू हो गई कि नागरिक प्रशासन ठप हो गया। सर्चलाइट/प्रदीप (अखबार), पेट्रोल पम्प, नगर निगम कार्यालय जैसी कई इमारतें आग के हवाले कर दी गई, लूटपाट की कितनी ही घटनाएँ हुई, पोल्ट्री फार्म भी लूट लिया गया। विधान सभा के सचिव विश्वनाथ मिश्र के सरकारी आवास में भी आग लगा दी गई, मात्र सौ गज की दूरी पर विधान सभा के अहाते में दमकल गाड़ियाँ मौजूद थीं लेकिन उनका उपयोग नहीं किया गया। दूसरी ओर केन्द्रीय सुरक्षा बलों के जवान निहत्थे लोगों के साथ दुश्मनों की तरह पेश आ रहे थे। नये सचिवालय के पास दो व्यक्तियों को गोली लगी जिसमें एक को सामने के भवन में लगी आग की लपटों में फेंक दिया गया। मुसल्लहपुर मुहल्ले में एक शिक्षिका सुशीला लाल को, रामचंद्र साह को और एक बच्चे रामजी तथा अशोक को गोली लगी। जयप्रकाश नारायण ने कहा, ढाई घंटे तक पटना जलता रहा और कोई पूछनेवाला नहीं रहा। उन्होंने 20 मार्च को बयान दिया– "अठारह मार्च को

पटना में प्रशासन जिस बुरी तरह विफल हुआ उसके बाद किसी भी प्रजातांत्रिक देश में सरकार इस्तीफा दे देती, लेकिन इस देश में हम अपनी गलतियों को छिपाने, बहाने बनाने और बलि के बकरे ढूँढने में माहिर हो गए हैं।"

दमनात्मक कार्रवाइयों की एक श्रृंखला सी बनी। 18 मार्च को पटना में पुलिस ने गोली चलाई तो 19 मार्च को जमुई में और 20 मार्च को लखीसराय में। अगले ही महीने 12 अप्रैल को गया में पुलिस की गोली से आठ लोग मारे गए। इसके पहले आंदोलन की बागडोर छात्र संघर्ष समिति ने जयप्रकाश जी को सौंप दी थी जिनके नेतृत्व में पटना में 8 अप्रैल को बड़ा भारी जुलूस निकला। लोगों के मुँह पर पट्टियाँ बँधी थीं और हाथ पीछे थे। महान कथाकार और जेपी के अनन्य सहयोगी फणीश्वर नाथ रेणु जुलूस में आगे चल रहे थे। तख्तियों पर लिखा था– 'क्षुब्ध हृदय है बंद जुबान', 'हमला चाहे जैसा होगा, हाथ हमारा नहीं उठेगा।' 9 अप्रैल को पटना के गाँधी मैदान में जयप्रकाश जी की पहली सभा हुई जिसमें लाखों लोग जमा हुए। छात्र नेताओं ने घोषणा की कि हमारी लड़ाई इस व्यवस्था के प्रति है। सत्ताइस वर्षों में देश को गर्त में पहुँचाने के जितने दोषी काँग्रेसी हैं, उतने ही विरोधी दल वाले हैं। हमारी लड़ाई दोनों से है। हमारे नेता जयप्रकाश हैं और हमने अपना नेतृत्व उनके हाथों में सौंप दिया है। इसी सभा में युवकों ने जयप्रकाश जी को 'लोकनायक' की उपाधि जनता की ओर से दी। जेपी ने आंदोलन की इस पहली जनसभा में गुजरात के नवनिर्माण आंदोलन के साथ ही 'यूथ फॉर डेमोक्रेसी' की अपनी अपील का जिक्र किया और लोगों का आह्वान किया कि सड़ी गली व्यवस्था के स्थान पर ऐसी व्यवस्था का निर्माण करें जिसमें जनता साधारण सरकारी कर्मचारी से लेकर प्रधानमंत्री तक के कार्यकलापों पर निगरानी रख सके, वह लोकतंत्र की रक्षक बने, प्रहरी बने। उन्होंने यह भी कहा कि बिहार का नैतिक स्तर उठाने का यह सुनहरा मौका है; कि वे चुपचाप सबकुछ देखते नहीं रह सकते, वे यह सब चलने नहीं देंगे। इसके बाद तो आंदोलन के कार्यक्रमों के साथ-साथ सरकारी दमन चक्र भी चलता ही रहा। कुछ प्रमुख कार्यक्रम थे– 23 अप्रैल को सर्वोदय के लोगों और छात्रों-नौजवानों द्वारा दस लाख दस्तखत जमा किए गए। 27-30 अप्रैल तक जन जागरण का कार्यक्रम चला। 5 जून को गाँधी मैदान की ऐतिहासिक सभा में जयप्रकाश जी ने सम्पूर्ण क्रान्ति का उद्घोष करते हुए कहा था कि आंदोलन सरकार बदलने के लिए नहीं, व्यवस्था बदलने के लिए है, जीवन के हर क्षेत्र में आमूलचूल परिवर्तन। उनके शब्द थे "यह संघर्ष केवल सीमित उद्देश्यों के लिए नहीं हो रहा है। इसके उद्देश्य तो बहुत

दूरगामी हैं, भारतीय लोकतंत्र को 'रीयल' यानी वास्तविक और सुदृढ़ बनाना, जनता का सच्चा राज कायम करना, समाज से अन्याय, शोषण आदि का अंत करना, एक नैतिक, सांस्कृतिक तथा शैक्षणिक क्रांति करना, नया बिहार बनाना, और अन्ततोगत्वा नया भारत बनाना है। यह सम्पूर्ण क्रांति है।" (सम्पूर्ण क्रांति का आह्वान, सर्व सेवा संघ प्रकाशन, वाराणसी)। इस सभा के पश्चात 7 से 12 जून तक विधान सभा पर जत्थेवार धरने का कार्यक्रम चला। 13 जुलाई को राजभवन के समक्ष विशाल प्रदर्शन छात्रों का हुआ, छात्रों से एक साल की पढ़ाई छोड़ने की अपील की गई आंदोलन को शक्ति प्रदान करने के लिए। 3, 4 और 5 अक्तूबर को अभूतपूर्व 'बिहार बंद' आयोजित किया गया। 4 और 5 अक्तूबर को जेपी ने विधानसभा के समक्ष धरना देकर विधान सभा भंग करने की माँग की। इसी दिन पटना सिटी में गोली कांड हुआ जिसमें पुलिस की गोली से कई लोग मारे गए। 10 अक्तूबर को जेपी ने कहा– यदि प्रधानमंत्री पंचानवे प्रतिशत जनता को नहीं देख पा रहीं तो इस्तीफा दे दें। समांतर जनता सरकारें स्थापित करने का आह्वान, कार्यक्रम हाथ में लिए गए। 4 नवंबर को 24 घंटे सचिवालय के घेराव के लिए लगभग बीस हजार आंदोलनकारियों का नेतृत्व करते बहत्तर वर्षीय जयप्रकाश पर पुलिस ने लाठियाँ बरसाई। 6 नवंबर को पटना बंद हुआ इस घटना के विरोध में। 18 नवंबर को पटना की विशाल जनसभा में जेपी ने आंदोलन को व्यापक बनाने का संकल्प लिया, साथ ही इंदिरा जी द्वारा दी गई चुनाव की चुनौती स्वीकार की। उन्होंने कुछ अखबारों को कहा कि अब यह आंदोलन केन्द्र के खिलाफ है।। जनवरी 1975 को उन्होंने सम्पूर्ण क्रान्ति को समर्पित एक निर्दलीय अद्धसैनिक छात्र-युवा संगठन छात्र युवा संघर्ष वाहिनी का गठन किया और स्वयं वाहिनी के सेनानायक बने। अब तक सीपीआई को छोड़कर लगभग सभी विपक्षी दल आंदोलन में शामिल हो गए थे, जेपी का उनसे आग्रह था कि दल के लोग सहायक भूमिका में रहें, छात्रों-युवकों को ही जनान्दोलन का नेतृत्व करने दें, इसका निर्दलीय स्वरूप बरकरार रखें। आंदोलन को अब तक देशव्यापी समर्थन मिलने लगा। जेपी के अनेक राज्यों के दौरे हुए। उन्होंने 6 मार्च, 1975 को दिल्ली में लगभग आठ किलोमीटर लम्बे मार्च का नेतृत्व किया और लोकसभा अध्यक्ष को 'जनता का माँगपत्र' सौंपा। यह एक बहुत बड़ी घटना थी। मार्च 1975 महीने में ही जनता सरकार बनाने के आह्वान के फलस्वरूप बिहार के 23 प्रखंडों में जनता सरकार बनी। 1-31 मई के दौरान आंदोलनकारी गाँवों में फैले और सम्पूर्ण क्रान्ति का संदेश पहुँचाया। आंदोलन के आर्थिक कार्यक्रम के तहत भूमिहीनों

को पर्चा दिलाने तथा भूदान की जमीन के वितरण के लिए अभियान चलाया गया।

5 जून 75 को गाँवों में जनता सरकार को स्थापित करने की घोषणा हुई। संघर्ष वाहिनी को सशक्त करने के लिए वाहिनी के प्रखंड शिविरों का आयोजन किया गया। इसी बीच सीलिंग से फालतू जमीन की जानकारी भी एकत्र की गई।

एक महत्वपूर्ण घटनाक्रम में 12 जून 1975 को इलाहाबाद उच्च न्यायालय ने प्रधानमंत्री श्रीमती इंदिरा गाँधी के रायबरेली से निर्वाचन को अवैध करार दिया। उनपर इस्तीफे का दबाव बनने लगा। जेपी ने भी उनसे सर्वोच्च न्यायालय में अपील की सुनवाई और अंतिम निर्णय होने तक नैतिक आधार पर पद छोड़ने को अपील की। 25 जून को विपक्षी दलों द्वारा आयोजित दिल्ली के रामलीला मैदान की महती जनसभा में जेपी ने लोकतंत्र की रक्षा का आह्वान किया। उन्होंने सुरक्षा बलों से संविधान और लोकतंत्र की रक्षा करने तथा गैरकानूनी आदेशों को नहीं मानने की अपील की। उसी रात यानी 25-26 जून की रात बारह बजे देश में आपातकाल लगा दिया गया। 26 जून 1975 को जेपी सहित सभी विपक्षी नेता गिरफ्तार कर लिए गए, सभी राजनीतिक गतिविधियाँ प्रतिबंधित हो गई, प्रेस पर सेन्सरशिप लागू हो गया। व्यवस्था परिवर्तन का आंदोलन सर्वसत्तावाद के पंजे में फँस गया।

यहाँ एक बात जान लेना आवश्यक है। 18 मार्च 1974 को फूटा युवा आक्रोश आकस्मिक या स्वतःस्फूर्त नहीं था। इसके पीछे छात्र नेताओं की बड़ी सोच और तैयारी थी। इस आंदोलन की पूर्वपीठिका कहीं न कहीं गुजरात का नवनिर्माण आंदोलन बनी थी जिसकी शुरूआत जरूर आकस्मिक रूप से अहमदाबाद के छात्रावासों में हुई थी। वहाँ छात्रों ने अपने सरोकारों के दायरे में महँगाई और भ्रष्टाचार से त्रस्त आम आदमी को भी ले लिया था। जनवरी 1974 में आखिर गुजरात विधान सभा को भंग करना पड़ा और मुख्यमंत्री चिमनभाई पटेल को पद छोड़ना पड़ा। इन घटनाओं का प्रभाव बिहार के छात्रों और छात्र राजनीति पर भी पड़ रहा था। लेकिन सबसे अधिक तो असर उन पर जयप्रकाश जी की 'यूथ फॉर डेमोक्रेसी' की पुकार का हुआ। लोकतंत्र को बचाने, उसे वास्तविक बनाने, कमजोर और वंचित जनसमुदाय को व्यवस्था में जगह देने, मताधिकार से आगे राजशक्ति पर लोकशक्ति का अंकुश रखने के लिए वे देश के युवाओं का आह्वान कर रहे थे। गुजरात में 13 और 14 फरवरी 1974 को अहमदाबाद और साबरमती आश्रम में उनकी तीन सभाएँ हुई। 13

फरवरी को व्यापारी महामंडल की सभा में व्यापारियों को संकटकाल के कर्तव्यों के प्रति आगाह किया। समाज के प्रति व्यापारी वर्ग की जिम्मेदारी के साथ ही उन्होंने ट्रस्टीशिप के औचित्य और महत्व पर भी प्रकाश डाला। 13 फरवरी को ही साबरमती आश्रम में उन्होंने रचनात्मक कार्यकर्ताओं से कहा कि न केवल गुजरात में, बल्कि कश्मीर से लेकर कन्याकुमारी तक पूरे देश में एक क्रांतिकारी स्थिति पैदा हो रही है जिसे पहचानने की जरूरत है। उन्होंने मतदाताओं को सशक्त और संगठित करने के लिए मतदाता परिषदों की, साथ ही ग्रामसभा प्रतिनिधि परिषद की स्थापना का आग्रह किया ताकि उम्मीदवारों पर दलों का अंकुश न हो बल्कि मतदाताओं का अंकुश बने। 14 फरवरी को जयप्रकाश जी ने गुजरात यूनिवर्सिटी के विद्यार्थियों को संबोधित करते हुए अपने भावों को कविवर हरिवंशराय चच्चन के इन शब्दों में व्यक्त किया– "आज लहरों में निमंत्रण, तीर कर कैसे रुकूँ मैं।" उन्होंने छात्रों के स्वत:स्फूर्त (एल.टी. इंजीनियरिंग कॉलेज के छात्रावास में भोजन का बिल बढ़ने के विरोध में) किन्तु सफल आंदोलन के लिए सराहना की लेकिन चुनाव पद्धति और शिक्षा पद्धति में आमूल परिवर्तन के लिए आगे आने को कहा। उन्होंने यूथ फॉर डेमोक्रेसी की अपनी अपील को दोहराते हुए पूछा कि क्या अमृत नहीं मिलने तक हम सब लोग जहर पीते रहेंगे? उन्होंने विद्यार्थियों से अपना नेता आप बनने को कहा और इस बात पर जोर दिया कि उनका उद्देश्य गुजरात विधान सभा के विघटन के पश्चात गुजरात के नवनिर्माण का काम हाथ में लेना होना चाहिए। वे यह कहने से भी नहीं चूके कि हमें कोई विद्यार्थियों की तानाशाही नहीं लानी (ये तीनों भाषण दस्तावेज खण्ड-1,2,3. में हैं)। वास्तव में गुजरात के छात्र नेताओं ने अपने आंदोलन के संदर्भ में जनवरी में ही यह बात स्वीकार की थी कि जेपी के यूथ फॉर डेमोक्रेसी के आह्वान के प्रभावित होकर ही उन्होंने आंदोलन प्रारम्भ किया। इस बारे में 26 जनवरी 74 को जेपी ने बयान भी दिया था कि उनकी अपील का आशय सीमित उद्देश्यों की प्राप्ति नहीं था।

जेपी ने पवनार (9 दिसम्बर 1973) से जब यूथ फॉर डेमोक्रेसी लोकतंत्र के लिए युवाशक्ति का आह्वान किया था तब उनका उद्देश्य इतना भर था कि उत्तर प्रदेश में होनेवाले चुनाव (फरवरी 1974) शुद्ध और स्वतंत्र हों। लेकिन जिस प्रकार आगे घटनाएँ घटती गईं उससे उनकी राजनीतिक अंतर्दृष्टि की प्रखरता प्रमाणित हुई। कानपुर की सभा में उन्होंने देश में 1942 की-सी क्रांतिकारी परिस्थिति उत्पन्न होने की बात कही थी। वैसे यह जानना भी रोचक होगा कि 'वर्ल्ड यूनियन पार्लामेंट ऑफ यूथ' के नाम एक संदेश में तत्कालीन

प्रधानमंत्री इंदिरा गाँधी ने स्वीकार किया कि दुनिया भर में एक नई शक्ति युवा शक्ति का उदय हो रहा है। आनेवाले दिनों में उन्हें इसी युवा शक्ति से टकराना था।

जयप्रकाश जी की अपील का असर बिहार में नहीं हो. यह कैसे हो सकता था। गुजरात आंदोलन का महत्व इस बात में था कि जनता भ्रष्ट और अनविमुख सरकार को चाहे तो हटा सकती है। जब वहाँ यह सब कुछ एक परिपाक पर पहुँच गया था, बिहार के छात्रों में भी परिस्थितियों को बदलने की प्रेरणा जग रही थी। पहले 22 जनवरी 1974 को पटना विश्वविद्यालय के व्हीलर सीनेट हॉल में 'यूथ फॉर डेमोक्रेसी' के आह्वान को लेकर तरुण शाति सेना और पटना विश्वविद्यालय छात्र संघ ने मिलकर जयप्रकाश जी की सभा आयोजित की। उन्होंने आगामी चुनावों को स्वतंत्र और स्वच्छ बनाने के लिए युवकों-छात्रों को आगे आने का आह्वान किया, उन्होंने नागरिकों के अधिकारों की सुरक्षा के प्रति भी उन्हें आगाह किया। इस सभा में दि स्टेट्समैन के सम्पादक कुलदीप नैयर ने भी छात्रों को सम्बोधित किया। इसके पश्चात 1 फरवरी 74 को पटना कॉलेज के मैदान में जेपी की दूसरी सभा हुई जिसमें जेपी ने कहा वर्तमान शिक्षा पद्धति गुलामी की शिक्षा देती है, इसको बदलना होगा। उन्होंने कहा कि देश में जनतंत्र के स्थान पर दलतंत्र काम कर रहा है, यह व्यवस्था बदलनी होगी। छात्रों, नौजवानों को नये भारत के निर्माण के लिए आगे आना चाहिए। इन सभा सम्मेलनों के बाद बिहार के अनेक शहरों में छात्रों नौजवानों द्वारा कुछ न कुछ कार्यक्रम लिए जा रहे थे। मुजफ्फरपुर, दरभंगा, गया, धनबाद में छात्र मुनाफाखोरी, जमाखोरी, भ्रष्टाचार, आदि जनसमस्याओं के खिलाफ धरना-प्रदर्शन कर रहे थे, कहीं रोजी रोटी की माँग कर रहे थे।

ऐसे ही उद्वेलन की स्थिति में छात्र नेताओं ने 17 और 18 फरवरी को पटना में एक वृहत छात्र सम्मेलन के आयोजन का निर्णय लिया। 17 फरवरी की सभा के मुख्य अतिथि स्वयं पटना विश्वविद्यालय के कुलपति आचार्य देवेन्द्रनाथ शर्मा थे जबकि उद्घाटनकर्ता दैनिक प्रदीप के सम्पादक राम सिंह भारतीय थे।

सम्मेलन में आठ-सूत्री माँगों को लेकर 26 फरवरी से खुला आंदोलन चलाने का निश्चय किया गया, गोकि बाद में चार और माँगें जोड़ी गई (देखें दस्तावेज-4)। अपनी माँगों को लेकर छात्र संघष समिति के लोग 26 फरवरी को मुख्यमंत्री के निवास स्थान के बाहर धरने पर बैठे, 27 फरवरी को मुख्यमंत्री ने उनसे बात की और माँगों पर विचार करने का आश्वासन देते हुए

उनसे अनशन तोड़ने की अपील की। 4 मार्च को छात्र प्रतिनिधि शिक्षामंत्री विद्याकर कवि से मिले, वहाँ से भी कोरा आश्वासन। 15 मार्च को छात्रों का प्रतिनिधिमंडल राज्यपाल से मिला और उनसे 18 मार्च से आरंभ हो रहे विधानसभा के अभिभाषण का बहिष्कार करने का आग्रह किया। राज्यपाल ने संवैधानिक मर्यादाओं के तहत ऐसा करने में अपनी असमर्थता व्यक्त की। छात्र नेता विभिन्न जिलों में 18 मार्च के प्रदर्शन की तैयारियों में भी लगे थे। इसी बीच उन्होंने जयप्रकाश जी से आंदोलन को दिशा-निर्देश देने की अपील भी की थी (19 फरवरी, आर्यावर्त)। तो इन तमाम घटनाक्रमों से यह स्पष्ट हो जाता है कि 18 मार्च 1974, यूँ ही अकस्मात नहीं घटा था। साथ ही यह भी स्पष्ट है कि छात्र नेताओं ने अपनी ओर से संवाद स्थापित करने में भी कोई कोर-कसर नहीं बाकी रखी थी। यहाँ यह भी उल्लेख करना प्रासंगिक होगा कि वामपंथी छात्र संगठनों ने एक प्रस्ताव में 'वारसा संधि के देशों' के उल्लेख पर आपत्ति के चलते अपना अलग 'बिहार छात्र नौजवान मोर्चा' बना लिया था, वे कहने को तो सरकार के विरुद्ध कार्यक्रम ले रहे थे लेकिन वास्तव में प्रतिद्वन्द्वी संगठन के रूप में छात्र संघर्ष समिति के कार्यक्रमों में अवरोध डालने की चेष्टाओं में संलग्न रहते थे (बिहार आंदोलन एक सिंहावलोकन, श्रवण कुमार गर्ग, 1974 में ये सारे विवरण मौजूद हैं)।

अब तनिक उस समय 1974 के निकट अतीत की कुछ प्रमुख घटनाओं और परिस्थितियों पर भी एक दृष्टि डालनी चाहिए। 1967 का साल महत्वपूर्ण था। लाल बहादुर शास्त्री की ताशकंद में अकस्मात, संदेहास्पद स्थितियों में निधन के पश्चात इंदिरा गाँधी प्रधानमंत्री (जनवरी 1966 में) बनी थीं और उन्हें देश का नेतृत्व करने की अपनी क्षमता सिद्ध करनी थी। उनके लिए बाहरी चुनौतियों के अलावा आंतरिक चुनौती स्वयं उनके अपने दल के अंदर से भी मिल रही थी, विपक्षी अपनी तरह से सक्रिय थे और देश में गैर-काँग्रेसवाद की एक लहर चल रही थी। काँग्रेस के विकल्प के रूप में अलग-अलग विचारधाराओं के दल गठजोड़ कर रहे थे और इसके शिल्पकार थे समाजवादी नेता डॉ. राम मनोहर लोहिया। उन्होंने एक ध्रुव पर जनसंघ तो दूसरे ध्रुव पर भारतीय कम्युनिस्ट पार्टी को भी गठबंधन में जोड़ा। अंततः देश के नौ राज्यों में संविद सरकारें बनीं; लेकिन अधिकांशतः जोड़-तोड़, दल-बदल वाली अल्पजीवी सरकारें। बिहार में 1969 में महामाया प्रसाद सिन्हा मुख्यमंत्री बने लेकिन जनवरी 1968 में ही उनकी सरकार गिर गई और काँग्रेस की वापसी हुई और सतीश प्रसाद सिंह मुख्यमंत्री बने। यह सरकार भी चल नहीं पाई, 1969

में राष्ट्रपति शासन में मध्यावधि चुनाव कराना पड़ा और फिर से काँग्रेस की सरकार बनी। इस बार मुखिया थे दारोगा प्रसाद राय जो अगले दस महीनों तक ही पद पर रह पाए। बाद के मुख्यमंत्रियों के विवरण में न जाकर यह तथ्य जानना ही पर्याप्त होगा कि 1967 से 1974 के सात वर्षों के बीच बिहार की जनता ने दस मुख्यमंत्री देखे और इस अवधि में तीन बार राष्ट्रपति शासन स्थापित हुआ। ऐसी भयानक राजनीति अस्थिरता का दौर था वह, आम जनता की सुध लेनेवाला कौन था। जेपी ने यूँ ही नहीं कहा था यह जनतंत्र नहीं, दलतंत्र है। 1967 का साल, बल्कि साठ के दशक का अंतिम दौर इस कारण भी महत्वपूर्ण था कि जिन दिनों भूदान आंदोलन का ज्वार थम रहा था, पश्चिम बंगाल के नक्सलबाड़ी में 'चेअरमैन माओ' के नेतृत्व में कम्यूनिस्ट क्राति का बिगुल बजा था जिसकी आवाज दूर तक और देर तक सुनाई देती रही। यह भारत की लोकतांत्रिक राजव्यवस्था को खुली चुनौती थी। समाज के निचले स्तर पर शोषण, गरीबी, असमानता, महँगाई, बेराजगारी के कारण बढ़ते असंतोष और मध्यवर्गीय युवाओं के मोहभंग की यह एक और प्रकार की, हिंसक अभिव्यक्ति थी। ध्यातव्य है कि उन दिनों लगभग पूरे देश में पंचायती राज व्यवस्था को लागू करने की माँग भी बढ़ रही थी। अखिल भारतीय पंचायत परिषद के अध्यक्ष के रूप में स्वयं जेपी सत्ता के विकेन्द्रीकरण को वास्तविक लोकतंत्र के लिए अनिवार्य बता रहे थे, वे किसी भी रूप में पंचायतों में दलों का कोई दखल नहीं चाहते थे। हालाँकि वे कम्यूनिस्ट चीन के उदय के बाद से ही चीन के विचारधारात्मक प्रभाव और प्रसार को लेकर तत्कालीन सत्ता प्रतिष्ठानों को आगाह और सावधान करते रहे थे, कि वे जनता के अधिकारों की वंचना नहीं करें और यह सुनिश्चित करें कि योजनाओं एवं कार्यक्रमों का लाभ समाज की अंतिम इकाई तक पहुँच रहा है।

1969 में काँग्रेस का विभाजन हो गया इंदिरा जी की काँग्रेस (आर) और काँग्रेस (ओ) यानी संगठन काँग्रेस। उनके पद को कोई खतरा नहीं हुआ, अपनी प्रगतिशीलता को प्रमाणित करने के लिए उन्होंने उसी वर्ष बैंकों का राष्ट्रीयकरण किया जिसे राजनीतिक विश्लेषकों ने भारत पर बढ़ते सोवियत प्रभाव के रूप में रेखांकित किया, कुछ वर्षों बाद 1973 में उन्होंने कोयला खदानों का भी राष्ट्रीयकरण कर दिया। 1971 में 'गरीबी हटाओ' के नारे के साथ चुनाव लड़ा और जीतीं। उस समय पूर्वी पाकिस्तान में बड़ी हलचल थी। पाकिस्तान के आम चुनाव में शेख मुजीबुर्रहमान की अवामी लीग को बहुमत मिलने के बाद भी सरकार नहीं बनाने दिया गया। इससे भारी जन असंतोष फैला

और उसे दबाने के लिए पाकिस्तानी सेना का निर्मम दमन चक्र चला। पूर्वी पाकिस्तान के लोग बड़ी संख्या में सीमा पार कर भारत आने लगे, भारत की अर्थव्यवस्था और समाज पर भारी दबाव बनने लगा। ऐसे में भारत का पक्ष और इसकी कठिनाइयों से विश्व नेताओं को अवगत कराने की जिम्मेदारी इंदिरा गाँधी ने जयप्रकाश जी को सौंपी। उन्होंने विश्व जनमत को भारत के पक्ष में करने के लिए यूरोप और अमेरिका को सफल यात्रा की। वे सीमा पार मुक्ति वाहिनी के शिविरों में भी गए थे ताकि यहाँ को जमीनी हालत का अंदाजा ले सकें। आखिरकार युद्ध होकर रहा, और परिणाम भारत के पक्ष में ही रहा। भाषा के नाम पर बांग्लादेश नामक एक नया देश अस्तित्व में आया। पाकिस्तान की लज्जाजनक पराजय हुई। इंदिरा जी एक ताकतवर नेता के रूप में उभरी। उन्होंने 'समाजवाद' की ओर कुछ और कदम बढ़ाए और 1973 में कोयला खदानों का भी राष्ट्रीयकरण कर दिया, जैसा कि ऊपर बताया गया, साथ ही तेल कम्पनियों तथा सामान्य बीमा व्यवसाय का राष्ट्रीयकरण किया। युद्ध में विजय के बाद प्रधानमंत्री की मजबूत और अजेय नेता की छवि और समाजवादी कार्यक्रमों को हाथ में लेने के बहाने राज्य का आर्थिक क्षेत्र में बढ़ता हस्तक्षेप। इनसे जमीन पर लोगों का भला नहीं हुआ। उनकी समस्याएँ बढ़ीं, असंतोष बढ़ा। राजनीति अधिकाधिक सत्तावादी होती गई, जन सरोकारों से कटती गई, और यह लगभग अखिल भारतीय परिघटना बन गई। लोक का वृत सिकुड़ता गया। तंत्र– सत्ता तंत्र का जाल फैलता गया। स्वतंत्रता का फल एक साधारण भारतीय के लिए पच्चीस वर्ष बाद भी अलभ्य बना रहा।

यह वह समय था जब दुनिया के अनेक देशों में युवा अलग-अलग मुद्दों को लेकर आंदोलित थे। कहीं वे तानाशाही और सर्वसत्तावाद के खिलाफ थे, कहीं आर्थिक वृद्धि के लिए प्राकृतिक संसाधनों के अंधाधुंध शोषण के विरुद्ध आवाज उठा रहे थे; तो कहीं वे अणु बम परीक्षणों के विरोध में आवाज उठा रहे थे और 'डोंट मेक दि वेव' आंदोलन चला रहे थे। दुनिया शीत युद्ध और हथियारों के होड़ में फँसी दो खेमों में बँटी थी। एक ओर अमेरिका की अगुआई वाला मुक्त बाजार और लोकतंत्र का पैरोकार नाटो संगठन तो दूसरी ओर सोवियत संघ के नेतृत्व में वारसा संधि के देश जिनका लक्ष्य समूची दुनिया में साम्यवाद स्थापित करना था। भारत मिस्र, इंडोनेशिया, यूगोस्लाविया जैसे देशों के साथ मिलकर यों तो पचास के दशक में ही गुटनिरपेक्ष आंदोलन का अगुआ बना हुआ था, इसके सूत्रधार जवाहरलाल नेहरू थे, लेकिन सत्तर के दशक तक भारत का झुकाव सोवियत संघ की तरफ हो गया था। 1971

के युद्ध के दौरान सोवियत संघ की सहायता की पेशकश भी इसका एक बड़ा कारण बन गयी। बंगाल की खाड़ी में 7 दिसम्बर 1971 को पाकिस्तान के पक्ष में अमेरिका ने अपना सातवाँ बेड़ा भेजने की पहल की तो भारत के आग्रह पर सोवियत संघ ने परमाणु शक्ति चालित पैसिफिक फ्लीट इस क्षेत्र की ओर रवाना कर दिया। अगस्त 71 में ही भारत और रूस ने शांति और मैत्री संधि पर हस्ताक्षर किए थे जिसके चलते यह द्रुत सोवियत सहायता संभव हो सकी। यह बात अब शायद ही लोगों को याद हो कि ब्रिटेन ने भी पाकिस्तान की मदद और अमेरिका का साथ देने के लिए अपना विमानवाहक बेड़ा अरब सागर में भेजा था। अब चूँकि संधि की शर्तों के अनुसार भारत पर आक्रमण सोवियत संघ पर आक्रमण के समान था, इसलिए सोवियत संघ को तुरंत प्रतिक्रिया करनी पड़ी, और कहना होगा कि भारतीय जनमानस पर इसका बड़ा सकारात्मक प्रभाव हुआ। यही वह समय था जब काँग्रेस के अंदर के वामपंथ की ओर झुकाव वाले समूह का प्रभाव बहुत बढ़ गया। और इनके अलावा काँग्रेस के बाहर के वामपंथी समूह और दल शक्तिशाली होते गए, सत्ता-प्रतिष्ठानों में इनकी पैठ बढ़ती चली गई। 1969 में कम्यूनिस्ट पार्टी में विभाजन होने के बाद सोवियत संघ समर्थक सीपीआई-भारतीय कम्यूनिस्ट पार्टी की इंदिरा काँग्रेस के साथ स्वाभाविक निकटता बढ़ी और सत्ता के बाहर होते हुए भी वह अप्रत्यक्ष रूप से उसी का अंग बनी रही। सीपीएम– भारतीय कम्यूनिस्ट पार्टी (मार्क्सवादी) अथवा मार्क्सवादी कम्यूनिस्ट पार्टी का झुकाव चीन की ओर था, और उसकी किंचित दूरी काँग्रेस के साथ बनी रही। जेपी आंदोलन का सबसे बड़ा विरोध गैर-काँग्रेसी दलों में सीपीआई ने ही किया, वह खुलकर काँग्रेस के साथ रही।

जयप्रकाश सन् 42 के हीरो, क्रांतिवीर थे। उनकी लोकप्रियता बहुत अधिक थी, और कद इतना बड़ा कि 1947 में जब काँग्रेस संगठन संकट में था, जे. बी. कृपलानी ने अध्यक्ष पद से इस्तीफा दे दिया था, तो स्वयं गाँधीजी ने जयप्रकाश को काँग्रेस अध्यक्ष बनाने का सुझाव दिया था। इस पर नेहरू और पटेल सहमत नहीं हुए। स्वतंत्रता के पश्चांत वे काँग्रेस से अलग हो गए, काँग्रेस सोशलिस्ट पार्टी अब सोशलिस्ट पार्टी हो गई। जयप्रकाश को नेहरू का स्वाभाविक उत्तराधिकारी माना जाता था, न केवल देश में बल्कि विदेश में भी। लेकिन जयप्रकाश जी की आस्था दलीय लोकतंत्र, या संसदीय लोकतंत्र में घटती चली गई थी। वे भारतीय मूल्यों, आदर्शों एवं परिस्थितियों के उपयुक्त एक वैकल्पिक लोकतांत्रिक प्रणाली के संधान में लगे थे मन, चिंतन, कर्म और वचन से। वे भारत में वास्तविक और प्रत्यक्ष लोकतंत्र की स्थापना करना चाहते

थे 'जिसमें अधिकतम लोग अपना अधिकतम शासन कर सकें।' वे भारत के सामुदायिक समाज की कल्पना करते थे– विकेन्द्रीकरण, सेन्द्रियता और सावयवता जिसका आधार हो। वे सत्ता के पिरामिड को इस प्रकार उलट देना चाहते थे जिसमें लोक, यानी जनता शक्तिमत बने और प्रणाली उसके नियंत्रण में रहे, अपने जीवन से जुड़े निर्णयों में उसकी प्रत्यक्ष भागीदारी हो। 1959 में 'भारतीय राज्य-व्यवस्था की पुनर्रचना एक सुझाव' के पश्चात अपनी परिकल्पना को और ठोस रूप देते हुए उन्होंने 1961 में 'लोक स्वराज्य' में प्रस्तुत किया। वे भूदान आंदोलन के अलावा भी कई मोचों पर सक्रिय थे। नागालैण्ड में कई महीने रहकर उन्होंने शांति समितियों का गठन किया था और शाति स्थापना में महत्वपूर्ण भूमिका निभाई थी। कश्मीर के सवाल पर वे लगातार मुखर थे और निष्पक्ष चुनाव के अलावा कश्मीर के लोगों से बातचीत करके भारत के संविधान के दायरे में हल निकालना चाहते थे। यही नहीं, तिब्बत पर चीन के अवैध कब्जे के खिलाफ उन्होंने कई कार्यक्रमों में हिस्सा लिया। भारतीय भूभाग पर चीन के अवैध कब्जे को लेकर उन्होंने भारत को अपना दावा कतई नहीं छोड़ने की सख्त ताकीद की थी। 1970 में बिहार के मुजफ्फरपुर जिले के मुसहरी प्रखण्ड में नक्सलियों द्वारा कुछ लोगों को मार डालने की धमकी के बाद कुछ समय के लिए उसी जगह को अपना कार्यक्षेत्र बना लिया और नक्सली चुनौती समाप्त होने के पश्चात ही लौटे। 1972 में तीन सौ साल से चली आ रही चम्बल की दस्यु समस्या के हल की दिशा में एक ऐतिहासिक पहल के वे सूत्रधार बने जब लगभग 650 बागियों ने उनके आगे हथियार डालकर आत्मसमर्पण कर दिया। 1973 में पत्नी और सहधर्मिणी प्रभावती जी के निधन के बाद वे एकदम से एकाकी हो गए। लेकिन देश की परिस्थितियों ने उन्हें अलग थलग रहने नहीं दिया। वे सजग और चैतन्य थे और राष्ट्रीय और सामाजिक जीवन में जो विसंगतियाँ और नकारात्मकता घर कर गई थीं, लोग जिस प्रकार निराश हो रहे थे, चीजों को बदलने के उनके हौसले में कमी नहीं आई; उन्होंने उम्मीद के साथ देश की युवाशक्ति का आह्वान किया, और परिणामस्वरूप जो स्थिति बनी, उसकी चर्चा विवरणों सहित ऊपर की गई। 74 आंदोलन को जो लोकप्रियता और व्यापकता मिली, उसके पीछे स्वंय उनका विराट व्यक्तित्व था। चरित्र में उनसे ऊँचा शायद ही कोई राजनीतिक व्यक्तित्व हुआ होगा, उन्हें राजनीतिज्ञों में संत कहा जाता था जिन्होंने नि:स्वार्थ भाव से देश की सेवा की, और बदले में कभी किसी चीज की लालसा नहीं की, कभी चुनाव तक नहीं लड़ा। उनकी जीवन यात्रा और चिंतन यात्रा लगभग एकमेव

है, और उनमें बीसवीं शती की उन समस्त विचार सरणियों का परिचय प्राप्त हो जाता है जिन्होंने देश और दुनिया को प्रभावित किया था। निजी से लेकर सार्वजनिक स्तर पर उन्होंने अत्यंत अनूठा जीवन जिया जिसका दूसरा कोई उदाहरण नहीं मिलता। निर्मल वर्मा के शब्दों में कहें तो जेपी ने संवेदना को राजनीति का मूल्य बना दिया, और यह पहली बार हुआ।

जेपी आंदोलन, जिसे बिहार आंदोलन या सम्पूर्ण क्रांति आंदोलन भी कहा जाता है, के दौरान जो कार्यक्रम लिए गए उससे उसके दार्शनिक आधार, वैचारिक आयतन और उद्देश्यों की व्यापकता का अंदाजा लगता है। मुख्यतः तीन स्तरों पर आंदोलनकारी सक्रिय थे पहला, जनता को त्रस्त करने वाले मुद्दों को सामने लाकर आंदोलन में बड़े उद्देश्य भरना और लोगों को यह बताना कि इनके हल के लिए व्यवस्था में परिवर्तन करना पड़ेगा, स्वराज के मूल्यों को प्रतिष्ठापित करना होगा, जनता को अधिकार सम्पन्न बनाना होगा, यानी लोकशक्ति जगानी होगी जो कि राजशक्ति पर अंकुश रख सके। यानी एक प्रकार से लोक शिक्षण का काम। इसके लिए छोटी गोष्ठियों, स्टडी सर्किल और सभाओं का आयोजन तो किया ही जाता था, आंदोलनकारी सामान्य जनता से सीधा संवाद भी करते थे। दूसरा, विरोध और प्रतिकार के कार्यक्रम आयोजित करना ताकि अधिकाधिक जनभागीदारी और गोलबंदी की जा सके। इसमें विरोध व्यक्त करने के अलावा रचनात्मक कार्य भी शामिल थे। शहरी झुग्गी-झोपड़ियों में महिला एवं वयस्क शिक्षा के कार्य के साथ ही राशन कार्ड आदि सुविधाओं में सहयोग। ग्रामीण भूमिहीनों को बासगीत के पट्टे दिलवाना, गैरमजरूआ और सीलिंग से फाजिल जमीन का पता लगाना। गाँवों-देहातों में जातिगत भेदभाव और असमानता को दूर करने और सामाजिक सद्भाव जगाने वाले कार्यक्रम आयोजित करना। साफ-सफाई, आवश्यक वस्तुओं के वितरण पर निगरानी, मतदाता सूची को ठीक करना भी इन कामों में शामिल था। आंदोलन के दौरान 'जनेऊ तोड़ो जाति छोड़ो' का जोरदार नारा लगा था, युवाओं ने जातिसूचक उपनाम का इस्तेमाल छोड़ दिया था। तिलक-दहेज जैसी सामाजिक कुप्रथाओं का विरोध और अंतरजातीय विवाहों को प्रोत्साहन भी एक प्रकार से सांस्कृतिक परिवर्तन के लिए रचनात्मक कार्यक्रम ही था। तीसरा, संगठन-निर्माण और विस्तार। निर्दलीय युवा शक्ति को शहर-शहर, गाँव-गाँव में संगठित करना, उन्हें ही परिवर्तन का वाहक मानकर जमीनी स्तर पर व्यवस्थागत परिवर्तन के लिए तैयार करना, यह प्रमुख संगठनात्मक कार्य था। जैसा कि कहा जा चुका है। जनवरी 1975 को जेपी ने सम्पूर्ण क्रान्ति को

समर्पित अर्द्धसैनिक 'छात्र युवा संघर्ष वाहिनी' नामक संगठन की स्थापना की। 8 अप्रैल 1978 को इसी संगठन ने बिहार के सबसे बड़े भूधारी बोधगया मठ के खिलाफ भूमि-मुक्ति आंदोलन प्रारम्भ किया था जो अत्यंत सफल रहा था। दस हजार एकड़ जमीन भूमिहीनों और सीमांत किसानों में वितरित की गई और पहली बार महिलाओं के नाम जमीन के पट्टे दिए गए। लोक समिति का गठन किया जा चुका था जो नागरिकों का संगठन था, जिसकी कोई दलीय प्रतिबद्धता नहीं थी। इसका मुख्य कार्य जमीनी स्तर पर ग्राम स्वराज्य के कार्यक्रमों को हाथ में लेना था और छात्र संघर्ष समिति के साथ मिलकर जनता सरकार स्थापित करना था। वास्तव में 1961 के लोक स्वराज्य की अपनी परिकल्पना को वास्तविक बनाने के लिए जयप्रकाश जी ने अप्रैल 1973 में युवाओं और नागरिकों से ग्राम पंचायत से लेकर राज्य स्तर तक जनता सरकारें स्थापित करने का आह्वान किया था, इसके लिए आचार्य राममूर्ति द्वारा लिखित मार्गनिर्देश पुस्तिका की उन्होंने भूमिका भी लिखी थी (दस्तावेज 8)। इन सारे कार्यक्रमों का दारोमदार मुख्यतः सर्वोदय संगठनों, विशेषकर तरुण शाति सेना, नवगठित संघर्ष वाहिनी (1 जनवरी 1975 के बाद से) तथा आदोलन से सीधे जुड़े नई युवाशक्ति पर था। कितनी विचित्र विडम्बना है कि आधुनिक इतिहास के मर्मज्ञ बिपन चंद्रा ने अपनी पुस्तक (In the Name of Democracy, Penguin, 2003) में यह दावा कर दिया कि जयप्रकाश नारायण आर.एस.एस. और उसके युवा संगठन अखिल भारतीय विद्यार्थी परिषद के भरोसे सम्पूर्ण क्रान्ति लाना चाहते थे। आंदोलन के अध्ययन (?) की यह निष्पत्ति उनके वैचारिक पूर्वाग्रह वा दुराग्रह का नमूना है, यथार्थ से उसका कोई वास्ता नहीं।

जिस दिन (8 अप्रैल 1974) से जयप्रकाश जी ने आंदोलन की बागडोर संभाली, साहित्यकारों और बौद्धिकों की एक सशक्त जमात उनके साथ आई जिनमें रेणु, नागार्जुन, निर्मल वर्मा, विजयदेव नारायण साही, भवानी प्रसाद मिश्र, कृष्ण कुमार, डा. रघुवंश, प्रभाष जोशी, मैत्रेयी देवी, समर गुहा, यू.आर. अनंतमूर्ति, कुलदीप नैयर, अजित भट्टाचार्य, पुष्पा भावे, धों.वि. देशपांडे, पु.ला. देशपांडे, वसंत वापट, डॉ. वि.ना. श्रीखंडे, उषा मेहता, जस्टिस वी.एम. तारकुंडे, काांति शाह, उमाशंकर जोशी, हरीन्द्र दवे आदि प्रमुख थे। ये सब लोग प्रत्यक्ष या अप्रत्यक्ष रूप से आंदोलन से जुड़े थे। जैनेन्द्र कुमार आंदोलन से बहुत प्रभावित थे, वे पटना आए भी थे। अज्ञेय जी को जयप्रकाश जी ने अंग्रेजी पत्र 'एवरीमैन्स' के सम्पादक पद की जिम्मेदारी सौंपी, उसके हिन्दी संस्करण के सम्पादक का उत्तरदायित्व संभाला प्रफुल्लचंद्र ओझा 'मुक्त' ने। किशन पटनायक,

सच्चिदानन्द सिन्हा, अशोक सेकसरिया जैसे चिंतक बुद्धिजीवी और धर्मवीर भारती, अजित भट्टाचार्या, कुलदीप नैय्यर, रघुवीर सहाय जैसे सम्पादक खुलकर आंदोलन के साथ थे। आंदोलन के दौरान 'नुक्कड़ कविता' की एक नई विधा ही विकसित हो गई पटना में, जिसमें मान्य से लेकर अल्पज्ञात कवि-रचनाकार नुक्कड़ों-चौराहों पर लोगों के सामने कविताएँ पढ़ते थे। पहले से कार्यक्रम का पता होने पर लोगों की भीड़ जमा हो जाती थी उन्हें सुनने के लिए। आंदोलन के साहित्य-निर्माण का कार्य दर्जनों पत्र-पत्रिकाएँ कर रही थीं जो कभी संस्थाओं-संगठनों के प्रकाशनों के रूप में छपती थीं तो कभी स्वतःस्फूर्त एकल प्रयास से। आम जन इनकी आवृत्तियों की उत्सुकता से प्रतीक्षा करते। इनके अलावा पुस्तक पुस्तिकाओं, पर्चों और पोस्टरों का प्रकाशन जन सहयोग से चलता रहता। सर्वोदय साहित्य के प्रकाशक सर्वसेवा संघ प्रकाशन की इसमें बड़ी भूमिका थी। इस दौर में गाँधी-विनोबा-जयप्रकाश के अलावा लोहिया साहित्य भी खूब छपा और लोगों तक पहुँचा। अभी हाल में वाराणसी में सर्व सेवा संघ मुख्यालय को जमीन के स्वामित्व के मामले को आधार बनाकर ध्वस्त कर दिया गया, इस प्रकार वह विरासत ही नष्ट हो गई, आंदोलन के पचासवें साल में ही।

महिलाओं की आंदोलन में बड़ी भागीदारी रही। स्वतंत्रता आंदोलन के बाद पहली बार इतनी बड़ी संख्या में महिलाएँ किसी जनान्दोलन में शामिल हुईं, जेल गईं, यातनाएँ सहीं। जेल जाने वाली महिलाओं में छात्राएँ और सामान्य गृहणियाँ थीं, साथ ही विभिन्न दलों की कार्यकर्ता भी थीं। वर्गीय और जातीय आधार पर देखें तो किसानों और पिछड़े वर्गों की व्यापक हिस्सेदारी थी। समाजवादी आआंदोलन से पिछड़े वर्गों का जुड़ाव पहले से ही रहा था, समाजवादियों का लगभग हर धड़ा आंदोलन से जुड़ा था। काँग्रेस की राजनीति में कुछ उच्च जातियाँ, दलित और अल्पसंख्यक सत्ता की गारंटी थे, पिछड़े वर्गों (या जातियों) की वैसी अहमियत नहीं थी। इन मध्यवर्ती जातियों की प्रमुख समस्या थी पर्याप्त राजनीतिक महत्व और शासन तंत्र में भागीदारी का अभाव। इनसे बेहतर स्थिति दलित जातियों की थी जो सरकारी नौकरियों में आरक्षण का लाभ उठाती आ रही थीं। आंदोलन के मुद्दे सर्वस्पर्शी थे लेकिन यह मानना संदर्भ के बाहर जाना नहीं होगा कि इन वर्गों के नेताओं को आंदोलन में अपने लिए, अपने जाति-समूह के लिए बड़ी संभावना दिखाई दे रही होगी। ऐसा नहीं होता तो 1977 के आम चुनावों के बाद पिछड़ा वर्ग एक बड़ी राजनीतिक शक्ति बनकर नहीं उभरता। आज की राजनीति में उसका महत्व और बढ़ गया

है। आंदोलन में दलों की भागीदारी आरंभ से ही बन गई थी। राजनीतिक दलों में शामिल थे लगभग सभी समाजवादी दल, काँग्रेस (संगठन) और जनसंघ। इन दलों के युवा संगठन भी स्वाभाविक तौर पर आंदोलन में शामिल थे। आंदोलन में भाग लेने वालों के प्रति कोई निषेधात्मक व्यवस्था नहीं की जा सकती थी। ये दल स्वयं अपनी प्रेरणा से आंदोलन से जुड़े थे। कुछ दलों के सदस्यों ने विधानसभा की सदस्यता भी छोड़ी थी। ये सभी आंदोलनकारी दल जेपी की अपील पर जनता पार्टी में विलयित हो गए और 1977 में पहली बार गैर-काँग्रेसी सरकार पदारूढ़ हुई। लेकिन ढाई साल के अंदर ही जनसंघ के नेताओं द्वारा अपनी दोहरी सदस्यता नहीं छोड़ने, यानी जनता पार्टी के प्रति एकनिष्ठ नहीं रहने के सवाल पर जनता पार्टी टूट गई। जनसंघ के लोगों में जिद थी तो समाजवादियों में इस मामले को लेकर उतावलापन बहुत अधिक था, आज शायद ऐसा कहा जा सकता है। इस मुद्दे को कुछ समय के लिए टाला जा सकता था और जनता पार्टी को अपने घोषणापत्र के संकल्पों को पूरा करने पर ध्यान देना था। दिल्ली से हटकर समाजवादी दल बिहार, उत्तर प्रदेश, ओडिशा जैसे राज्यों में जमे, साथ ही दिल्ली में गठबंधन सरकारों में भी शामिल होते रहे, फाँकों में बँटते गए। एक अखिल भारतीय दल बनाने के स्थान पर सत्ता-भोग के लिए अपना मूल्य-मान खोया। क्षेत्रफल में ही नहीं, सरोकारों में भी सिकुड़ते गए। काँग्रेस का विरोध करते-करते इनमें भी काँग्रेस की वंशवादी प्रवृत्ति घर कर गई। समाजवाद के नाम पर बिहार में दो गठबंधनों की सरकारें चौंतीस वर्षों से काबिज हैं। राजनीतिक नैतिकता, शुचिता और चरित्र बल में ये कोई प्रतिमान खड़ा नहीं कर सके हैं। इन पर भ्रष्टाचार और परिवारवाद का दोष लगा ही, जनादेश के साथ धोखा और खिलवाड़ की फितरत भी इनमें दिखाई देती रही है।

आंदोलन में जनसंघ और उसके छात्र संगठन अखिल भारतीय विद्यार्थी परिषद की सक्रिय भागीदारी रही है। कुल मिलाकर यह कह सकते हैं कि राष्ट्रीय स्वयंसेवक संघ और उससे जुड़े तमाम संगठनों की सहभागिता आंदोलन में रही थी। नानाजी देशमुख, अटल बिहारी वाजपेयी और लालकृष्ण आडवाणी जैसे नेता जेपी के प्रत्यक्ष सम्पर्क में रहे थे। आज जब हिन्दुत्व की राजनीति का देश भर में बोलबाला है तो अनेक 'धर्मनिरपेक्ष' व्यक्ति और समूह इसके लिए जेपी और उनके आंदोलन को जिम्मेदार ठहराते हैं, बल्कि जेपी को एक खलनायक मानने से भी नहीं हिचकते। जैसा कि ऊपर बताया जा चुका है, 1967 की संविद सरकारों में कम्यूनिस्टों के साथ 'अछूत' जनसंघ भी शामिल

था। उन सरकारों में तो शामिल सभी दल 'धर्मनिरपेक्ष' थे लेकिन उन्होंने 'साम्प्रदायिक' जनसंघ को अपने साथ रखकर उसे 'वैधता' प्रदान की। तो जेपी और उनके आंदोलन ने जनसंघ को वैधता प्रदान की, या उस 'अछूत' को पंगत में पहली बार बिठाया, ऐसा कहना गलत है। इसमें कोई संदेह नहीं कि आंदोलन के प्रचार-प्रसार में आर.एस.एस. के संगठन बल से मदद मिली, लेकिन यह मानना सरासर गलत होगा कि आंदोलन का जुआ उन्हीं के कंधे पर था। अन्यान्य राजनीतिक दलों-समूहों के अलावा बहुत बड़ी संख्या में निर्दलीय युवा इस आंदोलन में शामिल थे, और उसका नेतृत्व भी कर रहे थे।

आंदोलन में जनसंघ और आर.एस.एस. की भागीदारी उस दौर में भी चर्चा का विषय थी। एक बार जेपी संघ के शिविर में भी गए थे और एक बार यह भी कहा था कि अगर एक फासिस्ट सरकार का विरोध करना फासिज्म है, तो मैं भी फासिस्ट हूँ। यह बात उन्होंने आंदोलन में संघ की सहभागिता के संदर्भमें कही थी। 1977 में समाजवादी नेता और चिंतक किशन पटनायक से एक बातचीत में उन्होंने कहा कि "मैंने आर.एस.एस. को 'डीकम्यूनसाइज' करने को कोशिश की है९, उन्होंने यह भी कहा कि उनके सोच में बदलाव आया है। इस एक मुद्दे को लेकर बहुत भ्रम फैलाया गया है। सच यह है कि प्रथम आम चुनाव से ही संघ की राजनीतिक शाखा के रूप में जनसंघ भाग लेता रहा है और लोकसभा में, विधानसभाओं में उसके प्रतिनिधि चुनकर आते रहे हैं। यानी संविधान सम्मत लोकतांत्रिक प्रक्रिया में शामिल रहा है। वह इसकी अर्हता पूरी करके ही विधायी संस्थाओं में शामिल होता रहा। लेकिन यह एक सच्चाई है कि सन् 74 में किसी बड़े जनान्दोलन से जुड़ने, उसमें शामिल और सक्रिय रहने का जनसंघ ही नहीं राष्ट्रीय स्वयंसेवक संघ का पहला अनुभव था। पहली बार अपने संगठन के बाहर के किसी व्यक्ति, यानी जेपी का नेतृत्व संघ ने स्वीकार किया था, यह भी सच है। आंदोलन में रहते हुए भिन्न सामाजिक और वैचारिक पृष्ठभूमियों से आए व्यक्तियों और समूहों के साथ बड़े पैमाने पर संघ कार्यकर्ताओं की अंत:क्रिया केवल षड्यंत्र और दुरभिसंधि में फलित हुई हो, यह तो नहीं हो सकता। इस बात की भी संभावना अधिक है कि उनके अंत:करण का आकाश कुछ और खुला हो, सोच-समझ का दायरा और विस्तृत हुआ हो। आपातकाल की ज्यादतियों को देखते और सहते उन्हें लोकतंत्र का मूल्य और महत्व समझ में आया हो। लोकतांत्रिक मूल्यों में वे दीक्षित और संस्कारित हुए- यह बात तो अब तक केन्द्र और राज्यों में उनके लंबे शासनकाल से स्पष्ट है। समन्वयन और समावेशन भारत की परम्परा रही है।

किसी विचार-समूह को अलग-थलग छाँट देना और उसे सदा के लिए बहिष्कृत करना, न तो भारत को मान्य रहा है, न ही लोकतंत्र में यह संभव होना चाहिए। हिंसा, नर-हत्या ही किसी समूह या संगठन की स्वीकार्यता-अस्वीकार्यता का पैमाना बन सकता है। अब तक पिछले सौ वर्षों में दुनिया भर में कम्यूनिज्म के नाम पर करोड़ों लोग मारे गए, हमारे यहाँ भी सैंकड़ों लोग इसकी बलि चढ़ चुके हैं। क्या कम्यूनिस्टों के साथ भारत में अन्य दलों की कोई युति नहीं बनी? नहीं बननी चाहिए? क्या यह सच नहीं है कि बिहार में ही आपातकाल के बाद हिंसक क्रांति में विश्वास रखने वाले संगठन लोकतांत्रिक धारा में शामिल हुए और विधान सभा में सीटें जीतीं? भारत तो वैपरीत्यों को साधने की लीलाभूमि है! जेपी ने किशन पटनायक को कहा कि संघ को हिन्दू राष्ट्रवाद की जगह भारतीय राष्ट्रवाद की बात करनी चाहिए। उन्होंने यह भी कहा कि संघ को अपने संगठन में मुसलमानों और ईसाइयों को भी शामिल करना चाहिए, उन्हें राष्ट्रवाद की अपनी जमीन और चौरस बनानी चाहिए। ये बातें संघ को रुचिकर तो नहीं लगी होंगी।

लेकिन अब जरा सत्तर के दशक के बाद की घटनाओं पर गौर करें। 1980 में जनसंघ भंग हो गया और भारतीय जनता पार्टी उसका स्थानापन्न बनी। क्यों? अपना आधार विस्तृत करने के लिए जनसंघ का नया अवतार, क्योंकि जनसंघ के नेता और साधारण कार्यकर्त्ता वही नहीं रह गए थे जो 1974 के पहले थे। अब गांधीवादी समाजवाद उनका लक्ष्य था। एक मुस्लिम नेता सिकंदर बख्त भारतीय जनता पार्टी के सालों तक उपाध्यक्ष बने रहे। इसे जेपी और उनके आंदोलन का प्रभाव क्यों नहीं मानना चाहिए कि आगे संघ के अंदर मुस्लिम राष्ट्रीय मंचकी स्थापना हुई (2002)? आज भाजपा के पास मुसलमान नेता-कार्यकर्त्ता भी हैं, मुस्लिम महिलाएँ भी। इस परिघटना को जेपी आंदोलन के प्रभाव के रूप में भी क्यों नहीं देखना चाहिए?

इस संदर्भ में कुछ और घटनाओं पर गौर करना जरूरी है। बहुसंख्यक समाज के ध्रुवीकरण के कारणों की पड़ताल गहराई से करने की जरूरत है। हम आखिर किस तरह खालिस्तान आंदोलन, सन् 84 में इंदिरा गांधी की हत्या और उसके बाद भड़की सिख विरोधी हिंसा के बाद 'हिन्दू लहर' पर सवार कांग्रेस की जबरदस्त जीत की अनदेखी कर सकते हैं? और उसके बाद शाहबानो मुकदमा, अयोध्या के भगवान रामजन्मभूमि का ताला खोला जाना, कश्मीर में उग्रवादी हिंसा के पश्चात घाटी से पंडितों का पलायन, मंडल कमंडल की विभीषिका, राजीव गांधी की नृशंस हत्या, नई दिल्ली में सत्ता के

भंगुर प्रयोग और इससे उपजा राजनीतिक शून्य इन प्रकरणों को कैसे भुला सकते हैं?

सहभागिता के हिसाब से जातीय, वर्गीय, क्षेत्रीय दृष्टि से सन् 74 का आंदोलन स्वतंत्र भारत का सबसे बड़ा, सर्वसमावेशी, सर्वस्पर्शी आंदोलन था। समस्त उत्तर भारत, पश्चिमी भारत, पूर्वी भारत, उत्तर-पूर्व से लेकर दक्षिण में कर्नाटक तक आंदोलन का प्रभाव था। तमिलनाडु, केरल और आंध्रप्रदेश ही ऐसे राज्य थे जहाँ आंदोलन का प्रभाव क्षीण था, या यह निष्प्रभावी था। 1977 के आम चुनावों में काँग्रेस की साख कुछ बची, तो इन्हीं राज्यों के कारण। हाँ, जेपी आंदोलन के बाद राम जन्म भूमि आंदोलन निःसंदेह देशव्यपापी जन आंदोलन बना, लेकिन इसमें सहभागिता धार्मिक बहुसंख्यक समाज की ही स्वाभाविक रूप से सर्वाधिक थी, शेष की गौण या नगण्य भागीदारी रही।

भूलने में भी हम माहिर लोग हैं। आज लोग '74 आंदोलन', या जेपी आंदोलन की जगह 'इमरजेंसी विरोधी आंदोलन' की बात करते हैं। इतने हाल के इतिहास को भूलने या तोड़ने-मरोड़ने की यह कोशिश नादान या मासूम तो नहीं कही जा सकती। स्वयं बड़े नामी-गिरामी इतिहासकार 'एंटी इमरजेंसी मूवमेंट' की बात करते हैं, और राजनेता भी। जबकि हकीकत यह है कि आंदोलन के दमन के लिए आपातकाल लागू किया गया। आपातकाल के विरोध में छिटपुट प्रतिरोध की कार्रवाइयाँ होती रहीं, कहीं-कहीं बड़ी और थोड़ी लम्बी अवधि के लिए भी, लेकिन आंदोलन उसे नहीं कह सकते। इस कारण से भी इस पुस्तक की प्रासंगिकता बनती है,

ताकि सनद रहे। जेपी आंदोलन के चालीस साल पर 'विकास सहयात्री' का (हिन्दी त्रैमासिक, पटना) का अंक आया था 'जेपी आंदोलन और भारतीय लोकतंत्र' (विकास सहयात्री, सितंबर 2014, पटना)। उस अंक में प्रकाशित लगभग सभी लेखों को इस पुस्तक में सम्मिलित किया गया है, साथ ही कुछ और लेख जोड़े गए हैं, कुछ नये लेख लिखवाए गए, और कुछ अन्यत्र प्रकाशित लेखों को लिया गया। दस्तावेज खंड में कुछ आवश्यक और प्रासंगिक सामग्री को परिशिष्टों के अंतर्गत रखा गया है। पुस्तक के तीन खंडों में पहला खंड वैचारिकी से सम्बन्धित और उस पर केन्द्रित है। दूसरा खंड उन व्यक्तियों के लेखों से बना है जिन्होंने निकट से आंदोलन को देखा था, उसमें शामिल रहे थे, उसकी निरंतरता को बनाए रखने, यानी आंदोलन की उत्तर-कथा में भी अपनी भूमिका निभाई। तीसरा खंड दस्तावेज, जैसा कि स्पष्ट है, उस दौर के प्रासंगिक दस्तावेजों को अपने में समाविष्ट करता है।

भारतीय समाज क्रान्ति विमुख भले माना जाता हो, वह जड़ीभूत चेतना वाला समाज नहीं रहा। मुखर अभिव्यक्ति ने असहमति और विरोध के लिए जगह बनाई, इससे सत्ता पर भी समायोजन और अनुकूलन का दबाव बना। परम्परा से भी राजसत्ता के लिए जो मूल्य निर्धारित किए गए, वे जनपक्षीय रहे।

हमारा स्वतंत्रता संघर्ष वास्तव में आंदोलनों की एक शृंखला रहा है जिसकी शुरूआत पिछली सदी में बंग-भंग से हुई और जो स्वतंत्रता हासिल करने तक लगभग निरंतरता में चलता रहा। अलग-अलग धाराएँ इसे पुष्ट करती रहीं। स्वतंत्रता तो मिली लेकिन स्वराज नहीं मिला। नया संविधान तो लागू हुआ लेकिन शासन के वही औपनिवेशिक तौर-तरीके बने रहे, बल्कि उसमें भी लगातार गिरावट आती गई। भारत की जो विलक्षणताएँ रही हैं उनमें एक बात यह भी अनिवार्य रूप से शामिल है कि यहाँ 'लोक' की अपनी स्वायत्तता रही, वह कभी राजसत्ता में समाहित नहीं हुआ। एक से एक महान प्रतिभाओं को यह लोक ही लुभाता रहा। सुविधा और सत्ता का आकर्षण उन्हें छू न सका। हमारे यहाँ ऋषित्व का यही आदर्श है– अपनी बुद्धि, ज्ञान, क्षमता और सामर्थ्य को लोक को समर्पित कर देना, उसके साथ एकमेव व एकात्म हो जाना। इसी प्रक्रिया में मोहनदास गाँधी 'महामहिम गाँधी' नहीं, 'महात्मा गाँधी', बल्कि उससे भी बढ़कर 'बापू' की संज्ञा का अधिकारी हो पाता है, और जयप्रकाश नारायण 'माननीय सम्माननीय जयप्रकाश' न होकर 'लोकनायक जयप्रकाश' या सिर्फ 'जेपी' पुकारा जाने लगता है। जो 'लोक' और 'लोकनायक' के बीच का सम्बन्ध नहीं समझते, वे चौहत्तर आंदोलन को भी उसकी समग्रता में नहीं समझ सकते। वे नहीं समझ सकते कि कोई लोकनायक ही अपनी सफलता और विफलता को 'ईश' को समर्पित करने का साहस दिखा सकता है। ईश, अर्थात लोग, वे कोटि-कोटि प्राण, जिनके लिए वह जिया-मरा।

भारत में लोकतंत्र को इस 'लोक' को ध्यान में रखे बिना नहीं समझा जा सकता। ऐसी कोशिश एक शासन प्रणाली की बारीकियों, उसके गुण-दोष, उसकी प्रासंगिकता और औचित्य को देखने-समझने से आगे नहीं जा पाएगी। वह भारतीय लोक की इस आंतरिक ऊर्जा और सृजन शक्ति से अनभिज्ञ रह जाएगा जिसमें किसी महात्मा और लोकनायक की रचना संभव होती है। यह अकारण नहीं है कि अपने यहाँ लोग उसी के पीछे चले जिसके पीछे कुछ नहीं था– न सत्ता, न सुविधा न अधिकार! भारत में आंदोलन एवं जनसंघर्षों को देखने का यह कोण भी है जो महत्वपूर्ण है।

ऊपरी तौर पर आंदोलन महँगाई, बेरोजगारी, भ्रष्टाचार और गलत शिक्षा

पद्धति के खिलाफ खड़ा हुआ लेकिन इसके पीछे वास्तव में 'लोक की सिमटती परिधि और निष्ठुर 'तंत्र' का फैलता जाल, लोक संस्थाओं का अवमूल्यन और क्षरण, पूँजीवाद के छद्म विरोध के नाम पर राज्यवादी निरंकुशता की ओर बढ़ता देश, और नैतिक मूल्यों में लगातार आती गिरावट थी जिनके बिना लोकतंत्र खोखला और बेमानी हो जाता है। इसके लिए व्यापक बदलाव की जरूरत थी। लोक को सम्पूर्ण स्वायत्तता दिए बिना यह संभव नहीं था, और इसीलिए सम्पूर्ण क्रान्ति का आह्वान! क्रान्ति और परिवर्तन का यह नितान्त देशी, भारतीय पाठ, जिसपर अनेक लोगों ने मुँह बिचकाए तो कई अन्य लोगों के लिए यह जीवन का पाथेय बना!

अर्द्धशती पर जेपी आंदोलन को याद करने, उसपर चर्चा करने का अर्थ है भारत में पिछले पाँच दशकों, मोटे तौर पर आजादी के बाद की लोकतांत्रिक राजनीति और सामाजिक-आर्थिक राजनीतिक परिवर्तनों पर विमर्श। लोकतंत्र में विमर्शों से नये रास्ते खुलते हैं, इससे कौन इनकार कर सकता है। दिन में हुये हुए तारे रात्रिकाल के मार्गदर्शक बन जाते हैं। लोकतंत्र की जब भी बात होगी, उसपर संकट की काली बदली छाएगी, एक जगमग ज्योति हमें रास्ता दिखाएगी। आधी सदी बाद हम जेपी आंदोलन को इसी रूप में याद करें!

(जेपी आंदोलन और भारतीय लोकतंत्र, सं- शिवदयाल, प्रलेक प्रकाशन, दिल्ली/मुंबई, 2024)

जयप्रकाश और हिंदुत्व

आज भारतीय राजनीति में दक्षिणपंथ के उभार के लिए वामपंथी और कांग्रेसी हलकों में भी जेपी को जिम्मेदार ठहराया जाता रहा है, अब इसमें कुछ समाजवादी और 'क्रांतिकारी' भी शामिल हो गए हैं। कुछ तो ऐसे लोग भी हैं जो जयप्रकाश के साथ डॉ. लोहिया, बल्कि समूचे समाजवादी कुल को ही इसके लिए जिम्मेदार ठहराते हैं। यहाँ चर्चा जेपी और उनके आंदोलन के सन्दर्भ में ही की जाएगी।

सन् 'चौहत्तर (1974) के आंदोलन में जनसंघ और राष्ट्रीय स्वयंसेवक संघ की सहभागिता और पुनः 1977 में जनता पार्टी की सरकार में जनसंघ की भागीदारी और इस बहाने इस धारा को मिली 'राजनीतिक वैधता' को आज के भारतीय जनता पार्टी और हिंदुत्ववादी शक्तियों के उत्थान का कारण बताया जाता है। हिंदुत्ववादी शक्तियों के अभ्युदय के कारणों की यह एक सरलीकृत और आत्मतुष्टिकारक व्याख्या है (इस आधार पर तो गांधीजी के राम-राज्य को भी हिंदुत्व के उभार का कारण माना जा सकता है!)। यह व्यापक बदलाव के एक जन-आंदोलन के महत्व और ऐतिहासिकता को नकार कर उसके ऊपर अपने निजी पूर्वाग्रहों को प्रतिष्ठापित करने जैसा प्रयास है।

सन् '74 जैसे स्वतंत्र जनांदोलन में भागीदारी को लेकर कोई निषेधात्मक प्रक्रिया अपनाना कभी भी संभव नहीं होता। ऐसे जनांदोलन में मन माफिक कैडर चुनने का ना अवसर होता है ना अवकाश। हाँ कालांतर में ऐसे आंदोलन में शामिल 'प्रतिगामी' तत्वों को छांटने और अलग-थलग करने की एक व्यवस्था बनाई जा सकती है। बल्कि अक्सर ऐसे तत्व खुद-ब-खुद अलग भी होते जाते हैं। सन'74 के आंदोलन के कुछ उद्देश्य बिल्कुल स्पष्ट थे– 1) आंदोलन की प्रमुख चार मांगें– महंगाई, बेरोजगारी, भ्रष्टाचार दूर करो, और शिक्षा में आमूलचूल परिवर्तन करो– निश्चित रूप से व्यवस्था परिवर्तन का

आग्रह रखती थीं। 2) यह परिवर्तन एक सुदीर्घ, सतत, दूरगामी क्रांतिकारी प्रक्रिया के माध्यम से संभव बनाना था जिसमें सामाजिक जीवन में प्राय: सभी क्षेत्र आवेष्टित थे, यहाँ तक कि नैतिकता भी। 3) इस क्रांति के, परिवर्तन के संवाहक 'युवा' थे– निर्दलीय युवा जिनका किसी राजनीतिक दल से कोई सरोकार अथवा प्रतिबद्धता नहीं हो। आंदोलन के इन घोषित उद्देश्यों में ऊपरी तौर पर राष्ट्रीय स्वयंसेवक संघ के सदस्यों के लिए कुछ भी नहीं था। फिर भी संभवत: वे अपने लिए वैधता का आश्रय इसमें ढूंढ रहे हों, अथवा आंदोलन में सहभागिता के माध्यम से वे जनमानस में अपनी पैठ बनाना चाह रहे हों। लेकिन यह उनके लिए मुख्य धारा की राजनीति में शामिल होने का पहला मौका नहीं था। संघ को राजनीतिक वैधता प्रदान करने का जेपी पर आरोप लगाने वाले लोग यह भूल जाते हैं या याद करना नहीं चाहते कि सन् 1967 में पहली बार गैर-कांग्रेसी विपक्ष ने जो संविद सरकारें बनाई थीं, उनमें समाजवादी धड़ों के साथ-साथ भारतीय कम्युनिस्ट पार्टी भी शामिल थी। संघ को सत्ता का पहला आस्वादन 1967 में ही कराया जा चुका था और इसमें कम्युनिस्ट पार्टियों सहित पूरा गैर-कांग्रेसी विपक्ष शामिल था। आश्चर्य है 1967 में जिनके साथ मिलकर सरकार चलाई, सात साल बाद ही 1974 में एक जनांदोलन में उनकी भागीदारी को लेकर आज इतनी हाय-तौबा।

जिन लोगों ने 74 के आंदोलन में हिस्सा लिया था, उन्हें मालूम है कि जेपी ने अपने स्तर पर आंदोलन को दोहरी प्रतिबद्धता से बचाए रखने का भरसक प्रयत्न किया था। उनका यह आग्रह जनता पार्टी के गठन के समय और भी प्रबल था। वास्तव में आंदोलन शुरू होने के सवा साल बाद ही आपातकाल घोषित कर दिया गया। इससे आंदोलन नेपथ्य में चला गया और लड़ाई तानाशाही बनाम लोकशाही पर टिक गई। तानाशाही की समाप्ति और लोकतंत्र की पुनर्स्थापना प्राथमिकता बन गई। घटनाएँ इतनी तेजी से घटीं कि पूरा देश स्तब्ध रह गया। आपातकाल के दौर में भी भूमिगत ढंग से बहुत लोग देश भर में काम करते रहे लेकिन उनके कामों की दिशा एक ही थी– तानाशाही का विरोध। आपातकाल लागू होने के कुछ महीनों बाद ही संघ की किंचित निष्क्रियता अब कोई छुपी बात नहीं रह गई है, तब भी उनके कई नेता और कार्यकर्ता जेलों में बंद रहे।

कुछ लोग इस बात पर आमादा हैं कि कैसे जेपी का कद एक क्रांतिद्रष्टा जन नेता से घटाकर उन्हें एक ऐसे राजनीतिक सुविधा प्रदायक का दर्जा प्रदान कर दिया जाए जिसने सन 1977 में आपातकाल के बाद जनता सरकार के

गठन में अपने राजनीतिक कौशल का उपयोग किया। तानाशाही बनाम लोकशाही की लड़ाई में जेपी ने क्या गलत किया अगर उन्होंने तानाशाही के दैत्य को हराने और देश में लोकतंत्र को पुनः स्थापित करने के लिए जनसंघ का भी सहयोग हासिल किया? वास्तव में जेपी के पास समय नहीं था और उन्हें तानाशाही के ऊपर लोकशाही की विजय किसी भी प्रकार सुनिश्चित करनी थी। अगर वह इस काम में असफल रह जाते तो देश किस दिशा में चला जाता और किस अवस्था को प्राप्त होता, इसकी कल्पना की जा सकती है। आज जिन लोगों को लोकतंत्र पर खतरा दिखाई देता है, जो वास्तविक भी हो सकता है, वही आपातकाल में सत्ता संरक्षण में 'फासिस्म' से लड़ते हुए' अनुशासन पर्व' मना रहे थे। काश कि आंदोलन से लाख विरोध होने के बावजूद कम से कम देश पर तानाशाही लादने का विरोध करने का साहस जुटा पाते। ऐसा नहीं करके उन्होंने अपनी विश्वसनीयता तो खो ही दी, देश का भी नुकसान किया। यह कल्पना करने में हर्ज नहीं है कि अगर जेपी के संपूर्ण क्रांति आंदोलन को कम्युनिस्ट पार्टियों का सहयोग या कम से कम नैतिक समर्थन ही प्राप्त होता तो आज की राजनीति की तस्वीर कैसी होती।

कहा जा रहा है कि क्योंकि जेपी के पास समर्पित अनुशासित और प्रतिबद्ध कार्यकर्ताओं का अभाव था इसलिए राष्ट्रीय स्वयंसेवक संघ के कार्यकर्त्ताओं को साथ लेना उनकी मजबूरी थी। अगर वास्तव में जेपी को अपने सपनों को यथार्थ में परिणत करने के लिए संघ के कैडर पर निर्भर रहना था तो वे आंदोलन शुरू होने के मात्र नौ माह बाद ही एक निर्दलीय अर्धसैनिक छात्र युवा संगठन– 'छात्र-युवा संघर्ष वाहिनी' का गठन क्यों करते? उल्लेखनीय है कि 1977 के चुनाव के पश्चात उन्होंने वाहिनी के युवक-युवतियों को जमीनी लड़ाइयों का संचालन करने गांवों में भेजा। बोधगया का भूमि आंदोलन जमीन पर अब तक का सबसे सफल प्रयोग माना जाता है जो वाहिनी के द्वारा जेपी के नेतृत्व व मार्गदर्शन में सफलीभूत हुआ।

आंदोलन में राष्ट्रीय स्वयंसेवक संघ के साथ ही मुसलमानों की भागीदारी पर जयप्रकाश स्वयं क्या सोचते थे यह जानना भी दिलचस्प होगा–

"... तो यह ठीक है कि आरएसएस और जनसंघ दोनों ही तहरीक में हिस्सा ले रहे हैं लेकिन उनके अलावा और भी लोग हैं। मुसलमानों से यह जरूर कहना चाहूँगा कि आरएसएस और जनसंघ के होने से ऐसा ना समझें कि उनके विचारों से इस तहरीक के ऊपर कुछ असर पड़ेगा, जोर पड़ेगा। आज तक तो मैंने नहीं देखा, 5-6 महीने में आरएसएस ने कोई ऐसी हरकत की हो

जिससे मुसलमानों को इस बात का अंदेशा पैदा हो जाए कि आगे क्या होगा जब यह तहरीक कामयाब हो जाएगी। इस तहरीक में ज्यादातर छात्र आए हैं आए हैं, या आम शहरी या गांव के लोग, यह लोग किसी पार्टी से सरोकार नहीं रखते हैं। सर्वोदय वाले किसी पार्टी के नहीं, मैं किसी पार्टी का नहीं और इस तरह तहरीक की असल ताकत तो यही लोग हैं जो किसी पार्टी से सरोकार नहीं रखते हैं, नॉन पार्टी हैं। मैं उम्मीद करता हूँ, बल्कि मुझे पूरा यकीन है कि कोई भी पार्टी इस तहरीक पर हावी होने या अपना रंग भरने में कामयाब नहीं हो सकती। जब तक मैं हूँ ऐसा नहीं होने वाला है और अगर ना भी रहूँ तो भी ऐसा नहीं हो सकता। इसलिए जनसंघ या आरएसएस की मौजूदगी से मुसलमान को कोई खतरा महसूस नहीं करना चाहिए। अब जनसंघ और आरएसएस के बारे में मेरा तजुर्बा यह है कि उनका अपना एक इमेज बना हुआ है। उनसे काफी मिलता-जुलता रहता हूँ। इस आंदोलन के दरमियान तो उनके बड़े ऑल इंडिया लीडर्स से भी बातचीत करने का मौका मिला, जो बिहार के हैं उनसे तो मिला ही हूँ। मुझे ऐसा लगता है कि उनके विचारों में बड़ा फर्क पड़ा है। स्वराज की लड़ाई के खत्म होने के समय जो आरएसएस के विचार थे, वह भी अब बदले हैं। यह कुछ हालात की वजह से और कुछ इसलिए भी की जनसंघ एक राजनीतिक पार्टी है और वह यह भी समझता है कि यूपी, बिहार और देश के कुछ हिस्सों में ऐसे चुनाव क्षेत्र हैं जहाँ मुसलमान के वोट बिल्कुल उनके खिलाफ हों तो वे चलने वाले नहीं। एक हिंदू पार्टी की बजाए एक नेशनल पार्टी के रूप में वे आने की कोशिश कर रहे हैं। इन मामलात में अटल बिहारी वाजपेई ज्यादा ब्रॉड माइंडेड मालूम पड़ते हैं। जिस तरह बांग्लादेश बनने के बाद मुसलमान पर एक खास असर पड़ा है, इस तरह आरएसएस के सोचने के अंदाज पर भी काफी उसका असर पड़ा है, और इस बात को उन्होंने समझा कि एक मुस्लिम मुल्क भी भारत का सच्चा दोस्त हो सकता है। वे इस बात को मानते हैं कि बांग्लादेश के साथ हिंदुस्तान को मिलकर चलना है। शायद पाकिस्तान के बारे में कुछ और सोचते हों लेकिन इन हालात का असर पड़ा है। जैसे-जैसे देश की राजनीति आगे बढ़ रही है असर उन पर पड़ रहा है। मैं यह भी मानता हूँ कि तहरीक का, मेरे इसमें शामिल होने का, और राजनीतिक पार्टियों से संबंधित एवं असंबंधित लोगों को साथ ले चलने की जिम्मेदारी उनकी भी है। तो इस तहरीक की वजह से भी वह कुछ ब्रॉड माइंडेड हुए हैं। साथ-साथ मैं यह भी नहीं कहता कि वह सोलह आने बदल गए। पुरानी बातें अभी कुछ मौजूद होंगी और कुछ दिक्कतें होती भी हैं लेकिन वह सांप्रदायिक

नहीं होतीं, वह होती हैं कमेटी पर हावी होने की कोशिश की। तो एक तरह यह स्वाभाविक है।

जहाँ तक मुख्यमंत्री की बात आपने कही है तो मैं तो यह समझता हूँ कि वह मुसलमानों के सोचने की बात है। यह बहुत तंग नजरिया है। यह ठीक है पहले वजीरेआला मुसलमान बिहार में हुए, अच्छी बात है। लेकिन क्योंकि मुसलमान हैं इसलिए तहरीक है, यह बिल्कुल बेबुनियाद बात है। कोई दूसरा भी उनकी जगह पर होता तो भी वही बात होती और मैं बिल्कुल इत्मीनान के साथ कह सकता हूँ कि जनसंघ के सोचने का भी यह अंदाज नहीं है। अगर कोई हिंदू, केदार पांडे ही मुख्यमंत्री होते तो तहरीक तो चलती। इसीलिए मुसलमान होने की वजह से उनके खिलाफ यह तहरीक है, ऐसी बात हरगिज नहीं है। मिनिस्ट्री में तो हिंदू ही अधिक हैं। विधानसभा में हिंदू ही भारी अक्सरियत में हैं। इसलिए तो मुसलमानों को इस तरह गुमराह किया जाता है, उनके साथ इंसाफ नहीं किया जा रहा है। इस तरह हुए देश और बिहार की राजनीति को नहीं समझ पाएँगे। वैसे गफूर साहब (मुख्यमंत्री अब्दुल गफूर) के लिए मैं जब भी कहा है, अच्छा ही कहा है। इधर पिछले दिनों उन्होंने में मेरे बारे में कुछ उटपटांग बातें कही हैं। बहरहाल यह उनकी बात है।"

इसी इंटरव्यू में यह प्रश्न पूछने पर, "आपने इस बात को भी महसूस किया होगा कि आजादी के बाद मुसलमानों के बीच जन आंदोलन से अलग-थलग रहने की प्रवृत्ति पैदा हो गई है। हम लोगों ने पहली बार इस बात को महसूस किया है कि आंदोलन ने मुसलमान के सोचने के अंदाज को बदला है। तरह-तरह के भाई और बरगलावे के बावजूद मुसलमानों की एक बड़ी संख्या इस आंदोलन में सक्रिय है। क्या आपने भी इस हकीकत को महसूस किया है और अगर किया हो तो इसकी क्या वजह समझते हैं?"

जयप्रकाश का जवाब : "यह एक ऐतिहासिक सच्चाई है, और मेरा ख्याल है कि कारण चाहे कुछ भी हो, आजादी के बाद मुसलमान राष्ट्रीय आंदोलन से अलग-थलग रहे हैं। हो सकता है उनपर पर बंटवारे का असर हो या उसके बाद हुए सांप्रदायिक दंगों का। बहुत से लोगों ने इसके बारे में लिखा है और बहुत काफी बहस भी हुई है। आपने कहा, मैं भी जानता हूँ और दूसरे दोस्त रजी साहब, फातमी साहब, गुलाम सरवर साहब आदि ने भी कहा है, और मैं भी सहमत हूँ कि कुछ राजनीतिक और ऊपरी (वर्ग के) मुसलमानों को छोड़कर साधारण गरीब मुसलमान दिल से इस आंदोलन के साथ है। यह बड़ी खुशी की बात है कि मुसलमानों ने सत्याग्रह में हिस्सा लिया और वे जेल भी

गए हैं। अगर इस आंदोलन से कोई नतीजा न भी निकले तो केवल इतना ही हो कि मुसलमान डर, भय और शंका छोड़कर भारत के एक आजाद नागरिक के नाते मैदान में आए और साथ मिलकर काम करने का निश्चय करें, खासकर ऐसे लोगों के साथ जो राजनीतिक हैं उसमें सक्रिय हों, तो मैं इसे भविष्य के हिंदुस्तान के लिए के लिए बड़े फायदे की बात समझता हूँ और उसका स्वागत करता हूँ। इसकी क्या वजह हो सकती है, इसका जवाब तो आप ही मुझसे ज्यादा अच्छी तरह से दे सकते हैं। मुझे ऐसा लगता है कि मुसलमानों ने देखा कि यह कोई ऐसा आंदोलन नहीं है जो उन्हें वोट हासिल करने के लिए सब्जबाग दिखला रहा है। यह आंदोलन सबका है। जो तकलीफें दूसरे अल्पसंख्यकों की हैं, हिंदुओं की हैं, गरीब और साधारण जनता की हैं, वही मुसलमान की भी हैं, और उन्होंने यह महसूस किया कि जिन चीजों के लिए यह लड़ाई, यह आंदोलन चल रहा है वह उनकी भी चीजें हैं, उनकी ही समस्याएँ हैं, वे इससे अलग नहीं हैं। अगर आंदोलन से कुछ नतीजा निकलता है तो उससे उनको भी फायदा पहुँचेगा। शायद पहली बार उन्होंने यह महसूस किया कि आंदोलन के जरिए कोई उनका शोषण नहीं करना चाहता। मैं अगर कहता कि मैंने एक पार्टी बनाई है, अगर आप इसको वोट देते हैं तो हम तो हम उर्दू का सवाल यूँ हल कर देंगे तो यह तो वे यह समझते कि दूसरा एक आदमी यह भी आया है। तो इस तरह की कोई चीज यहाँ नहीं है। कई तरह की पार्टियाँ इसमें मिल गई हैं, और इससे भी ज्यादा मैं इसमें शामिल हूँ और सर्वोदय वाले हैं, आम लोग हैं।"

(जेपी की रजी अहमद से बातचीत, अगस्त 1974, आंगन देखी बिहार आंदोलन, ले– बजरंग सिंह, पृष्ठ-201-202,211-212)।

जनसंघ और विद्यार्थी परिषद की आंदोलन में सक्रिय भूमिका को लेकर कॉंग्रेस और सीपीआई द्वारा बिहार आंदोलन को लगातार फासिस्ट आंदोलन कहा जा रहा था। कहा जाता है कि जेपी ने लाल कृष्ण आडवाणी से गांधीजी की हत्या और बाद की घटनाओं के विषय में सभी प्रासंगिक तथ्य उपलब्ध कराने को कहा था (राज खन्ना, टीवी 9 भारतवर्ष ब्लॉग, 19 जून 2023)। 6 मार्च 1975 को जनता के मांग पत्र के साथ संसद के समक्ष विशाल जुलूस लेकर जयप्रकाश पहुँचे थे। अगले ही दिन जनसंघ के अधिवेशन में पहुँचे और सबको चकित कर दिया जबकि उन्होंने कहा कि जनता के मुद्दों पर आंदोलन करने के कारण अगर जनसंघ फासिस्ट है तो जयप्रकाश भी फासिस्ट है। उन्होंने सरकार की ओर संकेत करते कहा कि फासिस्म का सूरज तो कहीं और उग रहा है।

उनके इस कथन के लिए उनके विरोधियों द्वारा उनकी आज तक आलोचना की जाती है।

बाद में आपातकाल के दौरान अपनी जेल डायरी तथा चर्चित 'बिहार वासियों के नाम चिट्ठी' में उन्होंने इस बारे में स्पष्ट किया कि बिहार आंदोलन की सर्वधर्म समभाव की धारा से जोड़कर उन्होंने राष्ट्रीय स्वयंसेवक संघ और जनसंघ को सांप्रदायिकता से मुक्त करने की, यानी 'डीकम्यूनलाइज' करने की कोशिश की।

लोकतंत्र की पुनर्स्थापना के बाद 1977 में समाजवादी नेता किशन पटनायक को एक साक्षात्कार में जयप्रकाश ने कहा –

- राष्ट्रीय स्वयंसेवक संघ को विशुद्ध रूप से एक सांस्कृतिक संगठन मानना मुश्किल है।
- राष्ट्रीय स्वयंसेवक संघ के नेताओं और कार्यकर्ताओं से अपने संपर्क के दौरान मुझे निश्चय ही उनके दृष्टिकोण में परिवर्तन नजर आया। उनमें अब अन्य समुदायों के प्रति शत्रुता की भावना नहीं है लेकिन अपने मन में वह अभी भी हिंदू राष्ट्र की अवधारणा में विश्वास करते हैं। वे यह कल्पना करते हैं कि मुसलमान और इसी जैसे अन्य समुदाय तो पहले से ही संगठित हैं, जबकि हिंदू बिखरे हुए हैं और असंगठित हैं, और इसीलिए वे हिंदुओं को संगठित करना अपना मुख्य काम मानते हैं। राष्ट्रीय स्वयंसेवक संघ के नेताओं के इस दृष्टिकोण में परिवर्तन होना ही चाहिए। मैं यह आशा करता हूँ कि वे हिंदू राष्ट्र के विचार को त्याग देंगे और उसकी जगह भारतीय राष्ट्रवाद के विचार को अपनाएँगे। भारतीय राष्ट्रवाद का विचार सर्वधर्म समभाव वाली अवधारणा है और यह भारत में रहने वाले सभी समुदायों को अंगीकार करता है। अगर राष्ट्रीय स्वयंसेवक संघ अपने को भंग नहीं करता और जनता पार्टी द्वारा गठित युवा सांस्कृतिक संगठनों में शामिल नहीं होता तो उसे कम से कम सभी समुदायों के लोगों, मुसलमान और ईसाइयों को अपने में शामिल करना चाहिए। उसे अपने संचालन और काम करने के तरीकों का लोकतंत्रीकरण करना चाहिए और सभी जातियों और समुदायों के लोगों– हरिजन, मुसलमान और ईसाई को अपने सर्वोच्च पदों पर नियुक्त करने की पूरी कोशिश करनी चाहिए। (सामयिक वार्ता 16 सितंबर 1977)।

वास्तव में देश में धार्मिक कट्टरता, पुनरुत्थानवादी रुझान और खासकर हिंदुत्व की शक्ल में बहुमत की सांप्रदायिकता का जो प्रसार हुआ है उसके

कारणों की पड़ताल गहराई से करने की जरूरत है। इसके लिए साहस और विवेक की भी जरूरत है। हम आखिर किस तरह खालिस्तान आंदोलन, सन् 84 में श्रीमती गांधी की हत्या और उसके बाद भड़की देशव्यापी सिखविरोधी हिंसा के बाद हिंदू लहर पर सवार कांग्रेस की जबरदस्त जीत की अनदेखी कर सकते हैं? और उसके बाद शाहबानो मुकदमा, अयोध्या में रामलला मंदिर को पुनः खोला जाना, कश्मीर में भयानक सांप्रदायिक हिंसा के पश्चात घाटी से पंडितों का पलायन, मंडल-कमंडल की विभीषीका, राजीव गांधी की नृशंस हत्या, नई दिल्ली में सत्ता के भंगुर प्रयोग और इससे उपजा राजनीतिक शून्य! फिर क्या भारतीय जनता पार्टी या संघ परिवार को पैर जमाने के लिए यह कारण पर्याप्त नहीं हैं? क्या लोकतंत्र में किसी भी कालखंड विशेष में जनता को एक खास दल/दलों को ही अपना समर्थन देते रहने को विवश किया जा सकता है, या कि इसकी गारंटी की जा सकती है? जनता को एक खास राजनीतिक उद्देश्य से आबद्ध रहने को अनंत काल तक विवश नहीं किया जा सकता। तब और भी नहीं जबकि नेतृत्व का कद और आचरण कतई विश्वसनीय व प्रेरणादाई नहीं हो। 1980 और 90 के दशक में एक भी नेता ऐसा नहीं था जिसकी कोई नैतिक अपील हो, जो जनता को अपने पीछे आने को प्रेरित कर सकता हो। लंबे समय से राजनीति और समाज में पैठ जमाने वाले कैडर आधारित राजनीतिक समूहों/शक्तियों के लिए ऐसा अवसर बार-बार नहीं आता, भले आप उन्हें प्रतिगामी कहते रहें। इसीलिए हिंदुत्व के उभार के लिए वैधता शायद उतना बड़ा कारक नहीं है जितनी कि विवशता।

जयप्रकाश नारायण महात्मा गांधी के एकमात्र उत्तराधिकारी हैं हर दृष्टि से– विचार की दृष्टि से भी, आचरण और चरित्र की दृष्टि से भी। जब आज के इस कलुषित राजनीतिक माहौल में यह महान विरासत स्वयं ही खतरे में पड़ी हो तब गांधी और जेपी जैसे महान नेताओं की औकात कम आंकने का प्रयास ज्यादा से ज्यादा अच्छा सोचने वालों को गहनतर एकांतों और अंधेरों की ओर ले जाएगा।

[जेपी जन्म शताब्दी (सन् 2002) के अवसर पर यह लेख 'गांधी के एकमात्र उत्तराधिकारी' शीर्षक से लिखा गया था। आज दो दशक बाद इस चर्चा ने और जोर पकड़ लिया है, बल्कि कुछ लोगों ने एक अभियान-सा छेड़ दिया है कि दरअसल जेपी और लोहिया सहित पूरी समाजवादी धारा ही हिंदुत्व के उभार के लिए जिम्मेदार है। इसी पुस्तक के कुछ अन्य लेखों में भी इस बिंदु पर चर्चा की गई है।]

संपूर्ण क्रांति का प्रस्थान बिंदु

अगर उम्र के लिहाज से विचार करें तो संपूर्ण क्रांति सामाजिक परिवर्तन की सर्वथा नई अवधारणा है। यों तो विचारधारा बनते-बनते बनती है लेकिन संपूर्णकाति की अवधारणा के बारे में एक मत नहीं है राजनीतिकों में भी नहीं न ही समाजविज्ञानियों अथवा परिवर्तनकामी समूहों में अलग-अलग ढंग में इसकी व्याख्या की जाती है और शायद आगे भी की जाती रहेगी, बल्कि यह आकस्मिक भी नहीं है क्योंकि 'जीवंत विचार' के प्रति प्राय: कोई एक मत होता नहीं उसकी जीवतंता का तकाजा ही यही है कि अलग-अलग परिप्रेक्ष्यों और परिस्थितियों में यह नया स्वरूप ग्रहण करता रहे, पुनर्नवा होता रहे।

संपूर्ण क्रांति का कोई शास्त्र नहीं है। इस मायने में यह 'खुला' विचार है लेकिन ये दोनों शब्द 'संपूर्ण' और 'क्रांति' इसकी सीमा और स्वरूप बनाते हैं। यहाँ क्रांति शब्द अपनी समस्त प्रगतिशीलता और रैडिकलिज्म के साथ उपस्थित है। वास्तव में संपूर्ण क्रांति 'समग्र परिवर्तन' नहीं है जैसा कि कुछ लोग अंदाजा लगाते हैं। क्रांति तो क्रांति ही है वह परिवर्तनमात्र नहीं है. परिवर्तन तो प्रकृति के नियमों के अनुसार सतत् रूप से चलता ही रहता है. आज जो है वह कल उसी रूप में नहीं होगा। परिवर्तन होता है, जबकि क्रांति लाई जाती है। इस मुद्दे पर कोई भ्रम की गुजांइश नहीं है। क्रांति के साथ जो शब्द युग्म बनाता है वह है 'संपूर्ण'। पहले कभी क्रांति के साथ संपूर्ण या अपूर्ण का ऐसा प्रयोग नहीं हुआ और यदि जेपी ने इस बहाने क्रांति की संपूर्णता की ओर इशारा किया तो यह अनायास नहीं है। 'संपूर्ण' शब्द ने लोगों को खूब भरमाया है और अलग-अलग क्षेत्र और विचार के लोगों ने इसे अपने ढंग से, अपनी सुविधा के हिसाब से परिभाषित करने की कोशिश भी की है। स्वयं जेपी के ही कुछ साथियों ने 'संपूर्ण क्रांति' को रहस्यमय और उलझी हुई शब्दावली करार दिया। लेकिन जेपी ने अनायास ही इस शब्द-युग्म का इस्तेमाल कर दिया हो, ऐसा

मानना भूल होगी।

इतिहास बीसवीं शताब्दी को क्रांतियों की शताब्दी के रूप में भी याद करेगा। मानव मुक्ति के लिए मात्र सौ सालों के अंदर इतने सघन प्रयास इसके पहले कभी नहीं हुए। दुनिया के अलग-अलग हिस्सों में शोषितों व वचितों की मुक्ति के लिए क्रांतियाँ हुई। रूस, चीन, कोरिया, वियतनाम, क्यूबा जैसे देशों में क्रांतियों का सफल संचालन किया गया, लेकिन जेपी इन क्रांतियों को अपूर्ण और एकांगी मानते थे। उनकी मान्यता में इन देशों में क्रांति का अभीष्ट पूरा नहीं हो पाया था। सिर्फ क्रांति के तरीकों अथवा 'साधन' को लेकर उनका विरोध रहा हो, ऐसा नहीं। इन देशों में जो नई व्यवस्थाएँ आई, जेपी की दृष्टि में उस ढाँचे में मनुष्य की मुक्ति संभव ही नहीं थी, बल्कि उन देशों में एक नई तरह की गुलामी आमजन को झेलनी पड़ी– सर्वहारा वर्ग की तानाशाही के नाम पर। सोवियत साम्राज्यवाद और चीन की सांस्कृतिक क्रांति ने क्रांति का एक वीभत्स रूप दुनिया के समक्ष प्रस्तुत किया। जेपी का मार्क्सवाद के ऐसे 'क्रियान्वयन' (application) से मौलिक मतभेद था। स्वतंत्रता जेपी के जीवन का आकाशदीप थी। वे व्यक्ति की गरिमा और स्वतंत्रता को क्रांति की अपनी अवधारणा में सर्वोच्च मूल्य के रूप में प्रतिष्ठित करना चाहते थे। मार्क्सवाद का प्रचलित सिद्धांत इसके विलोम में खड़ा था। जेपी क्रांति को मनुष्य की संपूर्ण क्रांति के रूप में परिभाषित करते थे जिसमें रोटी, कपड़ा और मकान सुलभ कराना ही अंतिम लक्ष्य नहीं था बल्कि ऐसे समाज का निर्माण करना है जिसमें सबसे कमजोर व्यक्ति भी अपने व्यक्तित्व का सर्वांगीण विकास कर सके, स्वतंत्रता व स्वाभिमान के साथ जी सके।

जहाँ तक क्रांति के अभीष्ट का सवाल है, 1789 की फ्रांसिसी क्रांति के चार मूल्य स्वतंत्रता, समानता, न्याय एवं बंधुत्व मानव समाज को बहुत आगे ले जाते हैं। वास्तव में ये मानव सभ्यता-संस्कृति के शाश्वत मूल्य बन गए हैं। इन चार लक्ष्यों में भी स्वतंत्रता प्रथमाप्रथम है। जयप्रकाश जिस पीढ़ी और दौर का नेतृत्व करते हैं उसके लिए ब्रिटिश साम्राज्यशाही से मुक्ति ही पहला मूल्य था। आश्चर्य नहीं कि लाख मार्क्सवादी होने के बावजूद वे 'स्वतंत्रता' के साथ समझौता नहीं कर सके। गांधीजी के प्रथम सत्याग्रह आंदोलन की याद करते वे लिखते हैं– "यही वह समय था जब स्वतंत्रता मेरे जीवन का आकाशदीप बनी। कालांतर में वह स्वतंत्रता अपने देश की स्वतंत्रता मात्र के भाव का अतिक्रमण करके मनुष्य की सब जगह और सब प्रकार के बंधनों से ही मुक्ति नहीं, बल्कि इससे भी आगे बढ़कर मानवीय व्यक्तित्व की स्वतंत्रता, विचार की स्वतंत्रता,

आत्मा की स्वतंत्रता की अर्थदात्री बन गई। यह स्वतंत्रता जीवन की एक निष्ठा बन गई है। मैं रोटी के लिए, सत्ता के लिए, सुरक्षा के लिए, समृद्धि के लिए, राज्य की प्रतिष्ठा के लिए या किसी अन्य वस्तु के लिए इसके साथ समझौता नहीं कर सकता।"

स्वतंत्रता के मूल्य के प्रति उनकी यह प्रतिबद्धता उन्हें भारत में दसरे तीसरे दशक के मार्क्सवादी 'लाइन' से अलग दिशा में ले गई और उसके पश्चात् भी उन्हें शोध की नई मंजिलें तलाशने पर विवश किया। वे इसके लिए 'करो या मरो' के निर्णायक क्षणों में हजारीबाग जेल से फरार हो सकते थे, सक्रिय दलगत राजनीति को लात मार सकते थे, कश्मीर और नगालैंड पर गलत समझे जाने का खतरा उठाकर भी अलग स्टैंड ले सकते थे, बहत्तर वर्ष की उम्र में पटना के बेली रोड पर लाठियाँ खा सकते थे, करोड़ों हम वतनों की आजादी और नागरिक अधिकारों की गारंटी सुनिश्चित करने के लिए राजनीतिक सौदेबाजों से राजघाट में दूसरी आजादी के लिए एक होने की कसमें दिलवा सकते थे। जेपी की स्वतंत्रता की परिकल्पना में व्यष्टि और समष्टि एक हैं, उसमें कहीं कोई द्वैत नहीं है, उन्होंने हर मौके पर इसे साबित किया।

स्वतंत्रता आंदोलन उदात्त मूल्यों के आधार पर लड़ा गया लेकिन पच्चीसेक के सालों के अंदर ही सिर्फ सत्ता के स्तर पर ही नहीं 'लोक' के स्तर पर भी इनका तेजी से क्षरण हुआ। जिसके लिए जेपी ने सर्वस्व न्योछावर कर दिया वह सर्वोदय आंदोलन भी ठहराव का शिकार हो गया था, यद्यपि मूल्य और विचार के रूप में सर्वोदय में अब भी बहुत आकर्षण था, लेकिन मात्र हृदय-परिवर्तन की युक्ति साधारण भारतीय की मुक्ति का मार्ग प्रशस्त न कर सकी। यह एक आकस्मिक संयोग था कि बिहार के छात्रों ने जेपी से 18 मार्च 1974 से आरंभहुए आंदोलन का नेतृत्व संभालने का आग्रह किया, क्योंकि सरकारी दमन से वे एकदम विचलित हो गए थे। जेपी को क्षितिज पर संभावनाओं की रेख दिख पड़ी। छात्रों की प्रमुख चार माँगों– महंगाई दूर करो, बेकारी दूर करो, भ्रष्टाचार खत्म करो, शिक्षा व्यवस्था को सुधारो में स्पष्ट ही व्यवस्था परिवर्तन की आकांक्षा से साक्षात् हुआ। बाद में उन्होंने इस आंदोलन को संपूर्ण क्रांति का आंदोलन करार दिया। उल्लेखनीय है कि आजादी के पश्चात् क्रांति का आवाहन इसके पहले सिर्फ उग्र वामपंथी आंदोलनों के माध्यम से तेलांगाना और नक्सलबाड़ी में ही आया था। ऐसे में जीवनदानी जयप्रकाश द्वारा क्रांति का आवाहन अपने आप में एक विलक्षण घटना है जिसने भारतीय समाज और राजनीति में आई जड़ता को तोड़ा। अपने मुसहरी प्रयोग के दौरान जेपी ने

नक्सलपंथ के वैचारिक और व्यावहारिक सीमाओं का गहराई से अवलोकन किया (किंतु उन्होंने उसके औचित्य और प्रासंगिकता को चुनौती नहीं दी)। कुछ लोग समझते हैं कि संपूर्ण क्रांति की अवधारणा में जो सातत्य का पक्ष है वह उसके साधनों की शुद्धता, अर्थात् शांतिमयता अथवा अहिंसा के कारण है। जेपी ने कई बार कहा है कि यह मानना एक बड़ी भूल है कि हिंसक क्रांति का आधार आनन-फानन में तैयार किया जा सकता है, या कि हिंसक क्रांति समय-साध्य नहीं है। बल्कि हिंसक क्रांति के पश्चात् परिवर्तन के जो फलित होते हैं उन्हें सुस्थिर करने में काफी समय लगता है। कभी तो हिंसा-प्रतिहिंसा का लंबा दौर चलता है और कभी क्रांति के नायकों की आपसी प्रतिस्पर्द्धाओं में क्रांति का सुफल ही नष्ट हो जाता है। इसी से हिंसक क्रांतियों में विपथगमन की गुंजाइश भी ज्यादा होती है और वस्तुतः आज तक कोई भी क्रांति अपने को विपथगा होने से रोक नहीं पाई। ऐसे में क्रांति के लक्ष्य इस प्रकार निर्धारित किए जाने चाहिए जिसमें वह अपने को 'नयी' करती रहे, अपना शोधन करती रह सके। क्रांति में सातत्य का यही अर्थ है। जैसा कि ऊपर कहा जा चुका है जेपी के लिए स्वतंत्रता सर्वोच्च मानवीय मूल्य मूल्य है इसलिए उनकी क्रांति के केन्द्र में है व्यक्ति। व्यक्ति की स्वतंत्रता के बिना सामूहिक स्वतंत्रता का कोई मूल्य नहीं अन्य देशों में हुई क्रांतियों का यह अनुभव जेपी के लिए प्रयोज्य नहीं था। दूसरी ओर उनके पीछे भारतीय स्वतंत्रता आंदोलन की विरासत थी जो परिवर्तन के लिए हिंसा या अधिनायकत्व की अपरिहार्यता का निषेध करती थी।

क्रांति शब्द का जिन अर्थों में हम प्रयोग करते हैं वह भारत के जातीय अनुभव का हिस्सा नहीं है। भारत एक प्राचीन देश है, इसकी सभ्यता-संस्कृति बहुत पुरानी है। जब आज के विकसित देश आदिम अवस्था में ही थे भारत में सभ्यता का अलख जग चुका था और सभ्य समाज की कई सारी संस्थाएँ अस्तित्व में आ चुकी थीं। भारत की जलवायु, जीवनदायनी नदियों, उर्वर भूमि के कारण एक सुव्यवस्थित जीवन प्रणाली आकार ले चुकी थी। लेकिन प्राचीन समाज होने के बावजूद यहाँ की जनसंख्यात्मक (डेमोग्रैफिक) वास्तविकताएँ बदलती रही हैं। क्या विचित्र बात है कि ऊपरी तौर पर जाति जैसी संस्थाओं के रहते दृढ़ और अविचल दिखने के बावजूद भारतीय समाज लगातार बदलता रहा है। लगभग हर काल में यहाँ नयी-नयी सामाजिक इकाइयों और वर्गों का उदय होता रहा है जिन्होंने भारतीय समाज के साथ सामंजस्य बिठाने अथवा ठौर ढूँढ़ने के लिए यहाँ की जाति-व्यवस्था में आश्रय ढूँढ़ा है। भारत का बहुलतावादी

सामाजिक ढाँचा एक सतत् सामाजिक प्रक्रिया के माध्यम से बना, जो आज तक जारी है। जिस सांस्कृतिक सम्मिलन (cultural assimilation) की बात की जाती है वह दरअसल यही प्रक्रिया है। इस प्रक्रिया ने भारतीय समाज को कई प्रकार की अतियों से बचाए रखा है, जैसे धार्मिक राज्यों (theocratic states) का अस्तित्व यहाँ नहीं रहा, अभिव्यक्ति की स्वतंत्रता बनी रही, राजा का जमीन पर स्वामित्व नहीं रहा बल्कि किसान का रहा, शक्ति का कोई भी सिरा सर्वसत्तावादी नहीं हो पाया....। किंतु यहाँ आशय भारतीय समाज और शासन व्यवस्था को निर्दोष करार देना नहीं है बल्कि यह इशारा करना भर है कि पाश्चात्य समाज की जमीनी वास्तविकताएँ भारतीय सामाजिक वास्तविकताओं से भिन्न रही हैं। यही कारण है कि भारतीय समाज में शायद ही किसी काल में 'हठात् परिवर्तन' के प्रति कोई ऐसी तत्परता या आग्रह दिखाई देता हो। यहाँ चीजे बनते-बनते बन जाती रही हैं। यदि भारत के सामाजिक इतिहास पर दृष्टि डालें तो सुधार आंदोलनों की एक अविच्छिन्न कड़ी दिखाई देती है जिससे समय-समय पर जड़ता टूटी और समाज जीवंत बना रहा। विरासत की वह कड़ी आज भी विलुप्त नहीं हुई है, वह चौतरफा हमले का शिकार जरूर है। किंतु ब्रिटिश काल तक हालात बदल गए। ब्रिटिश औपनिवेशिक दोहन ने भारतीय समाज व अर्थतंत्र के आत्मनिर्भर ढाँचे को ही तोड़ दिया। अंग्रेजों की मार्फत जो उद्योगीकरण भारत में पहुँचा, उसने औद्योगिक मजदूरों के एक नए वर्ग को तो जन्म दिया ही. शहरी मध्यवर्ग की परिधि का भी विस्तार किया। दूसरी और ग्रामीण अर्थतंत्र चरमराने से कृषि मजदूरों का भी एक नया वर्ग अस्तित्व में आया। अट्ठारहवीं सदी के मध्य तक, ऊपर जिस विरासत का जिक्र किया गया, वह समाज की प्रमुख चालक-शक्ति नहीं रह गई, हम अन्तर्राष्ट्रीय औपनिवेशिक तंत्र का हिस्सा बन गए। जब यूरोप में औद्योगिक क्रांति के पश्चात् पूँजीवाद आया तो मुनाफाखोरी, प्रतिद्वन्द्विता और शोषण जैसे दुर्गुणों को रोकने के लिए वहाँ कोई संस्थागत ढाँचा पहले से तैयार न था। जो कुछ था वह चर्च और राजशाही के इर्द-गिर्द सिमटा था। ऐसे में शोषित और वंचित जन (जिन्हें बाद में कार्लमार्क्स ने 'सर्वहारा' की संज्ञा दी) की मुक्ति के लिए 'क्रांति' ही एक मात्र उपाय बचा। वास्तव ने पूँजीवादी शोषण ने क्रांति को औचित्य ही प्रदान किया। सिर्फ कल्पना ही की जा सकती है कि यदि औद्योगिक क्रांति भारत में हुई होती तो आज अन्तर्राष्ट्रीय पूँजीवाद का स्वरूप क्या होता। वैसे उन्नीसवीं सदी तक भारतीय मनीषा का जोर मुख्यत: भाषा, साहित्य और नीतिशास्त्र पर ही रहा, वैज्ञानिक खोजों की कोई सार्थक दिशा नहीं बन पाई। इसका एक

प्रमुख कारण यह भी रहा कि मध्यकाल में भारतीय ज्ञान परम्परा और शिक्षा प्रणाली विनष्ट हो चुकी थी। हमारे यहाँ ज्ञान-विज्ञान की कोई स्वतंत्र और स्वायत्त शाखा नहीं बन पाई, यह क्षेत्र एक तरह से धर्म (पंथ नहीं) के विषय क्षेत्र में ही आवेष्टित रहा था।

ब्रिटिशकाल में यदि भारत में औद्योगिक पूँजीवाद आया तो उससे त्राण दिलाने के विचार भी सामने आए। आधुनिक ज्ञान विज्ञान आया तो सामाजिक परिवर्तन संबंधी अवधारणाएँ भी आईं। 1917 की रूसी क्रांति ने जिस प्रकार मार्क्सवाद को जमीन पर उतार दिखाया, उससे भारत सहित दुनिया के अन्य कई देश क्रांति के संभाव्य क्षेत्र बन गए। परिवर्तन की आकांक्षा रखनेवाला शायद ही कोई ऐसा व्यक्ति हो जिस पर बोल्शेविकवाद का प्रभाव नहीं पड़ा हो। दुनिया के प्राय: हर देश में रूसी क्रांति ने मार्क्सवादियों अथवा वामपंथियों की एक पीढ़ी तैयार की। उच्च शिक्षा प्राप्त करने गए स्वयं जेपी अमेरिका से मार्क्सवाद में दीक्षित होकर लौटे लेकिन भारत में परिस्थितियाँ भिन्न थीं। यहाँ जब विदेशी शासन से मुक्ति के लिए राष्ट्रीय आंदोलन का नेतृत्व महात्मा गांधी के हाथों में था जिन्होंने चरखा, अछूतोद्धार और सांप्रदायिक एकता के महत्वपूर्ण आयाम इसमें जोड़कर इसे सामाजिक-आर्थिक मुक्ति का भी आंदोलन बना दिया। विलक्षण बात यह थी कि गांधीजी ने भारतीय समाज के शुभ-पक्षों व प्रगतिशील तत्वों को संघटित कर स्वराज्य की जो परिकल्पना प्रस्तुत की उससे दुनिया भर के मुक्ति आंदोलनों को नई दिशा और ऊर्जा मिल सकती थी। जिस विरासत का ऊपर उल्लेख दिया गया, गांधीजी को रोशनी उसी से मिली और अपने हिसाब से उन्होंने क्रांति का एक नया मार्ग प्रशस्त किया। बहुत लोगों को गांधी के साथ क्रांति शब्द जोड़ने पर आपत्ति हो सकती है लेकिन उन्होंने साध्य और साधन को लेकर जो स्थापनाएँ प्रस्तुत कीं वे आधारभूत बदलाव की ओर इंगित करती थीं और इस मायने में उनकी प्रासंगिकता अब तक बनी हुई है। यही बात जेपी को सर्वोदय की खींच लाई थी। सर्वोदय आंदोलन ने शुरूआत में सफलता के कई सोपान तय किए, बिहार में भूमिहीनों को सबसे ज्यादा जमीन भूदान के माध्यम से ही मिली। किंतु सर्वोदय में संघर्ष का पक्ष अछूता रह गया, उसमें गांधीजी के 'रैडिकलिज्म' का अभाव था, उसका कोई राजनीतिक स्वरूप नहीं बन पाया (गांधीजी हर दृष्टि से राजनीतिक व्यक्तित्व थे और एक राजनीतिक आंदोलन की अगुआई कर रहे थे)। जिस परिमाण में संसदीय लोकतंत्र आमजन से विमुख होता जा रहा था, स्वतंत्रता आंदोलन के मूल्य तिरोहित हो रहे थे, उसके लिए एक व्यापक राजनीतिक पहल की जरूरत

थी। इन प्रवृत्तियों से राजनीतिक स्तर पर ही प्रभावी ढंग से निपटा जा सकता था। सर्वोदय ने यह मौका गंवा दिया था। जेपी द्वारा सन् 74 में संपूर्ण क्रांति का शंखनाद इसी खोए हुए अवसर को दोबारा उपलब्ध करने का उपक्रम था।

संपूर्ण क्रांति के आवाहनकर्त्ता जयप्रकाश एक बदले हुए विचारक और नायक हैं। वे शोधन की प्रक्रिया से उबरकर अवतरित होते हैं। वे परिवर्तन के लिए वर्ग-संघर्ष की अनिवार्यता से इनकार नहीं करते। वे शोषितों और मजलूमों का संगठन चाहते हैं, अर्थात् वर्ग संगठन की अनवरत प्रक्रिया चलाना चाहते हैं। वे व्यवस्था परिवर्तन के लिए युवाओं को गाँवों में भेजते हैं और उन्हें क्रांति का संवाहक घोषित करते हैं, और इसके लिए उनसे 'वर्गीय आग्रहों से रहित', अर्थात् 'क्म-बसेंमक' होने की अपेक्षा रखते हैं। वे 'छात्र-युवा संघर्ष वाहिनी' के नाम से एक अर्द्धसैनिक संगठन का निर्माण करते हैं और स्वयं उसका सेनापतित्व स्वीकार करते हैं।

संपूर्ण क्राति के प्रति संपूर्ण प्रतिवद्धता इसका लक्ष्य भी है और कार्यक्रम भी। वे वाहिनी कार्यकर्ताओं को व्यवस्था परिवर्तन के आंदोलन का आरंभ करने के लिए भूमि का सवाल हाथ में लेने को कहते हैं और बिहार के सबसे बड़े भूधारी बोधगया के शंकराचार्य मठ के खिलाफ शांतिमय लड़ाई की अनुमति देते हैं। वे लोकसमितियों के माध्यम से लोकशक्ति संगठित कर राज्य-शक्ति पर अंकुश लगाना चाहते हैं। वे शक्ति और सत्ता का पिरामिड उलट देना चाहते हैं। वे संसदीय लोकतंत्र और अभिव्यक्ति की स्वतंत्रता का क्रांतिकारी इस्तेमाल चाहते हैं। वे किसी भी कीमत पर लोकतंत्र को बचाना चाहते हैं– सिर्फ इसलिए नहीं कि आजादी बरकरार रहे, बल्कि इसलिए भी कि क्रांति का, परिवर्तन का मार्ग सुगम हो। स्वतंत्रता उनके जीवन का आकाशदीप है और वे हीन से हीन व्यक्ति को भी इसे सुलभ कराना चाहते हैं। सच्ची स्वतंत्रता के लिए वे न सिर्फ अर्थ, समाज और शिक्षा वरन् परम्परा, धर्म, आस्था और नैतिकता को भी संपूर्ण क्रांति के दायरे में ले आते हैं (ये क्षेत्र हिंसक साधनों की पहुँच के बाहर हैं, रूस और पूर्वी यूरोप के हाल के अनुभव इसका सबूत है)।

आज सोवियत समाजवाद की समाप्ति के पश्चात् दुनिया में हर कहीं वामपंथ बचाव की मुद्रा में है। एकध्रुवीय विश्व में वैश्विकीकरण एवं बाजारीकरण के अश्वमेघ यज्ञ का घोड़ा पकड़ने का साहस किसी में नहीं दिखाई देता। भारत के वैचारिक समुदाय में कुछ लोग इन दिनों गांधी और मार्क्स के 'ब्लेंड' की, यानी दोनों विचारधाराओं को एक-दूसरे के लिए निकट लाने की बात कह रहे हैं। उन्हें संपूर्ण क्रांति के वैचारिक और व्यावहारिक पक्षों

का बारीको से अध्ययन करना चाहिए। बोधगया भूमि आंदोलन और गंगा मुक्ति आंदोलन जैसे जन संघर्षों की सफलता इस बात का प्रमाण है कि संपूर्ण क्रांति का एक ठोस वैचारिक और व्यावहारिक आधार है। पिछड़े और वंचित वर्गों की संपूर्ण क्राति आंदोलन में व्यापक भागीदारी, इन वर्गों में आई अभूतपूर्व राजनीतिक और सामाजिक चेतना ने परिवर्तन की आधार-भूमि तैयार कर दी है। अगर क्रांति के संदर्भ में चेतना के इस उभार को मूल्यबद्ध और संस्कारित किया जा सका तो समय के इसी पड़ाव पर संपूर्ण क्रांति का प्रस्थान बिंदु अवस्थित है।

(जेपी जन्मशती पर अखिल भारतीय सर्वोदय समाज सम्मेलन की स्मारिका 'सर्वोदय से संपूर्ण क्रांति' में प्रकाशित 2002)

जेपी आंदोलन का क्षितिज एवं जेपी का लोकतंत्र

घटनाओं-परिघटनाओं और नायकों महानायकों का मूल्यांकन कोई असंगत बात नहीं है। हमारे यहाँ मुश्किल यह है कि यह काम भी पार्टी लाइन के हिसाब से अंजाम दिया जाता है। बड़ा से बड़ा बुद्धिजीवी इससे अपने को अलग नहीं रख पाता। उग्रनाथ नागरिक (चौपाल, 30 जून 2009) को अगर प्रभाष जोशी के लेखों में नायक-पूजा या व्यक्ति पूजा नजर आ रही है तो उन्हें इस बात का भी ध्यान रखना चाहिए गांधी और जेपी जैसे व्यक्तित्वों के प्रति पूजा-भाव सत्ताधीश नायकों के प्रति दास-भाव से बहुत अलग है। जो सत्ता से अलग रहे और जनता को शक्तिसम्पन्न करने के दुरुह कार्य में अपना जीवन लगा दिया, वे आम लोगों के लिए हमेशा वरेण्य और पूजनीय बने रहेंगे। सन् 74 का आंदोलन कुछ लोगों के कलेजे में शूल की तरह चुभता है। आंदोलन के दौरान जेपी को अमेरिकी एजेंट घोषित कर रखा था, उन्हें फासिस्ट और देशद्रोही तक कहा जाता था और सरेराह गालियाँ दी जाती थीं। जनता पार्टी की सरकार बनी और कर्पूरी ठाकुर ने आरक्षण लागू दिया तब भी निहित स्वार्थ वाले लोगों ने इसके लिए जेपी को जिम्मेदार ठहराया। मंडल आंदोलन के समय से लेकर अब तक एक तबका इसके लिए जेपी को गलियाता है। उस समय तो कुछ आरक्षण समर्थकों ने भी जेपी को निशाने पर लिया, उनकी सभाओं में बाधा पहुँचाई। उसके पहले कश्मीर और नगालैण्ड के मुद्दों पर भी उन्हें खूब भला-बुरा कहा गया था। आज देश की राजनीति बदल गई है जो कुछ लोगों के हिसाब से नहीं बदलनी चाहिए थी क्योंकि उनका वर्चस्व जाता रहा, तो यह अनर्थ हुआ। धर्मवाद आज पूरी दुनिया में एक बड़ा मुद्दा है। लेकिन भारत में 'हिन्दुत्व' के लिए अब जेपी जिम्मेदार हैं! हद तो यह हुई कि जिन्हें उनका चेला बताकर उनपर कीचड़ उछालने की कोशिश की जाती है, जिन्होंने बिहार पर एकछत्र 'राज' किया, उन्होंने भी एक फिल्म-प्रदर्शन के प्रकरण में 74 आंदोलन का

वास्तविक नेता खुद को घोषित करने में जरा भी संकोच नहीं किया। इन सभी लोगों की मुश्किल यह है कि वे आज कहीं नहीं है. हाशिए पर अपनी जगह तलाश रहे हैं। आँखें खोलकर देखिए, सन् 74 वह पड़ाव है जहाँ से खासकर उत्तर भारत की राजनीति की दिशा बदल गई और यह संभव हुआ आंदोलन में बड़े पैमाने पर पिछड़े-दलित समाज के लोगों और महिलाओं के शामिल रहने के कारण। आज जो लोग लोकतंत्र और धर्मनिरपेक्षता का रोना रो रहे हैं उन्हें उस दौर में अपनी भूमिका भी याद करनी चाहिए। आंदोलन में शामिल होना हर हाल में कम बड़ा पाप होता। सच तो यह है कि अगर आपातकाल न लगता तब भी भारत अधिनायकवाद को ओर ही जा रहा था। आंदोलन ने पूरे देश को इसके खिलाफ एकजुट किया। इस नेक काम में जो लोग चूक गए सो रह गए।

यह कितनी अजीब बात है कि आपातकाल के लिए भी जेपी जिम्मेदार, क्योंकि उन्होंने इन्दिरा गांधी के हाथों अपनी तथाकथित 'बेइज्जती' का बदला लेने अथवा राजनीतिक रूप से स्वयं को 'प्रासंगिक' बनाने के लिए आंदोलन चलाया जिसकी परिणति के रूप में आपातकाल आया। 'पिछड़ावाद' के लिए भी वही जिम्मेदार क्योंकि उनके 'चेले' मंडल मुहिम में सबसे आगे थे। 'कमंडलवाद' या साम्प्रदायिकता के उभार के लिए भी वही जिम्मेदार क्योंकि उनके आंदोलन में आर.एस.एस. और जनसंघ के लोग शामिल थे। जेपी के 'अछूतोद्धार' से उनके पौ बारह हो गए। जिन्होंने राम जन्मस्थान का ताला खुलवाया और शिलापूजन की ईटें रखवाईं, जिन्होंने शाहबानो मुकदमे का फैसला जबरन पलट दिया, जो ऑपरेशन ब्लूस्टार और बाद में हजारों बेगुनाहों की मौत के जिम्मेदार रहे, जिन्होंने भारत की संसदीय राजनीति में सर्वथा पहली बार हिन्दू लहर पर सवारी की और चार सौ सीटें जीतीं, उन सबके पाप पर जेपी का यह महापाप भारी! आजाद भारत के पहले मंत्रिमण्डल में हर तबके का प्रतिनिधित्व सुनिश्चित करने के लिए हिन्दू महासभा के सदस्य (श्यामा प्रसाद मुखर्जी) भी शामिल किए जा सकते थे लेकिन एक व्यापक आधार वाले जनान्दोलन में आर. एस.एस. और जनसंघ के लोगों को शामिल होने से हर हाल में रोकना चाहिए था।

अब बात पेंशन की। स्वतंत्रता सेनानियों को पेंशन के बाद यह संभवतः दूसरा मामला है जिसमें जेपी आन्दोलन में भाग लेने वाले और कष्ट सहने वालों को पेंशन देने का निश्चय बिहार सरकार ने किया है। बेशक यह एक पेचीदा मामला है और राजनीतिक रूप से संवेदनशील भी। जिन लोगों ने आंदोलन में भाग लिया और कष्ट सहे, जिनकी रोजी-रोटी गई, जो अपाहिज हुए और

जिनकी कमाने की क्षमता का ह्रास हुआ, उन्हें उनके नागरिक धर्म के निर्वाह की एवज में पेंशन को पुरस्कार अथवा अनुग्रह राशि के रूप में नहीं बल्कि सामाजिक सुरक्षा के रूप में देखा जाना चाहिए। नागरिकों के जीवन में ऐसे अवसर आते हैं जब वे निजी हितों की बलि देकर वह काम हाथ में लेते हैं जो उन्हें अपने समाज और देश के भविष्य के लिए जरूरी लगता है। इस त्याग अथवा उत्सर्ग की कोई कीमत नहीं हो सकती। कोई आत्मसम्मानी नागरिक, बशर्ते कि वह बिल्कुल बेबस नहीं हो, इसके एवज में अपने लिए कोई माँग नहीं कर सकता। वहीं राज्य या समाज का यह कर्त्तव्य बनता है कि वह ऐसे जीवनों की सुध ले जिन्होंने अपनी परवाह न करके, अपने भविष्य को जोखिम में डालकर अपने स्वदेशवासियों का पथ आलोकित किया। जो लोग जेपी आंदोलन में जेल गए, जिन्हें आपातकाल में मीसा और डीआईआर जैसे काले कानूनों के अंतर्गत बंदी बनाया गया, जो उत्पीड़न और यातनाओं के शिकार हुए, उनको अभीष्ट क्या था? यह कि देश में प्रजातंत्र मजबूत हो, प्रजा के हाथों में वास्तविक शक्तियाँ हों, भ्रष्टाचार-अनाचार का खात्मा हो, अंतिम पायदान पर खड़े आदमी की व्यवस्था में कुछ जगह बने, यह जो सत्ता का पिरामिड है वह ऊपर से नीचे नहीं बल्कि नीचे से ऊपर की ओर बने। उनका तरीका क्या था? शांतिपूर्ण तरीका था उनका। वे धरना देते थे, सत्याग्रह करते थे, जुलूस निकालते थे, सभाएँ करते थे। आपातकाल के दौरान पोस्टर पम्पलेट और दीवाल-लेखन के जरिए विरोध दर्ज किया जाता था।

यह किसी विशेष विचारधारा के लिए अथवा उससे निःसृत आन्दोलन नहीं था। इसके मूल में ठोस मुद्दे थे, सत्ताइस सालों की राजनीतिक और प्रशासनिक विफलता थी और धीरे-धीरे निरंकुशता की ओर बढ़ता लोकतंत्र था (इस विषम स्थिति का प्रतिबिम्बन-साहित्य और सिनेमा तक में हुआ)। इसीलिए इस आंदोलन की राष्ट्रव्यापी अपील थी। हिन्दूवादियों से लेकर नक्सलियों तक को इसने प्रभावित किया।

इलाहाबाद हाईकोर्ट के फैसले के बाद इंदिरा गांधी ने सत्ता में बने रहने की वैधता खो दी थी। अगर सत्ता में बने रहना था तो इसका एक ही तरीका था–आपातकाल लागू करना। इसके लिए जेपी के 25 जून को दिल्ली के रामलीला मैदान में दिए भाषण को आधार बनाया गया। नौकरशाही 'प्रतिबद्ध' हो अथवा 'तटस्थ', यह बहस आज तक चल रही है। वैसे 'कमिटेड ब्यूरोक्रेसी' की वकालत सर्वप्रथम इंदिरा गांधी ने ही 1969 में की थी। अगर ब्यूरोक्रेसी तटस्थ है तो इसका मतलब है कि वह संविधान के प्रावधानों के तहत प्रजा के हित

में कार्य करेगी, और संविधान अगर लोकतांत्रिक है तो लोकतंत्र और नागरिक अधिकारों की रक्षा स्वतः उसका कर्तव्य बन जाता है। क्या राजनीतिक कार्यपालिका सचमुच नौकरशाही को असंवैधानिक कार्य करने के लिए मजबूर कर सकती है? अगर हाँ तो यह गलत है और इस गलती की अतिम भोक्ता गरीब जनता है। राज्यशक्ति को उन्मत होने से रोकने के लिए भी यह आवश्यक है कि नौकरशाही संविधानसम्मत आचरण करे। जेपी ने अगर पुलिस और सेना से संविधानसम्मत आचरण की अपील की तो इसीलिए की। वे चाहते थे कि सत्ता की जो बाध्यकारी शक्ति है यह आजाद देश में निहत्थी और निरीह जनता को अपना निशाना न बनाए लेकिन आपातकाल लगाने के लिए इसी बात को बहाना बनाया गया। 26 जून 1975 का समूचा देश एक कैदखाना बना दिया गया। एक नागरिक के पास क्या अधिकार रह गए? आपातकाल में विशेषकर अभिव्यक्ति का जिस प्रकार दमन हुआ वह पहले शायद ही कभी हुआ हो। इतिहास लेखन में हाथ आजमाने वाले कुछ नए लोग दूसरे देशों की तानाशाही की तुलना भारत के आपातकाल से करके इसका औचित्य सिद्ध करने की कोशिश करते हैं, या फिर इसे 'नौसिखिया का दमन' (संघर्ष के स्वर, प्रियंवद, जनसत्ता, 5 जुलाई, 09) बताकर इसके प्रभाव की व्यापकता और गहराई को हल्का करना चाहते हैं। मानो अगर मुसोलिनी के जमाने में रोम के किसी चौराहे पर अगर लोगों के सिर कलम किए गए तो तानाशाही का यही मानक है। इससे कमतर जुल्म जुल्म नहीं, वह नौसिखुआ बच्चों का बाल सुलभ प्रयोग है। भारतीय सभ्यता को पश्चिम के नजरिए से देखने का यह अद्यतन नमूना है। इन इतिहासकार को यह मालूम होना चाहिए कि पश्चिम की बर्बरता भारतीय जनजीवन का हिस्सा कभी नहीं रही। तीन चीजों ने भारत को, गुलाम भारत को भी सभ्यता के पैमाने पर ऊँचे आसान पर रखा है– पहली, अभिव्यक्ति स्वतंत्र रही; दूसरी, भूमि पर किसानों का स्वामित्व रहा राजा का नहीं; और तीसरी, पंचायत के रूप में हजारों सालों से एकदम जमीनी स्तर पर लोकतंत्र भारतीय लोगों की जीवन प्रणाली का हिस्सा बना रहा। हमारे जो जीवनमूल्य रहे हैं उन्हीं की कसौटी पर किसी राजविशेष का गुणदोष निर्धारित होगा न कि दूसरी कसौटियों पर। इतिहास दृष्टि के लिए यह बहुत मौलिक समझ अनिवार्य है। इसीलिए आपातकाल का अनुभव इतिहास की मनमानी व्याख्या से कभी धुँधला नहीं पड़ सकता, यह समझ कम से कम भारत के राजनीतिक प्रतिष्ठान को है, गनीमत है। इन्दिरा गांधी अगर दोबारा सत्ता में आती हैं तो यह भारतीय लोकतंत्र की विलक्षणता है, जिसमें जनता सरकार के पतन के बाद जनता ने 'निर्वात'

नहीं बनने दिया और इन्दिरा वापस आईं। 1980 के आम चुनावों में देश भर में घूम-घूम कर उन्होंने आपातकाल की ज्यादतियों के लिए माफी माँगी। उस समय लोगों के मन में जबरन नसबंदी और पुलिस की मनमानी के साथ-साथ स्नेहलता रेड्डी कांड और राजन काण्ड जैसी घटनाओं की स्मृति ताजा थी। सन् 1979 में वे पटना में जेपी से निजी मुलाकात कर माफी माँग चुकी थीं और उन्हें 'विजयी भव' का आशीर्वाद भी मिला था।

हालाँकि इन्होंने ही महज चार महीने पहले अपने एक लम्बे लेख (स्वतंत्रता, हिन्दू भारत और सरदार पटेल, नया ज्ञानोदय, मार्च 2009) में लिखा है "...इन्दिरा गांधी के आपातकाल में हमने यह भी देखा है कि किस तरह संवैधानिक व संसदीय रास्ते से ही व्यक्ति व दल की तानाशाही लाने की कोशिश की गई। हमें यह नहीं भूलना चाहिए कि हिटलर भी संसदीय लोकतंत्र में बहुमत के माध्यम से ही तानाशाही लाया था।" लेकिन चलिए इन्होंने बहुत जल्दी भूल सुधार कर लिया और तानाशाही को 'नौसिखिया दमन' मानकर उस राज को एक तरह से माफ कर दिया। बहुत श्रमपूर्वक और तथ्यात्मक विवरणों एवं साक्ष्यों के साथ तैयार किए गए इसी लेख में वे एक जगह लिखते हैं ". ..यह वही जयप्रकाश नारायण थे जो स्वतंत्रता के बाद भारतीय राजनीति में सबसे अधिक भटके हुए नेता रहे। समाजवादी आन्दोलन व दल, जो गांधी की हत्या के बाद भारतीय राजनीति में सबसे प्रखर व्यक्तियों व जीवन्त प्रतिपक्ष का प्रतिनिधित्व करता था, जयप्रकाश की भूमिका उसमें नकारात्मक रही। नेहरू से उनके रिश्ते सदैव द्वन्द्वात्मक रहे। अनिर्णय, अनिश्चय व राजनीति में महत्व न पाने की कुंठा वाले जयप्रकाश ने अंततः इंदिरा गांधी के विरुद्ध 'सम्पूर्ण क्रान्ति' में रा.स्व.सं. के छात्र संगठन को अपनी इस क्रान्ति का आधार बनाया। जनता सरकार में हिन्दूवादी दलों को देश में पूरी राजनीतिक स्वीकृति दिलवाई, राष्ट्रीय सरकार के महत्वपूर्ण पद दिए, उन्हें केन्द्रीय राजनीति में प्रतिष्ठा के साथ लाए व रा.स्व.सं. को अप्रत्याशित बढ़त दिलवाई।"

जयप्रकाश के प्रति इतनी असहिष्णुता, इतनी संवेदनहीनता! कि विषयानुशासन की मर्यादा का भी ध्यान न रहा? 'कुंठा' जैसे अमूर्त शब्द का इतने साहस और बिन्दास भाव से कोई इतिहासकार भला कैसे प्रयोग कर सकता है? क्या जयप्रकाश नारायण ने घोषणा की थी कि राजनीति में महत्व न मिलने से वे कुंठाग्रस्त हो गए हैं, या कि इस बात की आकाशवाणी हुई थी? और यह विरोधाभास देखिए इस कथन का कि एक भटका हुआ, महत्वहीन, कुंठित व्यक्ति हठात् भारत के राजनीतिक क्षितिज पर जैसे छा गया और इतने महान

उद्यम कर बैठा जितने कि इतिहासकार महोदय ने गिनाए हैं। यह इतिहास लेखन देखिए। जहाँ अपना 'मोटिव' हो वहाँ 'मनोवैज्ञानिक' हो जाओ और अपने मन की भड़ास निकाल लो। इस जबरदस्ती ठूसी गई टिप्पणी में जहाँ तक तथ्यों की बात है, इस दृष्टि से उपरोक्त कथन गलत ही नहीं, सत्य से परे है और ऐतिहासिक घटनाओं की मनमानी व्याख्या का एक नमूना है। काँग्रेस सोशलिस्ट पार्टी आजादी के पहले से ही काँग्रेस में रहते हुए भी सशक्त प्रतिपक्ष की भूमिका का निर्वाह करती रही थी। आजादी के बाद भी पहले आम चुनावों तक उसकी यह भूमिका पूर्ववत जारी रही, तब तक जयप्रकाश नारायण इसके प्रमुख स्तंभ थे। किस आधार पर उनकी भूमिका को नकारात्मक ठहराया गया? आम चुनावों के बाद मिली असफलता ने पार्टी को निश्चित रूप से झकझोरा। तब तक 21 दिनों के पूना उपवास के पश्चात् जेपी ने संसदीय राजनीति से एक तरह से अपने को अलग करना शुरू कर दिया और अंततः सर्वोदय में संभावना देख 1954 में बोधगया में जीवनदानी बन गए। किसी को भले ही उनका निर्णय न पसंद हो लेकिन वास्तविकता तो यही है। 1954 से 1974 के बीच उनके कौन-कौन से काम यहाँ गिनाए जाएँ लेकिन क्या जेपी ने इन्दिरा गांधी के विरुद्ध 'संपूर्ण कान्ति' का नारा दिया था, इतने छुटभैय्ये राजनीतिक कार्यकर्ता रह गए थे वे? अगर उनकी क्रान्ति का आधार रा.स्व.सं. का छात्र संगठन था तो छात्र-युवा संघर्ष वाहिनी उन्होंने किस लिए बनाई थी और क्यों उन्हें व्यवस्था परिवर्तन की लड़ाई लड़ने गाँवों में भेजा था? वे भी क्या रा.स्व.सं. के लोग थे जो धर्मपोषित सामंतवाद के खिलाफ बोधगया में लड़ाई लड़ते रहे (शान्तिमय वर्ग संघर्ष, जी हाँ!)? लेखक महोदय को आंदोलन का या तो कोई अध्ययन नहीं है, या फिर उतना ही है जितने में उनका काम चल जाता हो। क्या संयोग है कि विपन चंद्रा भी यहाँ चुप हैं, तथ्यों की अनदेखी करते हैं। उसी प्रकार 1977 में काँग्रेस को हराने के लिए जेपी ने विपक्षी दलों को एक चुनाव चिह्न पर चुनाव लड़ने को कहा था। जनता पार्टी बनी और जनसंघ उसका घटक दल था। सरकार बनने पर जनसंघ के लोग भी सरकार में स्वाभाविक तौर पर शामिल हुए। असल बात यह थी कि जनता पार्टी विजयी हुई थी और लोकतंत्र की देश में पुनर्स्थापना हुई थी। क्या जनसंघ के सवाल पर उस समय लोकतंत्र के ही साथ समझौता किया जा सकता था? बिल्कुल नहीं। इतना निश्चित है कि भारत जैसे विविधता वाले, बहुलतावादी समाज में चाहे वह दक्षिणपंथ हो या धुर वामपंथ या और कोई चरमपंथी समूह या विचार, उन्हें राष्ट्र की मुख्यधारा में लाने का काम जारी रहना चाहिए। उनका 'डायलुशन' ही उनपर

अंकुश लगाने का सबसे विश्वसनीय तरीका है। और यही भारतीय सभ्यता की विशेषता भी है और हमारी लोकतंत्रीय प्रणाली का तकाजा भी।

तो जेपी आंदोलन और आपातकाल के दौरान जो हजारों लोग तत्कालीन सत्ता के खिलाफ खड़े हुए, उनका योगदान भारतीय लोकतंत्र के लिए अमूल्य है, जिस पर वास्तव में हमें गर्व करना चाहिए और जो भावी पीढ़ी के लिए आलोक स्तंभ है।

जेपी का अपराध यह था कि मानव मुक्ति के अपने सपने को लेकर वे लकीर के फकीर नहीं बने रहे, बल्कि नई लकीरें खींचते रहे। उनकी जीवन-यात्रा या विचार यात्रा अंततः 'अधिक से अधिक राज्य' से शुरू होकर 'अधिक से अधिक लोक' की ओर अग्रसर होती रही। वास्तव में बीसवीं सदी में अगर भारत में राजनीतिक विचारधाराओं का आलोचनात्मक मूल्यांकन करना हो, राजनीतिक परिवर्तनों का आकलन करना हो तो जेपी इसके लिए सबसे विश्वसनीय संदर्भ-स्रोत हैं। वे मार्क्सवादी हुए तो ऐसे कि उनकी किताब 'व्हाई सोशलिज्म' (1936) पढ़कर कितने लोग कम्यूनिस्ट हो गए। स्वयं गांधीजी ने कहा– 'मार्क्सवाद के बारे में जो जयप्रकाश नहीं जानते, वह दूसरा कोई नहीं जानता।' लेकिन स्टालिनमार्का समाजवाद और परतंत्र भारत में कम्यूनिस्टों की भूमिका से वे निराश हुए, दूसरी ओर 'अच्छाई की प्रेरणा' को उन्होंने पदार्थवादी चेतना के ऊपर रखा। गांधीजी की मृत्यु से वे बेहद विचलित हुए और अपनी और अपनी पार्टी की राजनीतिक भूमिका का गहन मूल्यांकन किया और गांधीवाद की ओर उन्मुख हुए। फिर उन्हें सर्वोदय में संभावना नजर आई और जीवनदानी बन गए। और सर्वोदय से उनका मोहभंग इसलिए हुआ कि उसमें गांधी के अस्त्रों की उपेक्षा हुई, समाज को बदलने के लिए सिर्फ हृदय परिवर्तन का ही सहारा लिया गया। और तब युवाओं में उन्हें संभावना नजर आई, अवसर गुजरात के बाद बिहार ने दिया। युवाओं को परिवर्तन का संवाहक मानकर उन्होंने सम्पूर्ण क्रांति का उद्घोष किया। उन्होंने इसके लिए एक निर्दलीय संगठन 'छात्र-युवा संघर्ष वाहिनी' का गठन 1 जनवरी 1975 को ही किया। वाहिनी के युवा ही जेपी के सच्चे वारिस थे जिन्होंने आपातकाल में प्रतिरोध को भरसक जीवित रखा और जनता सरकार के गठन के बाद जिन्हें जेपी ने व्यवस्था परिवर्तन की लड़ाई शुरू करने के लिए गाँवों में भेजा। बोधगया महंत के खिलाफ लम्बा आंदोलन चलाकर दस हजार एकड़ भूमि मुक्त कराई गई और भूमिहीन मजदूरों में वितरित की गई। भूमिहीन महिलाओं की इस आंदोलन में बहुत जुझारू भूमिका रही। वाहिनी ने पहली बार मुक्त जमीन के पट्टे

महिलाओं के नाम कराए। सन् 83-84 तक देश के 18 राज्यों में वाहिनी का संगठन कायम था।

जेपी आंदोलन के योद्धा सिर्फ सत्ता केन्द्रों तक नहीं पहुँचे, बल्कि जो सक्रिय रहे उनमें से ज्यादातर ने सत्ता के चाहर रहकर अपना काम जारी रखा।

बोधगया, पचमनिया में भूमि आन्दोलन चलाए। भागलपुर में गंगा मुक्ति आंदोलन चलाकर जल जमीन्दारी को खत्म कराया। राजस्थान की मरूभूमि में मृत नदियों को पुनरुज्जीवित किया और सामुदायिक एका और नेतृत्व का नमूना पेश किया। काम का अधिकार और सूचना का अधिकार के लिए आंदोलनों का नेतृत्व किया। उन्होंने दूरदराज के क्षेत्रों में शिक्षा का अलख जगाया। उन्होंने विस्थापन के सवाल को मुख्यधारा का सवाल बनाया, और पुनर्वास नीति बनाने पर सरकार को मजबूर किया। ये वही हैं जो वनवासियों के अधिकारों के लिए संघर्ष कर रहे हैं, जो पर्यावरण संरक्षण और नदियों की मुक्ति में अपने को खपा रहे हैं। जाकर पता कीजिए आज जो लोग बाढ़ और सूखे को लेकर लगातार काम कर रहे हैं, वे कौन हैं। कौन हैं जो चम्पारण में पर्चाधारियों को जमीन दिलाने के लिए झंडा सत्याग्रह कर रहे हैं। जेपी की विरासत को उनके अनुयायी आज भी आगे बढ़ा रहे हैं, वे वहाँ हैं जहाँ संसदीय राजनीति की पहुँच नहीं है। उन्होंने जमीनी स्तर पर लोकतंत्र को मजबूत करने का प्रयास लगातार जारी रखा और आज भी विकल्प की तलाश में लगे हैं।

सच तो यह है कि आज लोकतंत्र को मजबूत करने के नाम पर जो कुछ कहा और किया जा रहा है उसके बारे में जेपी दशकों पहले कहते आए थे। उन्होंने हमेशा विकेन्द्रीकरण और पंचायत राज की वकालत की और इसके लिए संविधान में संशोधन के लिए जोर दिया और आज त्रिस्तरीय पंचायत राज हमारी राजनीतिक प्रणाली की एक वास्तविकता है। उनके 'प्रतिनिधि वापसी के अधिकार' की माँग का मजाक उड़ाया गया, आज स्वयं लोकसभाध्यक्ष (सोमनाथ चटर्जी) इसकी जरूरत स्वीकार करते हैं, यही नहीं पंचायत स्तर पर इसका प्रावधान भी किया गया है, आने वाले दिनों में कोई अचरज नहीं कि जनता विधान सभा और लोकसभा सदस्यों को भी वापस बुलाने का अधिकार हासिल कर ले। जेपी ने शासन प्रशासन में पारदर्शिता और भ्रष्टाचार के नाश की बात की, आज की तारीख में विदेशी दाता संस्थाओं विश्व बैंक और अंतर्राष्ट्रीय मुद्राकोष आदि के माध्यम से 'गुड गवर्नेस' जैसी शब्दावलियों के दबाब में सरकार कर वही रही है। अपने विख्यात 'मुसहरी प्रयोग' के दौरान उन्होंने योजनाओं-कार्यक्रमों की सफलता की कसौटी निर्धारित करने के लिए

'सोशल ऑडिट' (सामाजिक अंकेक्षण) को जरूरी माना था। आज केन्द्र और राज्य सरकारें इसकी जरूरत स्वीकार कर चुकी हैं। शिक्षा में आमूलचूल परिवर्तन उनका एक बड़ा एजेंडा था। उन्होंने कोठारी कमीशन की सिफारिशें लागू करने की वकालत भी थी, वे शिक्षा को लोकतांत्रिक व्यवस्था के अनुकूल बनाना चाहते थे। वे रोजगारोन्मुख शिक्षा के साथ-साथ डिग्रियों की अनिवार्यता खत्म करने के पक्ष में थे। आज कॉलेजों और विश्वविद्यालयों में रोजगारोन्मुख पाठ्यक्रमों की बहार आई हुई है। हाल ही में यशपाल कमिटी की सिफारिशें आई हैं, उन्हें लागू करने पर शैक्षिक परिदृश्य में भारी बदलाव आएगा। सन् 1978 में एक इंटरव्यू में जेपी ने अनुसूचित जाति, जनजतियों एवं पिछड़े वर्गों के लिए आरक्षण के साथ एक 'न्यूनतम आर्थिक घेरे' की अनिवार्यता बताई थी। सर्वोच्च न्यायालय द्वारा प्रतिपादित 'क्रीमी लेयर' और क्या है? हजारीबाग जेल से भागने के बाद उन्हें सन् 1943 में गिरफ्तार कर लाहौर कोर्ट जेल में रखा गया। सभी जानते हैं कि उन्हें भयंकर यातनाएँ दी गई, गो कि इसका जिक्र जेपी या प्रभावती जी ने अपने मुख से कभी नहीं किया। जेपी ने पंजाब सरकार को तब कैदियों के अधिकार और उनके साथ मनुष्योचित व्यवहार के सम्बन्ध में एक पत्र लिखा था। आज वह पत्र मानवाधिकारवादियों के लिए एक अमूल्य थाती और पथ-प्रदर्शक है। आज भारत की एक युवा देश के रूप में चर्चा होती है, युवाओं पर खूब बात होती है। जेपी की दृष्टि में परिवर्तन का सारा दारोमदार युवाओं पर है, वे ही क्रान्ति के संवाहक हैं।

एक नायक हमारे बीच ऐसे ही उपस्थित रहता है। सत्ताकेन्द्रित दृष्टि से ऊपर उठकर जरा विचार कीजिए, स्वतंत्र भारत में जयप्रकाश के अलावा कौन गैर-सरकारी व्यक्ति था जो पूरे देश की ओर से बोल सकता था? गांधीजी के बाद दूसरा कौन नेता था जिसने कोई पद नहीं लिया, जो सत्य के संधान के लिए अपने देशवासियों के पक्ष में अपनी निजी छवि, प्रतिष्ठा और साख को दाँव पर लगा सकता था? गांधी के बाद इस देश में किसकी सबसे बड़ी नैतिक उपस्थिति थी? यह 'भटके हुए', 'कुंठा वाले' ये कौन-सी शब्दावलियाँ हैं, किनकी हैं? जरा सोचिए कि आप किनके खिलाफ इनका इस्तेमाल कर रहे हैं, और हल्के होते चले जा रहे हैं!

जेपी के यहाँ जो लोकतंत्र का पाठ है उसका बहुलांश निर्दलीयता, पारस्परिकता और सामुदायिकता से निर्मित है। लोकतंत्र वहाँ दल और संसद और राजसत्ता की परिधि से बाहर दिखाई देता है। उनके लिए लोकतंत्र सत्ता

प्राप्त करने का एक साधन मात्र नहीं है, वह जीवन-मूल्य है, वह मानव जीवन की परम उपलब्धि है। जुलाई 1978 में भोला चटर्जी को दिए एक साक्षात्कार में उन्होंने कहा था "मेरी दिलचस्पी ऐसी लोक चेतना जगाने और ऐसा लोक संगठन खड़ा करने में रही है जिससे यह समूची राज्य-व्यवस्था जिनके आधार पर टिकी है, वे लोग अपना जीवन और अपना भविष्य अपने हाथों बना सकें। केवल यही नहीं कि वे लोकतांत्रिक प्रक्रियाओं में अधिक हिस्सा बँटाने लगें, बल्कि वे खुद अपने सब काम भी करने लगें। दुर्भाग्य से ऐसी लोकशक्ति किसी संगठनात्मक स्वरूप में अभी तक कहीं प्रकट नहीं हो पायी है। कभी-कभी वह किसी लोक आंदोलन के रूप में प्रकट होती है, और तब वह उतने समय के लिए समाज को अवश्य ही थोड़ा आंदोलित करती है, उसके कारण कुछ परिवर्तन भी होते हैं और सरकार के कुछ मन्तव्य भी बदलते हैं। लेकिन यह सब तात्कालिक ही होकर रह जाता है। इतना करके वह समाप्त हो जाती है। उसकी प्रक्रिया निरंतर नहीं चल पाती। मैं तो एक निरंतर क्रांति देखना चाहता हूँ। मनुष्य में जो कुछ भी श्रेष्ठ है, उससे प्रेरणा प्राप्त करके क्रांतिकारी परिवर्तन बराबर होते रहें।'

(जनसत्ता, दिल्ली, 3-4 अगस्त 2009)

जेपी को याद करने का समय

स्वतंत्रता आंदोलन का नेतृत्व यदि गांधी न करते होते तो भारत में लोकतंत्र न होता हालांकि उनकी लड़ाई स्वतंत्रता के लिए थी, सीधे-साधे लोकतंत्र के लिए नहीं। स्वतंत्र भारत में यदि जेपी लोकनायक न होते तो भारत में लोकतंत्र नहीं बचता। भ्रष्टाचार से आजादी की दुहाई में यह तथ्य जाने-अनजाने ओझल करने की कोशिश हो रही है। भ्रष्टाचार से लड़ाई को दूसरी आजादी की लड़ाई घोषित कर एक महान आंदोलन की विरासत की अनदेखी हो रही है जिसमें सर्वसत्तावाद से वास्तविक लडाई लड़कर भारत की जनता ने अपने लिए पुनः लोकतंत्र हासिल किया था। इसी लड़ाई में जेपी लोकनायक बने थे। वह लड़ाई न लड़ी जाती तो भारत में शायद और लड़ाइयाँ संभव न होने पातीं– इसमें आज का भ्रष्टाचार विरोधी आंदोलन भी शामिल है। लेकिन अचंभे की बात यह है कि इस आंदोलन के कर्णधारों ने एक बार भी सचेत रूप से जेपी और जेपी आंदोलन का कोई संदर्भ नहीं लिया। बड़े जनसंघर्षों एवं आंदोलनों के नेता जनता को पूर्ववर्ती उभारों व संघर्षों की याद दिलाते रहते हैं ताकि पुरानी पीढ़ी के बलिदानों से लोग प्रेरणा ले सकें। यह पूर्वजों के प्रति कृतज्ञता की न्यूनतम अभिव्यक्ति भी है। वैसे भी कोई आंदोलन हवा में नहीं पैदा हो जाता। सचेत व सुबुद्ध समाज में राजव्यवस्था के समांतर अस्वीकार और प्रतिरोध की एक शृंखला बनी चली आती है, कोई एक कड़ी दूसरी कड़ी से बिल्कुल अलग या स्वतंत्र होने का दावा नहीं कर सकती। राजव्यवस्था अपनी मूल प्रवृत्ति में ही दमनकारी होती है और एक संवेदनशील समाज अपने ढंग से इसका प्रतिकार करता रहता है। पिछले तीन सौ सालों का इतिहास उठाकर देखिए, दमन के प्रतिरोध की एक अविच्छिन्न परम्परा चली आ रही है भारतीय समाज में उत्तर से दक्खिन तक। कारण और संदर्भ अलग हों लेकिन लोग खड़े हुए और सत्ता-प्रतिष्ठानों को लगातार चुनौती मिलती रही। गांधीजी के आंदोलन में

प्रतिरोध के विरासत की यही असंख्य धाराएँ आकर मिलती हैं जिनसे स्वतंत्रता आंदोलन का महानद निर्मित होता है। स्वतंत्रता प्राप्ति के पश्चात् जमीनी स्तर पर सामाजिक आर्थिक विषमता को समाप्त करने के लिए अपने ढंग के दो आंदोलन हुए एक तेलंगाना आंदोलन जो शोषित-पीड़ित जन की आकांक्षाओं की हिंसक अभिव्यक्ति था और दूसरा 'दानम्समविभागम्' के दर्शन पर 'सबै भूमि गोपाल की' अलख जगाता भूदान आंदोलन। ये दोनों आंदोलन भूमि के पुनर्वितरण के सवाल पर खड़े हुए थे और व्यवस्था परिवर्तन को लक्षित थे। एक में समाजवादी क्रांति के माध्यम से वर्गविहीन और अंततः राज्यविहीन समाज बनाने का उद्देश्य निहित था तो दूसरा अहिंसक और स्वैच्छिक प्रेरणा से 'लोक' को जागृत कर समत्व स्थापित करने को लक्षित था, जिसमें 'सर्वोदय' अर्थात सबका कल्याण निहित था तथा जिसमें अंतिम शक्ति सैद्धांतिक और व्यावहारिक रूप से 'लोक' के हाथों में होती। तेलंगाना की कड़ी आगे नक्सलबाड़ी से जुड़ी तो सर्वोदय 'संपूर्ण क्रांति' की परिकल्पना में साकार होने को हुआ। इसके बाद तो जमीनी आंदोलनों की एक लम्बी और अटूट शृंखला ही दिखाई देती है जो आज भी कहीं नाभिकीय ऊर्जा के खिलाफ तो कहीं कारपोरेट-सरकार भिलीभगत से भूमि-कब्जे के खिलाफ दिखाई देती है। क्या वर्तमान भ्रष्टाचार विरोधी आंदोलन तृणमूल स्तर के इन संघर्षों से भी अपने को असम्बद्ध पाता है? शायद! तभी तो इस आंदोलन के नेता 2011 से अतीत में छलांग लगाकर सीधे 1947 और उसके भी पहले 1931 में पहुँच जाते है जबकि भगत सिंह, सुखदेव और राजगुरु ने शहादत दी थी। बीच में मानो एक शून्य है या फिर ऊबड़-खाबड़ कँटीला रास्ता जिसपर पाँव रखने से वे बचना चाहते हैं। 1947 से 2011 के अंतराल में जैसे न कोई संघर्ष है न कोई नेता, न ही कोई कुर्बानी! यह प्रवृत्ति शायद यह इशारा करने के लिए भी है कि गांधी के बाद देश में दूसरा कोई विश्वसनीय नेतृत्व नहीं रहा– किसी धारा में नहीं। इसके साथ ही 'जन लोकपाल' से बड़ा मुद्दा इस देश में कभी पैदा ही नहीं हुआ, न भूमि पुनर्वितरण का मुद्दा, न पर्यावरण रक्षा और संसाधनों की लूट का मुद्दा, न दमन-उत्पीड़न और भेदभाव का मुद्दा, न शैक्षिक व राजनीतिक सुधारों का मुद्दा, और न ही वंशवाद और सर्वसत्तावाद के बढ़ते खतरे का मुद्दा। यही कारण है कि 1977 में मुश्किल से जीती गई 'दूसरी आजादी' की लड़ाई का श्रेय वे 2011 के भ्रष्टाचार विरोधी संघर्ष को दे देते हैं। यह स्मृतिलोप है या क्षीण इतिहास बोध, या फिर इस गैरदलीय राजनीति की जरूरी रणनीति जिसमें नेता को 'दूसरा गांधी' बनाकर ही लड़ाई जीती जा सकती है?

कमाल यह है आपने जो दो सबसे बड़े मुद्दे उठाए हैं– भ्रष्टाचार और चुनाव सुधार (प्रतिनिधि वापसी का अधिकार), इनका कॉपीराइट तो जेपी और उनके आंदोलन के साथ है। भ्रष्टाचार, महँगाई, कुशिक्षा और बेरोजगारी– इन्हीं मुद्दों पर पहले बिहार और बाद में देश 1974 में आंदोलित हुआ था और जेपी ने इन्हें व्यवस्था परिवर्तन की लडाई के साथ बखूबी जोड़कर संपूर्ण क्रांति का आवाहन किया था। तब आज की परिस्थितियों के मुकाबले बहुत अधिक असंवेदनशील, दुराग्रही और दमनकारी सत्ता सामने खड़ी थी। उसने जेपी को लांछित करने का ही प्रयास नहीं किया बल्कि उनपर शारीरिक आक्रमण करने से भी बाज नहीं आई। 4 नवंबर 1974 बहत्तर साल के स्वातंत्र्यवीर जेपी पर लाठियाँ चली। उस दिन रेल, सड़क और जल–मार्ग को अवरुद्ध करने के बावजूद पटना में हजारों लोग जेपी के साथ सड़कों पर थे। जेपी जब देश की जनता का नेतृत्व कर रहे थे तब व्यक्ति के रूप में बिल्कुल अकेले थे। उनकी पत्नी प्रभावतीजी का देहांत हो चुका था और देश के युवा ही उनकी संतान थे। वे प्रधानमंत्री का पद ठुकरा चुके थे, सत्ता उनकी चेरी हो सकती थी, उन्होंने उसका वरण नहीं किया। वे जवाहरलाल नेहरू के 'स्वाभाविक वारिस' नहीं हुए तो संसदीय राजनीति के पुरोधा डा. लोहिया के 'साथी' भी नहीं रहे। उन्होंने दलीय राजनीति से अपने को अलग कर लिया और समाज और व्यवस्था बदलने के मौलिक प्रयोगों में जुटे। इसीलिए आज के संसदीय उपचार– 'आरक्षण', 'संरक्षण', 'समावेशन' और 'विधायन' के वकालती जेपी से शायद ही कुछ पा सकें। जयप्रकाश शायद दुनिया में अकेला व्यक्ति है जिसमें कार्लमार्क्स और महात्मा गांधी की विरासत को एक साथ, साझे रूप में देख सकते हैं। बाएँ कंधे पर वर्ग संघर्ष तो दाहिने पर सत्याग्रह का जुआ और किसने उठाने का साहस किया। आज की युवा पीढ़ी को यह पता होना चाहिए कि जेपी ने 1977 में जनता पार्टी का गठन दलीय राजनीति की विवशताओं की सीमा में लोकतंत्र को वापस हासिल करने के लिए किया था। वे वास्तव में लोकसत्ता को मजबूत कर रहे थे। वे जनता सरकारें स्थापित करना चाहते थे जिससे प्रत्यक्ष लोकतंत्र का मार्ग प्रशस्त हो सके और इसमें वे जनता पार्टी की 'लोकतांत्रिक सरकार' की प्रेरक भूमिका की अपेक्षा कर रहे थे। वे सबसे निचले स्तर से सत्ता शीर्ष की ओर दबाव बनाना चाह रहे थे ताकि शासन अधिक से अधिक लोकोन्मुख व कल्याणकारी बन सके। दुर्भाग्य से जनता पार्टी उनकी अपेक्षाओं के मुकाबले बौनी तो सिद्ध हुई ही, टूट भी गई। तब भी उसका ऐतिहासिक योगदान है देश में लोकतंत्र को बनाए रखने के लिए। उसने

संविधान में ऐसे प्रावधान कर दिए कि किसी भी सत्ताधारी दल के लिए देश पर एकदलीय शासन या तानाशाही थोंपना लगभग असंभव हो गया।

इस बीच दमन के रूप और तरीके बदल गए हैं। हर राजनीतिक दल सत्ता प्राप्त करना चाहता है। सत्ता पर काबिज होकर वह दमन के नए बहाने ढूँढ लेता है– कभी सवर्ण के नाम पर तो कभी पिछड़ा के नाम पर, कभी दलित के नाम पर तो कभी अल्पसंख्यक के नाम पर दमन, और कभी महिला के नाम पर दमन। और तो और, लोकतांत्रिक व्यवस्था को बचाने के नाम पर दमन। आप कभी भी राज्य के, देश के दुश्मन करार दिए जा सकते हैं। राजनीतिक फैसलों में आर्थिक हितसमूहों के स्वाथों को प्रश्रय मिलता है। लोग उजड़ते हैं और विकास का ढिंढोरा पीटा जाता है। कोई बताए कि भारत के सत्तर-अस्सी करोड़ लोगों की हैसियत क्या है इस देश में? उनके जीवन की मूलभूत जरूरतें पूरी हो रही हैं? हमारे भूमिपुत्र अपघात क्यों कर रहे हैं? क्या इसलिए कि वे अपनी लड़ाई अकेले लड़ रहे हैं, कोई उनका साथी, मार्गदर्शक नहीं? क्यों हमारे वन-प्रांतर हिंसा की आग में झुलस रहे हैं? क्या इसलिए कि शांति में उन्हें संभावना नहीं दिखाई देती, सिर्फ और सिर्फ शोषण, बेदखली और दमन दिखाई देता है?

आज के भ्रष्टाचार विरोधी आंदोलन की आगे दिशा कौन-सी बनने वाली है? अगले आम चुनावों में काँग्रेस की सरकार का विकल्प क्या होगा, कौन-सी पार्टी? उससे देश की जनता का कितना हित सधेगा? दलीय लोकतंत्र पर आंदोलनकारी क्या सोचते हैं? क्या उनकी सोच यहाँ तक जाती है कि अगले चुनावों में जनता उम्मीदवार खड़े किए जाएँ और देश को यूपीए बनाम एनडीए की जकड़बंदी से बाहर कर सार्थक विकल्प तैयार किया जाए? कुछ तो राजनीतिक दृष्टि बनानी होगी अगर सचमुच आप देश से भ्रष्टाचार, शोषण और अन्याय को समाप्त करना चाहते हैं। अगर इस ओर बढ़ना है तब आज की आर्थिक-राजनीतिक वास्तविकताओं एवं परिस्थितियों का सार्थक और प्रभावी विकल्प ढूँढना होगा। इस काम में लोकनायक जयप्रकाश नारायण से अधिक मदद आपकी कौन कर सकता है। लेकिन तब आंदोलनों की विरासत से आपको खुद को जोड़ना होगा। प्रोफेशनल तरीके से कोई कार्यक्रम सफल बनाया जा सकता हो, देश की तकदीर नहीं बदली जा सकती।

यह भी खूब है कि आज के सबसे बड़े गैरदलीय आंदोलन के लोग जेपी की विरासत से परहेज करते दिख रहे हैं जबकि भारत की दलीय राजनीति के एक प्रमुख घटक को जेपी में अब भी अपने लिए संभावना नजर आ रही है।

जेपी अब भी पतितपावन बने हुए हैं, आश्चर्य है। भारतीय जनता पार्टी ने भ्रष्टाचार विरोधी रथ-यात्रा की शुरूआत जेपी के जन्मस्थान सिताबदियारा से करने की ठानी है। शायद उसके लिए भ्रष्टाचार विरोध का सबसे बड़ा प्रतीक अब भी जेपी हैं। भाजपा सिताबरियारा के रास्ते दिल्ली की सत्ता तक पहुँचना चाहती है। जेपी का नाम लेकर एक ओर वह भ्रष्टाचार उन्मूलन के प्रति प्रतिबद्धता व्यक्त करना चाहती है तो दूसरी ओर लोकतांत्रिक और उदार भी दिखना चाहती है।

कुछ दाग धोए नहीं जा सकते, जैसे– 1975 का आपातकाल, 1984 की सिख विरोधी हिंसा, 1990 की कश्मीर घाटी से मूलनिवासी पंडितों की जबरन बेदखली, 1992 का बावरी ध्वंस और 2002 के गुजरात दंगे। इन्हें जबरन मिटाने की कोशिश करनी भी नहीं चाहिए, ये दाग हमें आगाह करते हैं कि एक लोकतंत्र में नीचे गिरने की क्या हद हो सकती है।

जेपी हमारी स्वातंत्र्य-चेतना के सबसे जीवंत प्रतीक हैं। अगर कोई सरकार सचमुच उनसे कोई प्रेरणा ग्रहण कर रही है तो उसकी दो कसौटियाँ होंगी– पहला, ऊँचे लोकतांत्रिक आदर्श और नागरिक स्वतंत्रता तथा दूसरा– समदृष्टि।

आज तो गुड गवर्नेस के तहत सरकारें जन माध्यमों, विशेषकर प्रिंट माध्यम को अप्रत्यक्ष रूप से नियंत्रित करने की कोशिश भी कर रही हैं। सुशासन का सबसे बड़ा आधार आत्मश्लाधा और प्रचार बन रहा है। राजसत्ताओं की विरोध सहन करने की क्षमता घटती ही जा रही है। विरोध की पहलकदमी में संकोच दिखाई दे रहा है। व्यक्ति और संस्थाएँ खुलकर सामने आना नहीं चाहतीं, उन्हें दण्ड और प्रताड़ना का वास्तविक भय है, और यह प्रमाणित है।

समझना मुश्किल नहीं है कि जेपी से कौन डरता है, और क्यों! और यह भी कि जेपी की जरूरत वास्तव में किन्हें है और क्यों! लेकिन जेपी वहाँ हैं जहाँ मानवीय अस्तित्व पूर्ण स्वतंत्रता में अपनी संपूर्ण गरिमा एवं शुचिता के साथ प्रभासमान हो रहा है। उनका 'विफल' जीवन समानधर्मा तरुणों के कंटकाकीर्ण मार्ग को अब भी सुगम बना रहा है, शर्त यह कि वे कदम बढ़ाएँ। यह जेपी को याद करने का समय है।

(जनसत्ता, दिल्ली,11 अक्तूबर, 2011)

परिवर्तन की पहल

अण्णा हजारे के आंदोलन को कैसे लें? मान लें कि यह लगभग फ्लॉप शो था या फिर सीमित उपलब्धियाँ वाला एक फौरी अभियान या फिर एक ऐसी कवायद जिसे अंजाम तो दिया नागरिक समाज के 'अराजनीतिक' लोगों ने लेकिन पूरा फायदा उठाया सत्ताधारी वर्ग ने? आखिर जनलोकपाल विधेयक लाने का श्रेय तो वह लेगा।

अण्णा के आंदोलन की सबसे बड़ी उपलब्धि है कि इसने सिद्ध किया कि भारत में भ्रष्टाचार अब भी एक मुद्दा है, बल्कि आज यह सबसे बड़ा मुद्दा है और अगर एक विश्वसनीय और कहीं नैतिक छवि वाला व्यक्ति या समूह इसे पूरी ताकत के साथ उठाए तो एक स्वत:स्फूर्त आंदोलन खड़ा हो सकता है। कहने वाले कहते रहें कि जंतर-मंतर का आयोजन प्रायोजित या सुनियोजित था लेकिन देशभर में विभिन्न शहरों, छोटे कस्बों और देहातों तक में जिस तरह लोग अण्णा के समर्थन में सड़क पर निकल आए, वह सुनियोजित या प्रायोजित नहीं हो सकता। इससे सन् चौहत्तर के जेपी आंदोलन की आज ताजा हो आई।

यहाँ दोनों आंदोलन की तुलना ना सही कुछ तथ्यों का उल्लेख करना जरूरी है जो आज की नौजवान पीढ़ी के कुछ काम का हो सकता है। 18 मार्च 1974 को महंगाई, भ्रष्टाचार, बेरोजगारी और शिक्षा व्यवस्था में आमूल परिवर्तन की मांग को लेकर छात्रों का जो आंदोलन बिहार में हुआ उसका नेतृत्व संभालते ही जेपी ने कहा– यह व्यवस्था परिवर्तन का आंदोलन है, सिर्फ नीतियों या सरकार बदलने से ये मांगें पूरी होना असंभव है। और आखिरकार बढ़ाते सरकारी दमन के साथ देशव्यापी बनते आंदोलन के बीच 5 जून 1974 को उन्होंने संपूर्ण क्रांति का आह्वान किया। दुर्भाग्य से आंदोलन को कुचलने के लिए तत्कालीन इंदिरा सरकार ने 26 जून 1975 को देश पर आपातकाल थोप दिया और संपूर्ण क्रांति का कारवां वहीं रुक गया। पूरी लड़ाई तानाशाही

बनाम लोकशाही की हो गई।

1977 के चुनाव में लोकशाही की जीत हुई तो जेपी ने संघर्ष वाहिनी के युवाओं को व्यवस्था परिवर्तन की लड़ाई लड़ने गांवों में भेजा। जेपी अधिक अधिक दिनों तक जीवित नहीं रहे। तब से आंचलिक स्तर पर जमीनी आंदोलन देश के विभिन्न भागों में विभिन्न मुद्दों पर चलते आ रहे हैं लेकिन इनका एक समेकित अखिल भारतीय स्वरूप फिर से न बन सका। तब भी देश में लोकतंत्र के विस्तार और मजबूती में इन आंदोलनों की महान भूमिका रही है।

इसमें संदेह नहीं कि अण्णा के आंदोलन में जो जन ज्वार उमड़ा वह इसके पहले आजादी के आंदोलन के बाद सिर्फ सन् 74 में दिखा था। लेकिन जेपी ने भ्रष्टाचार के मुद्दे का जैसा क्रांतिकारी इस्तेमाल किया, वैसी अपेक्षा करना उचित नहीं। हाल के इस उभार के दौरान मन में कहीं भय उपजा था कि किसी मुद्दे पर इतने व्यापक रूप में जन समूह आगे आता है और अगर उसे संभालने वाला और इस चेतना को प्रणालिबद्ध करने वाला दृष्टिसंपन्न नेतृत्व मौजूद न हो तब तो अराजकता की स्थिति भी उत्पन्न हो सकती है।

जनता को उद्वेलित करने वाला मुद्दा और इस मुद्दे पर स्वतःस्फूर्त जन समर्थन के बाद अण्णा के आंदोलन की तीसरी सबसे बड़ी उपलब्धि रही युवाओं– हर वर्ग और हर तबके के युवाओं की सहभागिता। उपभोक्तावाद और बाजारीकरण के इस दौर में भ्रष्टाचार के मुद्दे पर युवाओं का इस तरह से अपनी सारी जड़ताओं और पूर्वाग्रहों को छोड़कर आगे आना आह्लादकारी है। जो लोग आज के युवा वर्ग को लालसाओं के पीछे भागने वाला आत्मकेंद्रित वर्ग समझ रहे थे उनकी यह धारणा ध्वस्त हो गई। समाज और देश के लिए बलिदान की भावना आज के युवाओं में भी कम नहीं है, इसकी कुछ झलक तो जरूर मिली।

यहाँ यह उल्लेख करना असंगत नहीं कि युवाओं ने अपने को एक वर्ग सिद्ध कर दिया है जो बदलाव का संवाहक हो सकता है (बकौल जेपी)। यह तीस के दशक में भी हुआ, बयालिस में हुआ, चौहत्तर में हुआ और आज भी। युवा ही आज अरब के उत्पीड़क सत्ता संस्थानों के खिलाफ लड़ रहे हैं। क्या यह अनुमान लगाना पूरी तरह से गलत होगा कि अरब की जास्मीन क्रांति से भारत के युवाओं ने जाने-अनजाने कुछ प्रेरणा ली हो? व्यापक रूप से समाज बदलने के उद्यम में प्रयुक्त होना– इसका ताजा संदर्भ तो भारत के बाहर अरब देशों के युवाओं के साथ ही बनता है, सन् 74 या 42 का नहीं। भारत के युवा किसानों की हत्या जैसे मामले के खिलाफ आगे आने से भले चूके हों, लेकिन

जब सामने अण्णा का नेतृत्व दिखाई दिया तब तो भ्रष्टाचार के खिलाफ बखूबी आगे आए।

शांतिपूर्ण विरोध अण्णा हजारे के आंदोलन की विशेषता रही है। वे गांधीवादी अस्त्रों से काम लेते रहे हैं। शांतिमयता कितनी कारगर हो सकती है और इसमें कितनी रूमानियत हो सकती है यह हाल के आंदोलन से फिर उजागर हुआ। इतना व्यापक विरोध और कहीं कोई हिंसा नहीं– पूरे देश में कहीं नहीं, और तब भी सरकार को झुकना पड़ा। अहिंसा और शांतिमयता की जनांदोलनों को खड़ा करने में कहीं अधिक प्रभावी (और निर्णायक भी) भूमिका होती है यह फिर प्रमाणित हुआ।

वास्तव में लोकतंत्र में बदलाव या परिवर्तन और शोधन का काम शांतिपूर्ण तरीके से ही हो सकता है, दूसरा रास्ता कहीं और, किसी और दिशा की ओर ले जाता है– हिंसा-प्रतिहिंसा की असमाप्य श्रृंखलाबद्ध कार्रवाइयों में। शांतिपूर्ण साधन ही लोकतंत्र या अधिक लोकतंत्र की गारंटी दे सकता है। अभी-अभी ट्यूनीशिया और मिस्र और अब यमन में युवा तानाशाहों की फौजों के सामने निहत्थे ही आए और कामयाब भी हुए। जबकि लीबिया और बहरीन में सत्ता ने अपने हक में युवाओं को हिंसा की ओर मोड़ दिया, हालांकि वे अब भी लड़ रहे हैं।

निर्दलीयता अण्णा हजारे के आंदोलन की शक्ति भी रही, उपलब्धि भी। निर्दलीयता राजनीति में आज सबसे बड़ी संभावना है, इस मत की पुष्टि हुई। भारत जैसे देश में जहाँ राजनीतिक दलों की भरमार है, यह परिघटना विस्मयकारी है, लेकिन दिलचस्प बात यह है कि बदलाव के अनेक बड़े आंदोलन निर्दलीय राजनीति की उपज हैं, चाहे वह भूदान आंदोलन हो या जेपी आंदोलन, चिपको आंदोलन हो या नर्मदा आंदोलन, या फिर समय-समय पर सिर उठाते किसनों और खेत मजदूरों के आंदोलन। दलीय राजनीति आज न केवल निस्तेज और संभावनाविहीन हो गई है बल्कि उससे किसी प्रकार के जुड़ाव मात्र से किसी जन आंदोलन के लिए विश्वसनीयता का संकट खड़ा हो जाता है।

मामला जब किसी बड़े या संस्थागत परिवर्तन का हो, भारत की जनता हमेशा अपना विश्वास निर्दलीय व्यक्ति या समूहों को सौंपती है। हमें यह भी स्वीकार करना होगा कि निर्दलीय राजनीति और समूह भारत के विराट राजनीतिक वर्ग का ही अंग हैं। आज जरूरत इस बात की है कि राजनीतिक सुधारों के लिए राजनीतिक वर्ग के अंदर मौजूद निर्दलीय ताकतों को उभारा

जाए। भले ही यह ऊपर से छोटा या प्रभावहीन दिखाई देता हो, जनता की वास्तविक समस्याओं के प्रति यह अधिक संवेदनशील है और वास्तव में जमीनी स्तर पर दबाव समूह के रूप में काम करता है।

इसी बिंदु पर गैर राजनीतिक संगठनों या कहें कि स्वयंसेवी क्षेत्र के लिए एक जगह बन आती है। अलग से इसकी छवि भले ही बहुत अच्छी न हो, हमारे नाक-भौं सिकोड़ने के बावजूद इसके खाते में कुछ उपलब्धियाँ भी दर्ज हैं (सूचना का अधिकार, शिक्षा का अधिकार, खाद्य सुरक्षा...)। अण्णा के आंदोलन को स्वयंसेवी क्षेत्र का भी भरपूर समर्थन मिला है और इसको लेकर अण्णा की कुछ आलोचना भी हुई है। गनीमत है कि यह क्षेत्र अभी अस्पृश्य कोटि में नहीं आया।

कुछ लोगों ने प्रातिनिधिक बनाम सहभागी लोकतंत्र की बहस चलाने की कोशिश की। प्रकारांतर से इसके पीछे आग्रह यह है कि लोकतांत्रिक व्यवस्था को अपने प्रणालिगत तरीके से ही काम करने देना चाहिए। इसके पीछे तर्क यह भी है कि चुने हुए लोगों की 'वैधता' की अवहेलना या उनके समांतर या स्थानापन्न की तलाश के आग्रह से आखिरकार लोकतांत्रिक व्यवस्था (प्रातिनिधिक लोकतंत्र) चरमरा जाएगी। सीधे-सीधे कहें तो इस लोकतंत्र में चुने गए लोगों को ही निर्णय करने का अधिकार है। यह स्थापना भी कोई नई नहीं है। इसी आधार पर बिहार विधानसभा भंग करने की मांग करने और बिहार और दिल्ली की असंवेदनशील और नाकारा सरकारों को बदलने का आवाहन करने पर 1974 में जयप्रकाश नारायण को फासीवादी, यहाँ तक कि सीआइए का एजेंट तक कहा गया।

सहभागी लोकतंत्र वास्तव में लोकतंत्र का आदर्श है जिसमें लोग, जन सामान्य प्रत्यक्ष रूप से शासन में भाग लेते हैं। वे मिलजुलकर नीतियाँ बनाते और उन्हें क्रियान्वित भी करते हैं। लेकिन सहभागी लोकतंत्र का कोई औपचारिक राष्ट्र-स्तरीय ढांचा या मॉडल आज तक खड़ा नहीं हो पाया और सुविधा और कामकाजी दृष्टिकोण से जनप्रतिनिधियों को चुनने की व्यवस्था बनी, जो दुनिया भर में आज प्रातिनिधिक लोकतंत्र के रूप में प्रचलित है। प्रातिनिधिक लोकतंत्र में यह निषेध नहीं है कि व्यवस्था को सहभागी भी बनाया जाए। अगर ऐसा होता तो दुनिया भर की समितियों में गैर-निर्वाचित सदस्यों के लिए कोई व्यवस्था ही नहीं होती। वास्तव में अधिक से अधिक जन सहभागिता से ही वास्तविक लोकतंत्र विकसित होता है।

दूसरी तरह से देखें तो प्रातिनिधिक लोकतंत्र को सहभागी लोकतंत्र की

ओर बढ़ना ही अपेक्षित है और इसी अनुरूप संस्थाएँ खड़ी की जानी चाहिएं। प्रातिनिधिक स्वरूप के रहते हम व्यवस्था पर सवाल नहीं उठाएँ, ऐसा नहीं चल सकता। डॉ. लोहिया ने कहा था जिंदा कौमें पांच साल इंतजार नहीं करतीं।

और अगर ऐसा ही होते रहने दिया जाए तो फिर ठीक है– एक ही झटके में इस गरीब देश में एक लाख छिहत्तर हजार करोड़ रुपए का घोटाला हो जाए तो हो जाए, देश का अरबों-खरबों रुपया लूटकर विदेशी बैंकों में जमा होता रहे तो होता रहे। हिंदुस्तानी समाज सत्यनिष्ठा और नैतिक मूल्यों से रहित समाज बनता हो और हम व्यवस्था के सुधरने का इंतजार करते रहें।

(जनसत्ता, दिल्ली, 21 मई 2011)

आपातकाल और आज के सवाल

आपातकाल के चालीस साल बाद आपातकाल का डर! उस दुःस्वप्न के पुनः घटने का डर! कौन डरता है आपातकाल से? नयी पीढ़ी? कतई नहीं, वे उस अनुभव से अनजान हैं—किसी भी दल, वर्ग समूह की नयी पौध को आपातकाल नहीं डराता। एक तरह से यह अच्छा ही है।

वैसे डर का आपातकाल से गहन रिश्ता है। डरे हुए लोगों ने ही आखिर देश पर आपातकाल थोपा था। वे उन लोगों से डर गए थे जिन्हें देश को एकाधिकारवाद और अधिनायकवाद की तरफ जाते देख डर लगता था, जो नवस्वतंत्र देशों में लोकतंत्र की हत्या होते देख डरे हुए थे और भारत को किसी भी प्रकार उस हश्र से बचाना चाहते थे, जो भारत की राजसत्ता पर कुछ विशेष वर्ग-समूहों के नियंत्रण और उससे उपजी जड़ता को तोड़ना चाहते थे और आम जन को शक्तिसम्पन्न करना चाहते थे। जिन्हें डर था कि सामाजिक-आर्थिक असमानता दूर नहीं हुई, शिक्षा और रोजगार की स्थिति सुधारी नहीं गई, अगर भ्रष्टाचार और विशेषाधिकार को समाप्त नहीं किया गया तो देश में अराजकता और आंतरिक विद्रोह की स्थिति बन सकती थी। तीन-तीन युद्धों को झेल चुके देश के लिए यह भारी संकट की स्थिति होती। ये लोग स्वतंत्रता आंदोलन के मूल्यों को क्षरित होते देख रहे थे और समाज और राजनीति में नये मूल्य गढ़ने, नयी नैतिकता का निर्माण करने को संकल्पित थे। ये लोग, कोई दल नहीं थे, कोई गुट, चौकड़ी, षड्यंत्रकारी समूह नहीं थे। ये लोग आजादी के सत्ताइस साल बाद भी इसके फल से वंचित भारत के साधारण लोग थे। सत्ता पर कब्जा करना उनका लक्ष्य नहीं था, ये लोग व्यवस्था को उत्तरदायी, संवेदनशील और मानवीय बनाना चाहते थे, इसीलिए उसमें मूलभूत परिवर्तन उनको अभीष्ट था।

ये भारत के साधारण लोग जिसके आवाहन पर खड़े हुए वह सत्ता को ठुकराकर परिवर्तन के प्रयोगों में जीवन लगाने वाला क्रांतिद्रष्टा नेता था जिसे

तत्कालीन सत्ता-प्रतिष्ठान ने देश को अस्थिर करने वाला विदेशी एजेंट घोषित कर दिया। लोग जब इस व्यक्ति के पीछे खड़े हुए तो पीछे-पीछे दल (विरोधी) दौड़े, संगठन दौड़े, संस्थाएँ भागीं, एक राष्ट्रव्यापी आंदोलन खड़ा हो गया। साल-डेढ़ साल के अंदर ताबड़तोड़ घटनाएँ घटीं। दमन की चक्की चली लेकिन उलटे आंदोलन और फैलता चला गया। तभी इलाहाबाद हाईकोर्ट का फैसला आया जिसमें प्रधानमंत्री के चुनाव को अवैध ठहराया गया। 24 जून '75 को उच्चतम न्यायालय ने इसे सही ठहराया। एक ओर तो जोर पकड़ता आंदोलन और अब ऊपर से कोर्ट का फरमान। कायदे से इंदिराजी को पदत्याग कर किसी साथी को कुर्सी दे देनी थी, उनकी साख बचती, लोकतंत्र मजबूत होता–एक नया उदाहरण सामने आता। लेकिन उन्होंने दूसरा रास्ता पकड़ा। आंदोलनकारियों की आशंकाओं और आरोपों की पुष्टि करने वाला रास्ता। 'प्रतिक्रियावादी', 'साम्प्रदायिक', 'अराजक' और 'विघटनकारी' शक्तियों से डर कर व्यवस्था को बचाने के नाम पर आम आदमी के हित में उन्होंने आम आदमी के मौलिक अधिकारों तक को छीन लिया। संसद, प्रेस की स्वतंत्रता, न्यायपालिका सब बंधक हो गए। उन्नीस महीने तक देश यातनागृह बना रहा।

तब से चालीस साल बीत गए हैं। ऐसा नहीं कि देश को समस्याओं और संकटों का सामना नहीं करना पड़ा, लेकिन आपातकाल की नौबत नहीं आई। आपातकाल के बाद काँग्रेस को हराने वाली जनता पार्टी की सरकार कार्यकाल भी पूरा नहीं कर पाई और ढाई साल में ही गिर गई। उसके पश्चात् दिल्ली में अधिक समय तक काँग्रेस का ही शासन रहा है लेकिन आपातकाल की हद तक कोई नेता या प्रधनमंत्री नहीं गया। वास्तव में सत्तर के दशक में जेपी आंदोलन के अलावा कुछ वामपंथी आंदोलनों के प्रभाव से राजनीति में पारम्परिक सामाजिक वर्गों का वर्चस्व टूटा और नई सामाजिक शक्तियों का उदय हुआ जो कतई शहरी, औद्योगिक नहीं, खाँटी ग्रामीण पृष्ठभूमि से थीं। इसमें हरित क्रांति और ऑपरेशन फ्लड से सम्पन्न बना तबका भी था जो सामाजिक पदानुक्रम में भले ही नीचे हो, ताकत पाकर रंग-ढंग में और सोच में सामंती था। सत्तर के दशक के बाद की राजनीति में इस वर्ग की पकड़ लगातार मजबूत हुई और नब्बे के दशक तक आते-आते लगभग पूरे उत्तर भारत की राजनीति पर काबिज हो गया। आपातकाल के बाद का चालीस साल भारतीय समाज के तीव्र क्षैतिज विभाजन का दौर रहा है– धर्म और जाति के आधार पर, और इसी के साथ गठबंधन सरकार का युग आया। आपातकाल गठबंधन सरकार में अत्यंत विरल घटना है क्योंकि सत्ता इनमें एक जगह

केन्द्रित नहीं होती, उसके अनेक केन्द्र होते हैं। आपातकाल के भुक्तभोगी कांग्रेस और सीपीआई को छोड़कर लगभग सभी दल रहे। पहले इन्होंने काँग्रेस के खिलाफ मोर्चा बनाया, बाद में भारतीय जनता पार्टी के रामजन्म भूमि आंदोलन में शामिल होने के बाद 'सांप्रदायिकता बनाम धर्मनिरपेक्षता' के आधार पर भाजपा के खिलाफ भी मोर्चा बन गया। इसके पहले तक वाम मोचों भी भाजपा के साथ काँग्रेस विरोधी गठबंधन में शामिल रहा था। काँग्रेस ने 1977 की हार के बाद भी सन् 2000 तक तीन कार्यकाल पूरे किए लेकिन नरसिम्हा राव की सरकार अल्पमत की सरकार थी। इंदिराजी से पुनः आपातकाल की उम्मीद नहीं थी, हाँ कुछ लोगों को राजीव गांधी के प्रचंड बहुमत से जरूर डर लगा था लेकिन वह कार्यकाल भी गुजर गया। सवाल यह है कि यदि 1977 के बाद इंदिराजी या राजीव गांधी चाहते तब भी क्या आपातकाल लगाना उनके लिए संभव होता? यहाँ जनता पाटी का जिक्र करना जरूरी होगा जिसने देश के इतिहास में 1977 में अधिनायकवादी काँग्रेस को हराने के अलावा भी एक अत्यंत महत्वपूर्ण योगदान दिया– उसने संविधन संशोधन करके औपचारिक रूप से आंतरिक आपातकाल लगाना लगभग असंभव बना दिया।

लेकिन यह अजीब बात है कि बिना आपातकाल घोषित किए आपातकाल के भुक्तभोगियों ने ही लोकतांत्रिक व्यवहार और मर्यादा के अतिक्रमण में नये कीर्तिमान बनाए हैं जो कभी-कभी बेहद डरावने भी लगते हैं। राजनीति में अपराधीकरण की प्रक्रिया काँग्रेस के जमाने में ही शुरु हो गई थी, इन्होंने इसे अपराध के राजनीतिकरण के स्तर तक पहुँचाया। संसद और विधानसभाएँ आपराधिक प्रवृत्ति के लोगों का ठिकाना बनने लगीं। एकसत्तावाद, व्यक्तिवाद, वंशवाद और परिवारवाद ज्यादातर दलों की पहचान बन गया। दलों में आंतरिक लोकतंत्र समाप्त हो गया। एक-एक व्यक्ति बीसियों साल तक पार्टी का प्रधान बना रहता है, जब किसी नये की बारी आती है तो अपनी संतति को आगे कर देता है और दल वाले ऐसे स्वामिभक्त कि उसे स्वीकार भी कर लेते हैं। कम्यूनिस्ट पार्टियाँ इस बीमारी से बची हुई हैं लेकिन सत्ता का दुरुपयोग और विरोध की आवाज दबाने में उन्होंने भी कोई कोर-कसर बाकी न रखी। सबसे ज्वलंत और प्रगट उदाहरण है 'नंदीग्राम'। पुलिस महकमा, गुंडा तंत्र और पार्टी कैडर का सहारा विरोध को कुचलने के लिए नहीं किया– आज यह दावा कोई पार्टी नहीं कर सकती। आज लेकिन इन सबको इमरजेंसी का डर सताता है। आपातकाल की आशंका इन लोगों को भी बेचैन कर रही है जो देश में अध्यक्षीय प्रणाली की वकालत करते नहीं थकते थे। इन लोगों ने पार्टी का

प्रधानमंत्री चेहरा आगे करने की मुहिम छेड़ी, जो काम संसदीय दल को करना था उसे पार्टी के जिम्मे छोड़ दिया। यह काम तो आपातकाल लगाने वाली पार्टी, यानी काँग्रेस ने भी नहीं किया। आज 'व्यक्तिवाद' और 'एकसत्तावाद' का डर 'राष्ट्रवाद' पर हावी हो गया लगता है।

यह एक विडम्बना है कि जिस गठबंधन राजनीति ने आपातकाल का खतरा कम किया, उसने शासन-प्रशासन का ऐसा खराब नमूना पेश किया कि लोग एक पार्टी और एक नेता (मजबूत) के पीछे भागने पर मजबूर हो गए। आज एक पार्टी बहुमत में है– 1984 के बाद पहली बार। देश की बागडोर एक 'मजबूत', 'गतिशील' और हर कहीं दृश्यमान नेता के हाथों में है, जो लोगों की पसंद है और कंपनियों की भी, एक अत्यंत दुर्लभ योग! आपातकाल के पुन: लौटने की आशंका की जमीन यहीं है। वैसे अधिनायकवाद प्राय: किसी न किसी नारे या जुमले के साथ आता है। 1975 में भी आपातकाल 'समाजवाद' और 'धर्मनिरपेक्षता' के नाम पर ही आया था 'सांप्रदायिक' और 'फासिस्ट' शक्तियों को परास्त करने के लिए। आगे कभी कहीं निकट भविष्य में भारत में अधिनायकवाद आया भी तो वह 'राष्ट्रवाद' के नाम पर ही आएगा-कहीं अधिक आकर्षक, समावेशी और भावप्रवण और आदर्शोन्मुख अभिव्यक्ति! तो अब 'एकसत्तावाद' की काट के लिए गठबंधन की राजनीति का नया दौर शुरु हो गया है। इसमें आपातकाल की भुक्तभोगी पार्टियाँ आपातकाल लगाने वाली पार्टी के साथ मिलकर भाजपा राजग के खिलाफ 'अभेद्य' मोर्चा बनाने में जुट गई हैं। आखिर तो गठबंधन की राजनीति सर्वसत्तावाद की प्रतिरोधक तो है ही, हालाँकि गठबंधन करने वाले शायद ही इस दृष्टि से चीजों को देखते हैं।

आपातकाल सवा अरब की आबादी वाले इस देश में दोबारा आएगा या नहीं, यह सवाल बड़ा तो है लेकिन इससे भी बड़ा सवाल यह है कि अगर आपातकाल आ ही गया तो उसके मुकाबले खड़ा कौन होने वाला है? 1975 में मीडिया का कंपनीकरण नहीं हुआ था, मीडिया में लोग रुचि, शौक और प्रतिबद्धता के लिए जाते थे, तब भी मीडिया का प्रतिकार बहुत प्रभावी नहीं हो पाया था। पत्रकार आज भी शहीद हो रहे हैं लेकिन मीडिया का चरित्र और स्वरूप बहुत बदल चुका है, उसे झुकाना पहले जितना मुश्किल नहीं होगा। राज्यों के स्तर पर ही मीडिया को नियंत्रित करने की कमोबेश सफल कोशिशें हो चुकी हैं। दूसरी ओर राजनीतिक दलों में आदर्शवाद के अभाव व व्यक्ति केन्द्रित राजनीति के चलते लोकतंत्र के लिए मर-मिटने की प्रतिबद्धता शायद ही बची है। कम्यूनिस्ट पार्टियाँ 1975 में भी इस सवाल पर बँटी हुई थीं, आज

तो वे पहले से कमजोर भी हो चुकी है। सबसे बड़े अखिल भारतीय कैडरवाले राष्ट्रवादी संगठन संघ ने तो औपचारिक रूप से सर्वसत्तावाद के आगे हथियार डाल दिए थे। रही बात बुद्धिजीवियों की, तो आज के बाजारवादी जमाने में उनकी वह ताब रही नहीं, जनता से वे पहले ही कटे हुए हैं, उस पर उनका प्रभाव भी नहीं है।

दूसरी ओर पिछले चालीस सालों में राज्य की शक्ति और पहुँच में बहुत वृद्धि हुई है, उसकी एजेंसियों में लोकतंत्र और जनता के अधिकारों के प्रति अवमानना का भाव भी पहले से अधिक है, जब-तब इसके दृष्टांत मिलते रहते हैं। आपातकाल आ ही गया तो जनता पर जुल्म और बढ़ेगा! तो क्या सवा अरब का यह देश सर्वसत्तावाद के आगे घुटने टेक देगा? शक्ति अगर राज्य की बढ़ी है तो जनता की भी बढ़ी है। पंचायत के रूप में ही हमारे यहाँ संस्थाओं का अखिल भारतीय नेटवर्क है, पहले से कहीं अधिक सजग, शिक्षित और जागरुक तथा अधिकारों के प्रति सचेत नागरिक हैं जो जरूरत पड़ने पर सड़कों पर भी आते हैं। अभिव्यक्ति और संवाद के अनेक विश्वसनीय विकल्प आज प्रौद्योगिकी ने आम जनता को उपलब्ध कराए हैं। नकार और प्रतिकार के अनेक साधन उसके पास मौजूद हैं। देश भर में जमीनी लोकतंत्रवादी आंदोलनों की विरासत आज भी है। दूसरी ओर विश्व जनमत सब कहीं लोकतंत्र के पक्ष में है, लोकतंत्र का फिलहाल कोई विकल्प नहीं। हमारे यहाँ चालीस साल में बड़ी-बूढ़ी हुई पीढ़ियों ने बंदिश में जीवन नहीं जिया– वे बंधन को सहजता से नहीं लेंगे।

जवाहरलाल की विरासत को आज खुली चुनौती मिल रही है। जिन्होंने भारतीय संसद की सीढ़ियों पर अपना शीश नवाया था, आज उनके लिए यह चुनौती है कि वे जवाहरलाल से बड़े या उनके बराबर के लोकतंत्रवादी होकर भी दिखाएँ। जिनका भारतीय परम्पराओं में विश्वास है, वे लोकतंत्र के आदर्श को व्याख्यायित करने वाले इस महामंत्र को भला कैसे और क्योंकर बिसरा सकेंगे -

ऊ सर्वेषां स्वस्तिर्भवतु। सर्वेषां शांतिर्भवतु। सर्वेषां पूर्णंभवतु। सर्वेषां मंड्गलंभवतु।
ऊ शान्तिः शान्तिः शान्तिः।।

(जनसत्ता, दिल्ली, 6 जून 2015)

जेपी आंदोलन : लोकतंत्र के लिए महासमर

आंदोलन और उभार भारतीय समाज की पहचान रहे हैं। आंदोलनों ने समय-समय पर जड़ता तोड़ी है और व्यवस्था का नवीकरण किया है। ऐसा कोई दौर नहीं रहा जब आंदोलन नहीं हुए, भले उनका स्वरूप एक-सा नहीं हो। जिस समाज को अपरिवर्तनीय माना जाता रहा है कुछ विचारशील तबकों में, उसमें माना गया है कि परिवर्तन प्रकृति का नियम है यानी एक स्वाभाविक प्रक्रिया है। इसी समाज में लगभग हर कालखंड में अभिव्यक्ति स्वतंत्र रही है। आंदोलन को जमीन यहीं से मिलती है। पिछले सौ सालों में जितने आंदोलन भारत में हुए उतने शायद ही किसी अन्य देश में। कह सकते हैं कि भारतीय समाज का आज जो भी स्वरूप है उसमें आंदोलनों का बड़ा योगदान है।

मार्क्सवाद, समाजवाद, गांधीवाद या सर्वोदय तक की यात्रा में जयप्रकाश जी की परिवर्तन की जो वैचारिकी बनी थी, उसे मूर्त रूप में उतारने का अवसर उन्हें 1974 के बिहार के छात्र आंदोलन ने दिया। 18 मार्च 74 को शुरू हुआ छात्रों का अपने 12-सूत्री मांगों के लिए शुरू किया गया आंदोलन आकस्मिक और स्वतःस्फूर्त नहीं था। इसके पीछे महीनों की तैयारी थी। प्रेरणा तो गुजरात के छात्रों के नवनिर्माण आंदोलन से मिली थी जहाँ मुख्यमंत्री चिमनभाई पटेल को इस्तीफा देना पड़ा था। जयप्रकाश गुजरात गए थे, उन्होंने छात्रों को संबोधित किया था और उनसे लोकतंत्र की रक्षा के लिए आगे आने का आह्वान भी किया था। 13-14 फरवरी को उन्होंने अहमदाबाद और साबरमती आश्रम में तीन सभाओं को संबोधित किया था। पहली सभा व्यापारी महामंडल की थी जिसमें उन्होंने संकट काल में व्यापारियों को उनके कर्तव्य का ध्यान दिलाया था, साथ ही ट्रस्टीशिप के महत्व और प्रासंगिकता पर भी बात की थी। साबरमती में उन्होंने रचनात्मक कार्यकर्ताओं की सभा में कहा कि देश भर में एक क्रांतिकारी स्थिति पैदा हो रही है। उन्होंने लोकतंत्र को वास्तविक बनाने

की जरूरत पर बल दिया और मतदाता परिषदों के साथ ही ग्राम सभा परिषदों की स्थापना पर जोर दिया ताकि जनता स्वयं अपने उम्मीदवार का चयन करे और जनप्रतिनिधियों पर दल का नहीं बल्कि स्वयं मतदाताओं यानी जनता का अंकुश रहे। 14 फरवरी को उन्होंने गुजरात यूनिवर्सिटी के छात्रों की सभा में कविवर बच्चन की पंक्तियों के माध्यम से अपनी भावनाएँ व्यक्त की थीं– 'आज लहरों में निमंत्रण, तीर पर कैसे रुकूँ मैं..।' जेपी स्वयं को ही मानो समर में कूदने की चुनौती दे रहे थे। उन्हें आने वाली परिस्थितियों का आभास हो गया था। फरवरी 1974 में उत्तर प्रदेश में होने वाले चुनाव निष्पक्ष हों, उनमें कोई गड़बड़ी न होने पाए, इस पर निगरानी रखने के उद्देश्य से 9 दिसंबर 1973 को पवनार में उन्होंने 'यूथ फॉर डेमोक्रेसी'–'लोकतंत्र के लिए युवा' का आह्वान किया था। कानपुर की सभा में भी उन्होंने सन् 1942 की-सी क्रांतिकारी स्थिति उत्पन्न होने की बात की थी। बाद में जनवरी 74 में गुजरात के नवनिर्माण आंदोलन में शामिल छात्रों ने यह बात स्वीकारी थी कि उन पर जेपी की 'यूथ फॉर डेमोक्रेसी' की अपील का बड़ा गहरा असर हुआ था।

इधर गुजरात की घटनाओं से बिहार के छात्रों में भी परिस्थितियों को बदलने का हौसला जग रहा था। 22 जनवरी 74 को पटना विश्वविद्यालय के व्हीलर सिनेट हॉल में तरुण शांति सेना और पटना विश्वविद्यालय छात्र संघ ने यूथ फॉर डेमोक्रेसी के आह्वान को लेकर छात्रों की एक सभा आयोजित की। इस सभा में जेपी ने आगामी चुनाव को स्वतंत्र और निष्पक्ष बनाने के लिए युवकों को आगे आने के लिए कहा, एक प्रकार से चुनाव प्रक्रिया की निगरानी करने की बात कही। साथ ही नागरिकों के लोकतांत्रिक अधिकारों की सुरक्षा के प्रति उन्हें उनकी जिम्मेदारी बताई। इस सभा में स्टेट्समैन के संपादक कुलदीप नैयर भी थे। इसके बाद 1 फरवरी को पटना कॉलेज मैदान में जेपी की एक और सभा हुई जिसमें उन्होंने गलत शिक्षा पद्धति को बदलने की बात कही जो गुलामी की शिक्षा देती है, शिक्षा के मूल मूल उद्देश्यों से उसका कोई लेना देना नहीं। संसदीय लोकतंत्र की सफलता का जिक्र करते हुए उन्होंने कहा कि भारत में जनतंत्र नहीं बल्कि 'दलतंत्र' है। जनता का अधिकार उसके वोट देने के कर्तव्य मात्र तक सिमट आया है। जनता स्वयं अपने प्रतिनिधि नहीं चुनती है, दल चुनते हैं। जनता केवल मत देती है, जीतने वाले प्रतिनिधि पर उसका कोई नियंत्रण नहीं रहता, कोई दबाव नहीं रहता। यह स्थिति बदलनी होगी और युवाओं को इसके लिए आगे आना ही होगा।

जेपी की इन सभाओं और अपीलों का असर यह हुआ कि बिहार के कई

शहरों में छात्र-नौजवानों की सभाएँ हुईं, प्रदर्शन हुए। कहीं जमाखोरी, मुनाफाखोरी और भ्रष्टाचार के खिलाफ, तो कहीं रोजी-रोटी भत्ता के लिए। युवाओं में एक बेचैनी थी जिसे सत्ता में बैठे लोग समझ नहीं पा रहे थे या उसे तरजीह ही नहीं दे रहे थे। 17 और 18 फरवरी 74 को छात्र नेताओं ने पटना में एक बड़ा सम्मेलन आयोजित किया। 17 फरवरी को सभा की अध्यक्षता तो स्वयं पटना विश्वविद्यालय के कुलपति आचार्य देवेंद्रनाथ शर्मा ने की। सम्मेलन में आठ सूत्री मांगों को लेकर 26 फरवरी से खुला आंदोलन चलाने का निर्णय लिया गया। बाद में चार और मांगे जुड़ गईं। छात्र नेताओं ने मुख्यमंत्री, राज्यपाल और शिक्षा मंत्री से भी मिलकर अपनी मांगे रखीं। सब ओर से कोरे आश्वासन के बाद 18 मार्च को विधानसभा के घेराव का कार्यक्रम हाथ में लिया। सरकार को इस विरोध आंदोलन की तीव्रता और व्यापकता का अनुमान नहीं होता तो वह पहली बार सीआरपी और बीएसएफ जैसी जैसे केंद्रीय बलों को स्थिति नियंत्रित करने के लिए पहले से नहीं बुलाती। हिंसा हुई, भयानक दमन हुआ, गोलियाँ चलीं। आंदोलन लगातार प्रसार पाता गया। आंदोलनकारी शहरों में धरना-प्रदर्शन के अलावा जन शिक्षण का कार्य करते गांव में भी फैल गए। जहाँ कहीं अन्याय दिखा, विसंगतियाँ दिखाई दीं, उन्होंने प्रतिकार किया। बात जातिसूचक प्रतीकों को छोड़ने, तिलक-दहेज की प्रथा का अंत करने, अंतरजातीय विवाह को प्रोत्साहित करने से लेकर सामाजिक गैरबराबरी, भू-शोषण की परिस्थितियों समाप्त करने तक जा पहुँची। भूमिहीनों को वास गीत के परचे देने के कार्यक्रम भी लिए गए। वयस्क शिक्षा और महिला शिक्षा के साथ ही शराब बंदी के लिए भी कार्यक्रम लिए गए। तीन-चार-पांच अक्टूबर 1974 को अभूतपूर्व बिहार बंद से सरकार भी सकते में आ गई। एक और बड़ा महत्वपूर्ण कार्यक्रम लिया गया जनता सरकारें स्थापित करने का। यह प्रशासनिक विकेंद्रीकरण की दिशा में एक महत्वपूर्ण जनपक्षीय के कार्यक्रम था जिसमें स्थानीय स्तर के कार्यों के निष्पादन के लिए स्वयं स्थानीय जनता को प्रेरित और तैयार किया जाता था और सरकारी संस्थानों पर निर्भरता को त्यागने पर जोर दिया जाता था। जनता की अपनी संस्थाओं, जैसे ग्राम सभा को सशक्त करने के उपाय खोजे जाते थे। इस प्रकार आंदोलन केवल शासन के विरोध तक नहीं सिमट कर दूरगामी महत्व के विषयों से जुड़ रहा था। 1 जनवरी 1975 को जयप्रकाश जी ने 15 से 30 वर्ष के छात्र-युवाओं के एक निर्दलीय अर्धसैनिक संगठन की स्थापना की– छात्र-युवा संघर्ष वाहिनी जो संपूर्ण क्रांति के लिए समर्पित था। इसी प्रकार लोक समिति आम जनता का संगठन था। बिहार प्रदेश छात्र संघर्ष

समिति आंदोलन का चेहरा थी। आंदोलन में कम्युनिस्ट पार्टियों को छोड़कर लगभग सभी दल शामिल थे लेकिन जेपी आंदोलन के निर्दलीय स्वरूप पर जोर दे रहे थे। जेपी ने खराब स्वास्थ्य के बावजूद संगठन करना खड़ा करने की हरचंद कोशिश की। आंदोलन में जनसंघ और आरएसएस की भागीदारी को लेकर सरकार आंदोलन पर आक्षेप लगती थी कि यह फासिस्टों के हाथ में है। गतिरोध दूर करने के लिए जयप्रकाश जी और इंदिरा जी के बीच एक बैठक भी आयोजित की गई थी जिसमें कथित तौर पर इंदिरा जी बातचीत करते अपने नाखून साफ करती रहीं। उन्होंने अपनी तरफ से यही सौजन्य प्रदर्शित किया। 1975 के शुरुआती महीनों तक आंदोलन का स्वरूप राष्ट्रव्यापी हो चुका था। दिल्ली में 6 मार्च 75 को जनता का मांग पत्र लेकर जिस जुलूस का नेतृत्व जेपी ने किया वह कई किलोमीटर लंबा था। 25 जून 75 को रामलीला मैदान की महती जनसभा में जेपी ने आशंका जताई कि देश सर्वसत्तावाद की ओर जा रहा है। उन्होंने सेना और सुरक्षा बलों से देश के संविधान के प्रति वफादार रहने की अपील की जो कि लोकतांत्रिक है। इस बीच 12 जून 75 को इलाहाबाद हाईकोर्ट का निर्णय आया जिसमें श्रीमती गांधी का चुनाव अवैध कर दिया गया उन पर पद छोड़ने का दबाव बहुत था। जेपी ने भी नैतिक आधार पर उनसे पद छोड़ने को कहा, भले ही सर्वोच्च न्यायालय से अपने पक्ष में फैसला आने के बाद वे पुनः प्रधानमंत्री का पद संभाल लें। लेकिन 25 जून के जेपी के भाषण को ही इंदिरा गांधी ने कारण बनाकर अर्धरात्रि को आपातकाल लागू कर दिया। पहले राष्ट्रपति फखरुद्दीन अली अहमद के हस्ताक्षर ले लिए गए, मंत्रिमंडल की बैठक तो 26 जून की सुबह बुलाई गई। इसके पहले 26 जून की सुबह 5:00 बजे जेपी गिरफ्तार करके चंडीगढ़ भेज दिए गए। बाकी सभी तथ्य लोगों की स्मृति में है और दस्तावेज में भी।

जेपी की जेल डायरी एक महत्वपूर्ण संदर्भ ग्रंथ है उस दौर को समझने के लिए। इसमें जेपी ने उस समय की देश दुनिया की परिस्थितियों पर तो विचार किया ही है, इस आंदोलन के औचित्य और अपनी भूमिका पर भी बहुत गहरा आत्म-मंथन किया है। जैसे आक्षेप उनपर लगाए जा रहे थे जिनका जवाब वे बंदी रहते नहीं दे सकते थे, उनको लेकर भी उन्होंने अपनी डायरी में अपना पक्ष रखा है। 21 जुलाई 1975 को उन्होंने लिखा "...कहाँ तो मैं लोकतंत्र के क्षितिज को विस्तृत करने की कोशिश कर रहा था और यह मुख्यतः जनता को लोकतंत्र की प्रक्रियाओं में अधिक गहनता एवं सातत्य पूर्वक शामिल करने की कोशिश थी। इसके दो रूप थे। एक तो यह कि ऐसे संगठन का निर्माण किया

जाए जिसके जरिए उम्मीदवारों के चयन में जनता की राय किसी हद तक ली जा सके। दूसरा यह कि एक ऐसा संगठन खड़ा हो, यद्यपि ऊपर बताए गए संगठन से भी यह काम हो सकता है, जिसके सहारे जनता अपने प्रतिनिधियों पर नजर रख सके और उनसे उत्तम और स्वच्छ आचरण की मांग कर सके। यही दो तत्व थे जो मैं बिहार आंदोलन के सारे शोर-शराबे में से निकालना चाहता था। परंतु मेरी इस कोशिश का अंत लोकशाही की मौत में हो रहा है।" जेपी के इस कथन के परिप्रेक्ष्य में आंदोलन के मूल्यों को समझने की कोशिश होनी चाहिए।

संसदीय लोकतंत्र को साधन बनकर लोकतंत्र के क्षितिज को विस्तृत करना, उसे गहन, व्यापक और वास्तविक बनाना बिहार आंदोलन का उद्देश्य था। जेपी सन 1971-72 से ही यह आशंका व्यक्त कर रहे थे कि देश सर्वसत्तावाद की ओर जा रहा है। 1971 के युद्ध के बाद श्रीमती गांधी की अपार लोकप्रियता के साथ ही आम भारतीय महंगाई, बेरोजगारी, भ्रष्टाचार से जूझ रहा था। गरीब मतदाता मताधिकार तक से वंचित था, चुनावी भ्रष्टाचार भी चरम पर था। दलों में सत्ता की ऐसी मारामारी थी कि वे स्वयं अराजक हो रहे थे। बिहार में 1967-77 के सात सालों में जनता ने दस मुख्यमंत्री देखे। आम जनता की भला किसे सुध थी। जेपी ने इसीलिए कहा, यह जनतंत्र नहीं दलतंत्र है। वहीं दूसरी ओर विशेष कर 1971 के बाद से भारत में सोवियत प्रभाव बढ़ रहा था। यह एक विडंबनापूर्ण स्थिति थी कि उस दौर में भारत के रिश्ते अमेरिका और ब्रिटेन जैसे लोकतांत्रिक देशों के साथ ही सहज नहीं थे। कांग्रेस के अंदर भी सोवियत रुझान वाले लोगों का दबदबा बढ़ रहा था और भारतीय कम्युनिस्ट पार्टी तो मानो कांग्रेस पार्टी का अंग ही बन गई थी। इससे भी व्यवस्था में सोवियत पैठ का अंदाजा लगाया जा सकता है।

इस बारे में अपनी जेल डायरी में जेपी ने 26 जुलाई को लिखा कि आपातकाल अधिनायकवादी व्यवस्था की विस्तृत योजना का ही अंश था। इस योजना में "प्रधानमंत्री, कांग्रेस में प्रविष्ट कम्युनिस्ट कठपुतलों और सीपीआई की दृष्टि में– हमारी लोकशाही अभिशापतुल्य थी और अपने कुत्सित लक्ष्य की पूर्ति के लिए वे अनेक वर्षों से कुछ कदम उठाने की योजना बना रहे थे..।"

इस पृष्ठभूमि में अब संपूर्ण घटनाक्रम पर दृष्टि डाली जाए तो 'यूथ फॉर डेमोक्रेसी' की अपील, फिर गुजरात के छात्रों का नवनिर्माण आंदोलन, उसके बाद कुछ तैयारी के साथ बिहार के छात्रों का आंदोलन जो संपूर्ण क्रांति का आंदोलन बना, इस क्रांति के लिए समर्पित छात्र-युवा संघर्ष वाहिनी की

स्थापना– यानी परिवर्तन की पूरी प्रक्रिया और घटनाओं के केंद्र में युवा! युवा ही क्रांति का संवाहक हो सकता है– जेपी का मानना था, और यह भारत की परंपरा के अनुकूल भी था। सभी पथ-प्रदर्शक जो समय-समय पर अवतरित हुए, युवा ही थे। युवा में उमंग होती है, कुछ कर गुजरने का हौसला और ऊर्जा होती है। युवा पूर्वाग्रह मुक्त होता है। युवा नवोन्मेषी होता है। युवा-स्वप्नों को दलीय परिधि में बांधा नहीं जा सकता। जेपी युवाओं के हाथ में कमान देकर आंदोलन के निर्दलीय स्वरूप को भी संरक्षित कर रहे थे। आगे चलकर इसी निर्दलीयता से सामुदायिक लोकतंत्र (या निर्दलीय लोकतंत्र) का मार्ग प्रशस्त हो सकता था। विभाजनकारी, विभाजन पर ही फलने-फूलने वाले संसदीय लोकतंत्र के आगे के चरण में बढ़ा जा सकता था।

1953 में एशियाई समाजवादियों के सम्मेलन में रंगून में जयप्रकाश जी ने समाजवादियों से अहिंसक संघर्ष को अपने विचार-व्यवहार में स्थान देने की अपील की थी। उन्होंने उदाहरण देते हुए समझाने की कोशिश की कि किसी संघर्ष क्षेत्र में जन एकजुटता की बदौलत लगातार संघर्ष करके सफलता पाई जा सकती है, विरोधी पक्ष को झुकने को पर मजबूर किया जा सकता है। वास्तव में 1978-79 में छात्र-युवा संघर्ष वाहिनी ने इसी युक्ति को बोधगया भूमि आंदोलन में और बाद में भागलपुर में जल जमींदारी के खिलाफ आंदोलन में सफलतापूर्वक आजमाया। जेपी आंदोलन की यह परिवर्तनकामी धारा थी जो सत्ता में न जाकर जमीनी आंदोलनों से जुड़ी। इस धारा के बारे में बहुत कम चर्चा होती है।

जेपी आंदोलन की भारत में सामाजिक-राजनीतिक जड़ता तोड़ने में ऐतिहासिक भूमिका है। सबसे पहले तो इसमें संसदीय लोकतंत्र की सीमाओं को उजागर किया, फिर जो भी लोकतांत्रिक वातावरण बचा हुआ था, उसका उपयोग और अधिक लोकतंत्र को संभव बनाने में किया। आपातकाल ने परिवर्तन के इस कारवां को रोक दिया। जेपी ने संसदीय लोकतंत्र में विरोध-प्रतिरोध की जरूरत और औचित्य के बारे में 16 जुलाई 1975 को अपनी जेल डायरी में लिखा–"...आखिर भ्रष्टाचार, बेरोजगारी और गरीबी से लड़ने के लिए जनता क्या करे, युवक क्या करें? क्या चुपचाप अगले आम चुनाव की प्रतीक्षा करें? लेकिन यदि इसी बीच स्थिति असह्य हो जाए तो फिर लोग क्या करें? क्या वे शांतिपूर्वक हाथ पर हाथ धर कर बैठे रहें और अपनी किस्मत को रोते रहें? यह इंदिरा जी के लोकतंत्र की तस्वीर हो सकती है–

श्मशान की शांति वाला लोकतंत्र! फिर अगर चुनाव ही स्वतंत्र और निष्पक्ष

न हो तो? इसके लिए भी जनता को जागृत और संगठित होना होगा! मैं नहीं समझता कि किसी लोकतांत्रिक समाज में जनता ने अपनी किस्मत को बदलने के लिए केवल चुनाव पर भरोसा किया है। सब कहीं हड़ताल हुई हैं, विरोध-आंदोलन हुए हैं, कूच निकाले गए हैं, और अंदर-बाहर धरने डाले गए हैं।" एक जीवंत लोकतंत्र में जनता अपने अधिकार या कि अधिसत्ता को इन्हीं उपायों से अभिव्यक्त करती है। शासन का चरित्र यदि लोकतांत्रिक है तो वह संवाद में समाधान ढूंढने में प्रवृत्त होता है, दमन में नहीं। श्रीमती गांधी ने दमन का मार्ग चुना, अफसोस!

आज पचास साल बाद उसी आंदोलन में दीक्षित राजनीतिक व्यक्तियों/समूहों से मिलकर भारत का व्यापक राजनीतिक वर्ग बना है– अपनी तमाम सकारात्मक व नकारात्मक प्रवृत्तियों के साथ। औपचारिक लोकतंत्र अभी बचा हुआ है गो कि उसे पर दबाव बहुत है। सबसे बड़ा दबाव है समुदाय के, 'लोक' के विखंडन का दबाव। यह स्थिति संसदीय लोकतांत्रिक राजनीति की देन है। इसके बारे में जेपी ने साठ साल पहले आगाह किया था– 'यह राजनीति अभी और गिरेगी, टूटेगी-फूटेगी, फिर उसके मलबे से एक नई राजनीति जन्म लेगी, वह लोकनीति होगी'।

लेकिन लोक ही विखंडित हो तो ना लोकनीति होगी ना लोकशक्ति! हमारा महान भारतीय समुदाय (ग्राम समुदाय इसके मूल में है) जो औपनिवेशिक शासन के खिलाफ तनकर खड़ा हुआ था वरना आजादी संभव नहीं होने पाती (ध्यान रहे कि दूसरी आजादी का श्रेय भी इसी को जाता है, 1977 के चुनाव में संभवत: पहली बार बिहार और उत्तर प्रदेश जैसे जातिग्रस्त राज्यों में भी लोगों ने उम्मीदवारों की जाति या धर्म देखकर वोट नहीं दिए थे, उन्होंने तानाशाही के खिलाफ बस लोकशाही का पक्ष चुना था), आज वह वोट की राजनीति का आखेट बन रहा है, चांदमारी हो रही है। लोकशक्ति और समुदाय की स्वायत्तता यह दोनों बातें जुड़ी हुई हैं और कहीं परस्पराश्रित हैं। समुदाय जहाँ स्वायत्त इकाई होगा वहीं लोकशक्ति के लिए संभावना होगी। समुदाय की स्वायत्तता ग्राम स्वावलंबन या उससे बढ़कर ग्राम स्वराज्य में अभिव्यक्त होती है, आकार पाती है। यानी केंद्रीकरण नहीं, विकेंद्रीकरण उसको अभीष्ट है। पंचायती राज संस्थाओं को सशक्त और सक्षम बनाने के लिए जेपी लगातार प्रयासरत रहे तो इसके पीछे भी यही दृष्टि थी। वे अखिल भारतीय पंचायत परिषद के अध्यक्ष रहे थे। 1993 में त्रिस्तरीय पंचायती राज का कानून तो बना, वास्तविक अधिकार अभी भी पंचायत के हाथ में नहीं है, नौकरशाही की तूती बोलती है।

पंचायत पर दलों की गिद्ध दृष्टि लगी है। पंचायत चुनाव दलीय आधार पर करने की मांग की जाती है जो कि नितांत अवांछनीय ही नहीं, अनैतिक और घातक भी है। यह जनता की आपसदारी और सहकार को तोड़ने वाली बात है। सोच कर देखिए, यदि पश्चिम बंगाल में पंचायत चुनाव दलीय आधार पर नहीं होते तब क्या उतनी हिंसा होती जितनी आज देखने को मिलती है? पंचायत जनता का अपना स्पेस है, दलों को और सरकारों को अपनी मर्यादा का ध्यान रखना होगा। जेपी के शब्दों में 'दलों को इसमें अपनी नाक नहीं घुसेड़नी चाहिए।' एक नई चुनौती खड़ी हुई है– कमजोर विपक्ष। एक तो यह होना नहीं चाहिए, विपक्ष को अपना कड़ा मूल्यांकन करना चाहिए। दूसरी बात, अगर ऐसी स्थिति हो ही तो लोकतंत्र का तकाजा है कि सत्ताधारी दल में से ही कोई व्यक्ति या समूह गुण-दोष के आधार पर सरकार की नीतियों और कार्यों की समीक्षा करे, आलोचना करे, और उसे दल में और सरकार में तरजीह मिले। इन दिनों विपक्षी दलों और कुछ टिप्पणीकारों द्वारा परिवारवाद का औचित्य सिद्ध करने के लिए विचित्र तर्क दिया जा रहा है– जनता ही एक परिवार के अनेक सदस्यों को चुन रही है तब कैसा परिवारवाद? फिर तो कल जनता यदि किसी ऐसे व्यक्ति या दल को चुन ले जो तानाशाही, सर्वसत्तावादी या वंशवादी शासन की हिमायत करे तो क्या इस चयन को लोकतांत्रिक वैधता मिल जानी चाहिए? लोकतंत्र केवल जनेच्छा और जनादेश से ही नहीं चलता, लोकतंत्र चलता है लोकतांत्रिक मूल्यों और आदर्शों से। जो भी लोकतांत्रिक प्रणाली में भागीदार हैं, वे इनका पालन करके, इनको अपने निजी हितों के ऊपर वरीयता देकर ही स्वयं को लोकतांत्रिक सिद्ध कर सकते हैं। जनता द्वारा चुने जाने की दलील बहुत थोथी है, खतरनाक भी। इस प्रकार यह जानना और समझना भी जरूरी है कि सत्ता में बने रहने के लिए या सत्ता प्राप्त करने के लिए जनता को प्रलोभित करना भी नितांत अनुचित है। अच्छी सरकार लोगों को अपने पैरों पर खड़ा करके उन्हें सम्मानपूर्ण, गरिमामय जीवन की गारंटी देती है, अपना मुखापेक्षी और याचक नहीं बनाती। आज फ्रीबीज, यानी मुफ्त की सुविधाओं की होड़ को इसी परिप्रेक्ष्य में देखने की जरूरत है। यह प्रसंग लोकशक्ति की कल्पना के कितना विपरीत है, एकदम उसका विलोम! विगत पचास वर्षों में भारत बहुत बदला है। आज वह एक आर्थिक और सामरिक महाशक्ति है। 1991 की नई आर्थिक नीति के पश्चात अर्थव्यवस्था का कायांतरण होता चला गया है। भूमंडलीकरण की प्रक्रिया से जुड़कर भारत की अर्थव्यवस्था बड़ी हुई है। एक बड़े बाजार को जो लाभ मिल सकता था वह कमोबेश मिला है। विश्व की पांचवी अर्थव्यवस्था

बन चुका है भारत, और स्पष्ट है कि यह वैश्विक पूंजीवाद के माध्यम से ही संभव हुआ है। तो ऐसे में 'गांधीवादी', 'समाजवादी' मूल्यों का महत्व घटेगा ही। ये मूल्य कहीं 'पिछड़ी सोच' के परिचायक होंगे। लेकिन मनुष्य समाज कुछ सार्वभौमिक, सर्वमान्य मूल्यों से चलता है, बाजारवाद जिनकी अवहेलना करता है। आज हम एक भयानक अर्थवाद में जी रहे हैं, इसका प्रभाव हमारी राजनीतिक प्रणाली पर भी और सामाजिक व्यवस्था पर भी पड़ रहा है। संबंधों से समाज चलता है जिनके मूल में संवेदना है। एक तरह से मानव जीवन की सबसे बड़ी उपलब्धि सच्चे संबंधों के निर्वाह में है। बाजार हमारे अंदर की संवेदना को चूस रहा है। राजनीति में इसका पहले ही बहुत हद तक लोप हो चुका है, अब समाज और सामान्य जीवन में इसका अभाव गहराता जा रहा है। इसलिए मनुष्यता का भविष्य उज्जवल है, ऐसा विश्वास अंदर बन नहीं पाता। इस बाजारवादी विकास का विकल्प क्या हो, इस पर ठोस सोच नहीं बन पा रही। जेपी के लिए लोकतंत्र से मतलब ऐसी व्यवस्था से है 'जिसमें अधिकतम लोग अपना अधिकतम शासन कर सकें'। इस लक्ष्य से आज हम बहुत दूर जा चुके हैं। समाजवादी जयप्रकाश ने सन 1946 में 'समाजवाद की मेरी तस्वीर' में ऐसे समाज की कल्पना की थी जिसमें 'मनुष्य ना तो पूंजी का दास होगा और ना ही दल अथवा राज्य का गुलाम'। लेकिन पूंजी और राज्य की यह प्रवृत्तियाँ अब भी कायम हैं, बल्कि नई वैश्विक परिस्थितियों में– भूमंडलीकरण तथा वैश्विक आतंकवाद के दौर में और मजबूत हुई हैं।

जेपी आंदोलन की अर्धशक्ति पर यह चुनौती एक सजग सचेत स्वातंत्र्यचेता नागरिक के समक्ष है कि दलतंत्र वापस जनतंत्र में कैसे तब्दील हो। मतदाता परिषदों की स्थापना कैसे हो जिनकी उम्मीदवार चुनने में प्रभावी भूमिका हो, लोक समिति जैसी संस्थाओं को कैसे खड़ा किया जाए जो जनप्रतिनिधि को जनता के प्रति जिम्मेदार बनाएँ और जो स्थानीय स्तर पर प्रशासनिक, यहाँ तक कि पंचायती संस्थाओं में भ्रष्टाचार पर लगाम लगा सकें। जेपी का ओम्बड्समैन या सक्षम लोकपाल कब भारतीय शासन प्रशासन में स्थान पाएगा? खर्चीले और भड़कीले चुनाव की अनिवार्यता आखिर क्यों, वह भी सूचना प्रौद्योगिकी के उत्कर्ष के युग में? हम क्यों नहीं समझ पा रहे कि आरक्षण के नाम पर छह हजार जातियों वाले भारतीय समाज में जातीय अस्मिता को उभारना एक खतरनाक खेल है जिसके अकल्पनीय परिणाम हो सकते हैं? आखिर जाति ही आरक्षण का आधार क्यों हो, परिवार क्यों नहीं? जातीय जनगणना का शोर मचाने की बजाय नई, वैकल्पिक युक्तियों पर विचार करने की हमारी तैयारी

क्यों नहीं दिखती? हम क्यों नहीं समझ पा रहे कि सामाजिकता विहीन राजनीति अराजकता, विखण्डन और विध्वंस का कारण बनती है? प्राकृतिक संसाधनों के अंधाधुंध दोहन पर टिका विकास सड़कों, यातायात, भवनों कारखाने के रूप में ही क्यों चरितार्थ हो? एक स्वस्थ, सजग, सुशिक्षित, संवेदनशील, परदु:खकातर व्यक्ति में विकास को क्यों अपना अर्थ और अभिप्राय नहीं पाना चाहिए? उपभोग की सीमा कोई बनेगी कि नहीं? कब तक पहाड़ों को कंकड़-गिट्टी बनाकर पैरों तले रौंदते रहेंगे? कब हमारी पुण्यसलिला नदियाँ पुनर्जीवन पाएँगी?

आधुनिक युग की विडम्बनाओं में जेपी आंदोलन के मूल्यों और उनकी प्रासंगिकता को खोजना भी एक जिम्मेदारी है। कारण कि कहीं ना कहीं संपूर्ण क्रांति के आवाहन में स्वराज के मूल्यों की पुनर्प्रतिष्ठा थी, स्वयं जेपी के शब्दों में– "जिस स्वराज के लिए लाखों-लाख देश की जनता बार-बार जेलों को भरती रही है, त्याग और बलिदान करती रही है, संपूर्ण क्रांति द्वारा वही सच्चा स्वराज लाना है।"

(जेपी आंदोलन की अर्धशती पर 'सबलोग' का जून 2024 अंक, दिल्ली)

जेपी : उनका अंतरराष्ट्रवाद और विश्वदृष्टि

विवेकानंद, गांधी और रवींद्रनाथ टैगोर द्वारा प्रतिपादित और व्यवहार में लाए गए सार्वभौमिकतावाद, जिसे 'वसुधैव कुटुम्बकम्'–अर्थात् 'सारी दुनिया एक परिवार है'– में अभिव्यक्त किया गया, के आधार पर जेपी उससे कुछ कदम आगे बढ़े और एक शांति कार्यकर्ता के रूप में विश्व शांति के लिए जीवनपर्यन्त प्रयासरत रहे। उन्होंने बिना किसी राजकीय पद या शासकीय अधिकार के विश्व नेता का दर्जा प्राप्त कर लिया, जो वास्तव में अद्भुत और विरल घटना है। एक प्रसंग उल्लेखनीय है– अमेरिका यात्रा के दौरान, 28 मार्च 1968 को अमेरिकी विदेश मंत्री डीन रस्क ने वाशिंगटन में उनका स्वागत करते हुए कहा, "मैं जानता हूँ कि आपका दर्जा क्या है। आप स्वतंत्रता के महान उपासक हैं और लोकतंत्र के एक प्रतिष्ठित रक्षक और संरक्षक हैं।" दोनों के बीच एक घंटे से अधिक समय तक बातचीत हुई। संभवतः यह पहला अवसर था जब एक अमेरिकी उच्चाधिकारी ने किसी गैर-सरकारी विदेशी व्यक्ति के साथ औपचारिक बैठक की। जेपी अंतिम समय तक विश्व नेताओं से संपर्क व संवाद में रहे।

महज़ 20 वर्ष की आयु में, 1922 में जेपी उच्च शिक्षा के लिए अमेरिका गए थे, क्योंकि असहयोग आंदोलन के दौरान पढ़ाई छोड़ने के बाद उन्होंने ब्रिटिशों द्वारा संचालित किसी भी संस्था में न पढ़ने की प्रतिज्ञा की थी। उन्होंने सात वर्षों तक बर्कले, आयोवा और विस्कोंसिन विश्वविद्यालय में अध्ययन किया और समाजशास्त्र में स्नातकोत्तर डिग्री लेकर 1929 में स्वतंत्रता संग्राम में शामिल होने के लिए भारत लौटे। ये सात वर्ष उनके राष्ट्रीय और अंतरराष्ट्रीय दृष्टिकोण को गढ़ने में महत्वपूर्ण रहे। उस समय वे एक कट्टर मार्क्सवादी बन चुके थे और उनकी विचारधारा में मार्क्सवाद की प्रधानता थी। वे महान क्रांतिकारी एम. एन. रॉय से प्रभावित थे, जिन्होंने अपने प्रयासों से मैक्सिकन कम्युनिस्ट पार्टी और भारतीय कम्युनिस्ट पार्टी (ताशकंद समूह) की स्थापना

की। हालांकि, बाद में इन दोनों नेताओं ने ही कम्युनिज़्म से दूरी बना ली। जेपी लेनिन को एक महान क्रांतिकारी मानते थे, परंतु स्टालिन की नीतियों के विरोधी थे। भारत में जब उन्होंने देखा कि कम्युनिस्ट राष्ट्रीय आंदोलन के विरोधी हैं, तो उन्होंने उन्हें ब्रिटिश साम्राज्यवाद के खिलाफ संघर्ष छेड़ने को कहा, परंतु इसका कोई विशेष प्रभाव नहीं पड़ा। जेपी स्वतंत्रता आंदोलन के प्रति पूरी तरह से समर्पित हो गए। उन्होंने 1934 में कांग्रेस के अंदर कांग्रेस सोशलिस्ट पार्टी का गठन किया और अपनी प्रसिद्ध पुस्तक Why Socialism (1936) लिखी। वे यूरोप और एशिया के समाजवादी नेताओं, श्रमिक नेताओं और शिक्षाविदों के संपर्क में आए। मार्च 1940 में जमशेदपुर में युद्ध-विरोधी भाषण देने के आरोप में उन्हें गिरफ्तार किया गया। अदालत में उन्होंने स्वीकार किया कि ब्रिटिश सरकार को भारत को युद्ध में घसीटने और "नाजियों को नियंत्रित", न कि नाजीवाद को समाप्त करने के नाम पर भारत के संसाधनों का उपयोग करने का कोई अधिकार नहीं है। उन्होंने कहा कि ब्रिटिश नीति का विरोध करना उनका कर्तव्य है और वो इसके परिणाम भुगतने को तैयार हैं।

जब जेपी जेल में थे, तब ब्रिटिश लेबर पार्टी के उनके मित्र फेनर ब्रॉकवे और सोमन मित्रा ने लंदन में उनकी रिहाई की मांग को लेकर जुलूस निकाला। यह उल्लेखनीय है कि (लॉर्ड) फेनर ब्रॉकवे क्रिप्स मिशन (1942) के सदस्य थे, जिसकी अध्यक्षता लेबर पार्टी के नेता और चर्चिल की युद्ध कैबिनेट के सदस्य सर स्टैन्फर्ड क्रिप्स ने की थी। कहा जाता है कि जब आपातकाल (1975) के दौरान जेपी चंडीगढ़ में बंदी थे, तो लॉर्ड ब्रॉकवे ने उनसे एक पत्र के माध्यम से संपर्क किया था, जिसे श्रीमती गांधी ने देखा और स्वीकृत भी किया था। यह प्रयास दोनों नेताओं के बीच समझौते की दिशा में एक कदम था। लेकिन कुछ ही दिनों बाद जेपी की तबीयत अचानक गंभीर हो गई और उन्हें बंबई (अब मुंबई) के जसलोक अस्पताल में स्थानांतरित कर दिया गया। इसके बाद उस कमरे की गहन तलाशी ली गई, पर वह पत्र आश्चर्यजनक रूप से गायब था। इस रहस्यमय पत्र-प्रकरण ने यह संकेत दिया कि सत्ता के शीर्ष पर कुछ प्रभावशाली लोग इस मेल-मिलाप को सफल नहीं होने देना चाहते थे।

वास्तव में, जेपी ने अपने छात्र जीवन से ही एक वैश्विक दृष्टिकोण विकसित करना शुरू कर दिया था। वे दुनिया भर में हो रही घटनाओं पर गहरी नजर रखते थे जो अंतरराष्ट्रीय संबंधों और राजनीति को प्रभावित कर सकती थीं। यहाँ तक कि जेल में रहते हुए भी वे अंतरराष्ट्रीय मामलों पर नजर रखते थे। अंतरराष्ट्रीयतावाद उनके चिंतन का अभिन्न अंग था। जब वे मार्क्सवादी थे,

तब वे यूरोपीय समाजवाद, ब्रिटिश फेबियन समाजवाद और वस्तुनिष्ठ समाजवाद के आलोचक थे। लेकिन सोवियत अनुभव ने उनके दृष्टिकोण को बदल दिया और 1948 तक वे लोकतांत्रिक समाजवाद की ओर आकर्षित हो गए।

सोवियत अधिनायकवाद से उन्होंने यह सीखा कि केवल पूंजीवाद की अनुपस्थिति से समाजवाद सुनिश्चित नहीं होता। 1948 में जब भारत स्वतंत्र हो चुका था और कांग्रेस सोशलिस्ट पार्टी ने कांग्रेस से औपचारिक रूप से अलग होकर एक स्वतंत्र सोशलिस्ट पार्टी का रूप ले लिया था, तब महासचिव की वार्षिक रिपोर्ट में जेपी ने उद्देश्यों की पवित्रता के लिए साधनों की पवित्रता की आवश्यकता पर जोर दिया। उन्होंने चेकोस्लोवाकिया पर सोवियत कब्जे का उल्लेख किया, जिसके कारण वहाँ के राष्ट्रपति एडवर्ड बेनेस को इस्तीफा देना पड़ा और विदेश मंत्री जान मासारिक ने विरोध प्रदर्शित करनेके लिए आत्महत्या कर ली।

जेपी ने अपनी पहली जेल डायरी "इनसाइड लाहौर फोर्ट" में 12 अप्रैल 1944 को कमिन्टर्न (कम्युनिस्ट इंटरनेशनल) के विघटन को लेकर तीव्र प्रतिक्रिया दी और लिखा कि यह सोवियत विदेश विभाग के लिए एक शर्मिंदगी का कारण बन गया था। उन्होंने लिखा, "यह एक और बोल्शेविक परंपरा का अंत था। स्टालिन के लिए इसे समाप्त करना आसान था, क्योंकि कमिन्टर्न के विलुप्त होने का अर्थ यह नहीं था कि पाँचवा स्तंभ (fifth column) भी समाप्त हो गया।" उन्होंने "मार्शल स्टालिन" शीर्षक के तहत लिखा कि 27वीं रूसी क्रांति की वर्षगांठ पर स्टालिन, घोषित रूप से समाजवादी राज्य के प्रमुख का भाषण ऐसा था जैसे कोई साम्राज्यवादी या पूंजीवादी नेता बोल रहा हो।"मार्क्स और लेनिन ने युद्ध की प्रकृति और शांति के साधनों के बारे में जो सिखाया था, वह सब भुला दिया गया और दुनिया के सर्वहारा से विश्वासघात हुआ।" इस डायरी में उन्होंने कई स्थानों पर रूस और सोवियत संघ के प्रति निराशा और खिन्नता व्यक्त की। दूसरी ओर, जेपी द्वितीय विश्वयुद्ध की घटनाओं की जानकारी पाने के लिए अत्यंत उत्सुक रहते थे और अपने विचारों को साझा करना चाहते थे। यह स्पष्ट है कि उन्हें बहुत से राष्ट्रीय और अंतरराष्ट्रीय समाचार पत्र और पत्रिकाएँ उपलब्ध कराई जाती थीं, साथ ही मित्रों द्वारा भेजी गई नई प्रकाशित पुस्तकें भी प्राप्त होती थीं। उनके नोट्स इस बात का प्रमाण हैं कि वे कितनी गहराई से अंतरराष्ट्रीय मामलों में रुचि रखते थे और कैसे जेल में रहते हुए भी अंतरराष्ट्रीय स्थिति तथा महत्वपूर्ण वैश्विक हस्तियों के बारे में पूरी जानकारी रखते थे।

जेपी का सोशलिस्ट इंटरनेशनल, वर्ल्ड पीस ब्रिगेड और एशियाई समाजवादी सम्मेलन (Asian Socialist Conference) जैसे वैश्विक संगठनों से घनिष्ठ संबंध था, और जब भी अवसर मिलता, वे उसकी बैठकों में भाग लेते और अपने विचार साझा करते। वे इंडियन-अमेरिकन एसोसिएशन और एशियन रिलेशन्स कॉन्फ्रेंस से भी जुड़े रहे। 1948 में एक नया राष्ट्र इस्राइल के रूप में फिलिस्तीनी भूमि पर स्थापित हुआ। यह एक लोकतांत्रिक राष्ट्र के रूप में विकसित हुआ जो समाजवादी नीतियों का पालन करता था। सोशलिस्ट इंटरनेशनल और भारत के समाजवादियों ने मांग की कि इस्राइल को अंतर्राष्ट्रीय समुदाय के द्वारा मान्यता दी जाए और उसके साथ राजनयिक संबंध स्थापित किए जाएँ। 1950 में भारतीय समाजवादियों का एक प्रतिनिधिमंडल इस्राइल गया और वहाँ की विशेषकर कृषि विकास योजनाओं का अध्ययन किया। 1958 में जेपी स्वयं भी इस्राइल गए और उन्होंने 'किब्बुत्ज़' (इस्राइल की स्वैच्छिक कृषि सामुदायिक योजना) से गहरे प्रभावित हुए, जिसके अंतर्गत सहकारी खेती को सरकार द्वारा बढ़ावा दिया गया।

प्रथम एशियाई समाजवादी सम्मेलन 1953 में रंगून में आयोजित किया गया था। जेपी ने समाजवादी विचारधारा से जुड़ी समस्याओं पर चर्चा की और जमीनी स्तर पर शांतिपूर्ण जन-संगठन की आवश्यकता पर बल दिया। दूसरा सम्मेलन 1959 में बंबई (अब मुंबई) में हुआ, जहाँ जेपी ने एशियाई देशों द्वारा अपने भौगोलिक और सामाजिक आवश्यकताओं और प्राथमिकताओं के अनुसार समाजवाद की नई दृष्टि विकसित करने की जरूरत पर ज़ोर दिया। इसी वर्ष, 1959 में चीन की लाल सेना ने तिब्बत पर हमला कर उसे पीपुल्स रिपब्लिक ऑफ़ चाइना में मिला लिया। यह घटना पूरी दुनिया, विशेषकर एशिया और विशेष रूप से भारत के लिए एक बड़ा झटका था। जेपी ने चीनी आक्रमण का आवेगपूर्ण विरोध किया और तिब्बत पर एक अंतरराष्ट्रीय सम्मेलन बुलाया। उन्होंने चीन की कड़ी आलोचना करते हुए कहा कि इस बौद्ध देश पर बलपूर्वक कब्जा करना एक स्वतंत्र राष्ट्र के अधिकारों का हनन और वंचना है। उन्होंने यह भी विचार व्यक्त किया कि तिब्बत को स्वतंत्रता और आत्मनिर्णय का पूरा अधिकार है जैसे कि किसी भी स्वतंत्र राष्ट्र के लिए होता है। जेपी ने विभिन्न मंचों पर तिब्बत मुद्दे पर बात की, जैसे इंडियन काउंसिल ऑफ वर्ल्ड अफेयर्स और इंडो-तिब्बत फ्रेंडशिप एसोसिएशन आदि। वे नेहरू की तिब्बत नीति के खिलाफ थे और उन्होंने चीन के तिब्बत पर सम्प्रभुता को स्वीकार करने के लिए भारत सरकार की आलोचना की।

बाद में, 1962 में चीन ने भारत पर हमला किया और अक्साई चिन के लगभग 29,000 वर्ग किलोमीटर क्षेत्र पर कब्जा कर लिया। यह भारत के लिए एक हतप्रभ करने वाली और अपमानजनक हार थी। आश्चर्यजनक रूप से, तब भी नेहरू जी ने तिब्बत पर अपनी पारंपरिक नीति नहीं बदली। 1963 में जेपी ने उन्हें संयुक्त राष्ट्र महासभा में तिब्बत का मुद्दा उठाने को कहा, लेकिन नेहरू जी ने उनकी बात नहीं मानी। इसके जवाब में जेपी ने उन्हें एक कठोर पत्र लिखा और कहा कि अब भी पुरानी लीक पर ही चलना निराशाजनक है। उन्होंने स्पष्ट रूप से कहा कि नेहरू जी की तिब्बत नीति अनैतिक है और यह न केवल तिब्बत जैसे छोटे और दुर्भाग्यशाली देश के लिए घातक है, बल्कि भारत के लिए भी विनाशकारी सिद्ध होगी।

जेपी का मानना था कि खोए हुए क्षेत्र पर दावा बनाए रखने के लिए भारत को यह क्षेत्र चीन को नागरिक उपयोग हेतु पट्टे (लीज) पर देना चाहिए, क्योंकि इससे चीन को तिब्बत से शिंजियांग प्रांत तक आसान पहुँच मिलेगी। बदले में भारत को सामरिक रूप से महत्वपूर्ण चुंबी घाटी की मांग करनी चाहिए। लेकिन नेहरू सरकार ने उनके सुझावों पर ध्यान नहीं दिया। हालांकि, फरवरी 1963 में जब जेपी ने नेहरू जी से आग्रह किया कि वे उनके मित्र चांग कुओ-सिन से, जो हांगकांग के एक प्रकाशक और अफ्रीका-एशिया काउंसिल (जिसका गठन मुख्य रूप से तिब्बत की आज़ादी के लिए किया गया था) के माध्यम से उनसे जुड़े थे, भेंट करने की अनुमति दें, तो नेहरू जी ने हामी भरी।

जेपी को लोक सेवा के क्षेत्र में असाधारण योगदान के लिए प्रतिष्ठित रेमन मैग्सेसे पुरस्कार से सम्मानित किया गया। इस अवसर पर उनका दिया गया भाषण उनके वैश्विक दृष्टिकोण और दुनिया भर में गरीबी और उत्पीड़न से पीड़ित नागरिकों के प्रति गहरी चिंता और प्रतिबद्धता को दर्शाता है :

"(1965, मनीला, फिलीपींस) आज यहाँ होना मेरे लिए बहुत बड़े सम्मान की बात है– यह फिलीपींस की जनता के लिए स्मरण और समर्पण का दिन है: एक महान नेता की स्मृति और उनके महान आदर्शों–स्वतंत्रता और मानवीय भावनाओं व आकांक्षाओं की परितृप्ति–के प्रति समर्पण का दिन।

यह पुरस्कार और यह दिन इन द्वीपों से परे बसे लोगों को, जिनकी सेवा और नेतृत्व का अवसर रेमन मैग्सेसे को प्राप्त था, इस प्रेरणादायक स्मृति और समर्पण समारोह में भाग लेने का अवसर प्रदान करता है।

मैं मैग्सेसे पुरस्कार फाउंडेशन के ट्रस्टियों के प्रति आभार व्यक्त करता हूँ जिन्होंने मुझे इस सम्मान के योग्य समझा, और उनके उदार प्रशस्तिपत्र के लिए

भी। मैं इसमें व्यक्तिगत मान्यता नहीं बल्कि उन विचारों की मान्यता देखता हूँ, जिनका मैं अनुसरण करता रहा हूँ और जिन्हें कार्यरूप देने का प्रयास करता रहा हूँ। इस दृष्टि से यह पुरस्कार मेरे लिए और मेरे साथियों के लिए नए भारत के निर्माण के कार्य में अत्यधिक प्रोत्साहन का स्रोत होगा।

"एक भारतीय के रूप में मुझे गर्व है कि इन पुरस्कारों की स्थापना के बाद से हर वर्ष, एक बार को छोड़कर, कोई न कोई पुरस्कार भारत को मिला है। यह इस बात का संकेत है कि इन द्वीपों के लोग भारत को कितनी उच्च दृष्टि से देखते हैं। मेरी ओर से मैं आपको आश्वस्त करना चाहता हूँ कि भारत के लोग इस मित्रता के भाव का पूरी तरह से प्रतिदान करते हैं और आपको बहुत स्नेह और सम्मान की दृष्टि से देखते हैं। मुझे आशा है कि ये पुरस्कार हमारे देशों को पहले से भी अधिक निकट लाने के सशक्त माध्यम बनेंगे।

"विश्व के सभी देश–एशिया, अफ्रीका और दक्षिण अमेरिका–जिन्होंने हाल के वर्षों में स्वतंत्रता प्राप्त की है और जिनका स्वाभाविक विकास उपनिवेशवाद के बंधनों के कारण अवरुद्ध रहा है, अब विकसित देशों की बराबरी करने और तेजी से अपनी सामाजिक व्यवस्था का निर्माण करने का प्रयास कर रहे हैं। इनमें से कई देशों के सामने आदर्श के रूप में औद्योगिक और समृद्ध पश्चिमी मॉडल है। कुछ देशों ने सफल कम्युनिज्म द्वारा प्रस्तुत पूर्वी मॉडल (रूसी या चीनी) को अपनाया है। दोनों मॉडलों में कुछ ऐसी बातें हैं जो अनुकरणीय मूल्य की हैं और जिन्हें विकासशील देशों को अपनाना और आत्मसात करना चाहिए।

पश्चिमी मॉडल ने, संपूर्ण रूप से, जिन मूल्यों पर बल दिया है–जैसे व्यक्तिगत स्वतंत्रता, सहमति से शासन और कानून का शासन–ये निश्चित रूप से ऐसे मूल्य हैं जिन्हें विकासशील देशों को अपनाना चाहिए। इसी प्रकार, कम्युनिज्म की श्रमिकों के प्रति चिंता तथा और अधिक आर्थिक समानता की ओर बढ़ने की उसकी प्रेरणा ऐसे मूल्य हैं जो उन्हें भी प्रेरित और मार्गदर्शित करने चाहिएं।

लेकिन इन दोनों मॉडलों में कुछ ऐसे मूलभूत लक्षण भी हैं जिन्हें, मेरी दृष्टि में, अस्वीकार कर देना चाहिए। पश्चिमी मॉडल में प्रमुखता व्यक्तिवाद और प्रतिस्पर्धा की है, जिसमें यह माना जाता है कि इस प्रक्रिया में कमजोर को और भी कठिन परिस्थितियों में डाला जाता है। इसके अतिरिक्त, भौतिक आवश्यकताओं की पूर्ति और उनकी निरंतर बढ़ोतरी पर अत्यधिक बल दिया जाता है, जिसके परिणामस्वरूप गंभीर असंतुलन उत्पन्न होते हैं। पश्चिमी जीवन

असंतुलित है क्योंकि उपयोगितावादी और व्यावसायिक मूल्यों की प्रधानता के कारण कार्य, अवकाश, निवास और प्रसन्नता के बीच परस्पर संबंधों पर पर्याप्त ध्यान नहीं दिया जाता। शहरीकरण की ओर तीव्र बढ़त, जिससे मेगालोपोलिस जैसी विकराल समस्याएँ उत्पन्न होती हैं, ने समुदाय को नष्ट कर दिया है, शहरी और ग्रामीण को अलग कर दिया है और मनुष्य को प्रकृति से जबरन अलग-थलग कर दिया है। परिणामस्वरूप मनुष्य और समाज का विकास विकृत रूप ले चुका है।

दूसरी ओर, कम्युनिस्ट मॉडल भी मानव और सामाजिक विकास की एक विकृत तस्वीर प्रस्तुत करता है। यह मानव आत्मा की प्रधानता को नकार कर और जानबूझकर उसे दबा कर, मनुष्य की मूल चेतना पर आघात करता है। पार्टी और राज्य के रूप में शक्ति और अधिकार को महिमा प्रदान करके और प्रत्येक व्यक्ति और वस्तु को उनके अधीन कर के, यह समाज को एक विशाल कारागार बना देता है, जहाँ मानव आत्मा घुटती है।

इसलिए, नए देशों को चाहिए कि वे इन दोनों मॉडलों को पूरी तरह से अस्वीकार करते हुए उनमें से केवल उन तत्वों को अपनाएँ जो मनुष्य और समाज के संतुलित आध्यात्मिक और भौतिक विकास के अनुकूल हैं। सौभाग्य से, विकसित देशों में, विशेषकर पश्चिम में, इस समस्या पर गंभीर चिंतन हो रहा है और कुछ प्रयोग भी किए जा रहे हैं। ये प्रयोग नए देशों के लिए अत्यंत उपयोगी सिद्ध हो सकते हैं।

विज्ञान, भौतिक और सामाजिक दोनों का विकास, इतिहास में पहली बार मानव समाजों को यह सामर्थ्य प्रदान करता है कि वे अपने भविष्य को सचेत रूप से तराश सकें। लेकिन किसी भी समाज में, यहाँ तक कि उन समाजों में भी जहाँ विज्ञान अत्यंत विकसित हो चुका है, लोग विज्ञान से निर्देशित होने के लिए तैयार नहीं हैं। उनके पास अपनी संकीर्ण इच्छाएँ, पूर्वाग्रह, प्राथमिकताएँ, तात्कालिक चिंताएँ, मिथक और विचारधाराएँ हैं– ये सब विज्ञान की आवाज को जंगल में पुकार बना देते हैं।

जहाँ तक नए देशों का संबंध है, उनके पास एक स्वच्छ पट्टी है जिस पर वे लिख सकते हैं और उन्हें उपलब्ध मॉडलों में से श्रेष्ठ को चुनने तथा शेष को त्यागने का एक अद्वितीय अवसर भी है। फिर भी दो परिस्थितियाँ उनके लिए ऐसा करना लगभग असंभव बना देती हैं :

पहला, इन देशों की विशाल जनसंख्या इतनी अशिक्षित है कि वे विज्ञान की शिक्षाओं और तकनीकों का लाभ नहीं उठा सकते; दूसरा, वे आर्थिक रूप

से इतने पिछड़े और गरीब हैं कि उनकी एकमात्र चिंता आर्थिक विकास को लेकर होती है। यह स्वाभाविक भी है। लेकिन यह मानने का कोई कारण नहीं था कि यदि मानव और सामाजिक विकास पर समान ध्यान दिया जाता तो आर्थिक विकास रुक जाता।

यदि आर्थिक विकास का उद्देश्य जनता के व्यापक कल्याण के रूप में होता, न कि केवल औद्योगिक और सैन्य शक्ति के निर्माण के रूप में, तो यह मानने का हर कारण था कि विकास की गति और भी तेज हो सकती थी।"

"नए देशों में से कई–यह कहना आवश्यक नहीं–इतनी अस्थिर सामाजिक संरचना के साथ उभर कर आए हैं, या तो इसलिए क्योंकि वे शक्तिशाली राष्ट्रों के बीच चल रहे शक्ति संघर्ष के अखाड़े बन गए हैं, या अपनी आंतरिक परिस्थितियों के कारण, कि वे लंबे समय तक अपने भविष्य का सचेत रूप से निर्माण नहीं कर पाएँगे।

फिर भी यह बात जोर देकर कही जानी चाहिए कि वे नये देश भी, जो अपने भविष्य के पथ को कुछ हद तक नियंत्रित करने की स्थिति में हैं, उनके पास भी अपने लक्ष्य की स्पष्ट तस्वीर नहीं है –सिवाय 'लोकतंत्र', 'समाजवाद', 'धर्मनिरपेक्षता', 'औद्योगिकीकरण', 'आधुनिकीकरण' जैसी सतही अवधारणाओं के। इस संदर्भ में जिस मूल बिंदु पर बल दिया जाना चाहिए, और जिसके साथ मैं अपनी बात समाप्त करना चाहता हूँ, वह यह है कि यहाँ जो प्रश्न उठाया गया है वह मूल्यों का प्रश्न है। यदि इस दृष्टिकोण से देखा जाए, तो न केवल भविष्य के मार्ग को तय करना आसान होगा, बल्कि समाज के पुनर्निर्माण के इस प्रयास के पीछे जनमत की सहमति भी प्राप्त की जा सकेगी।"

जेपी ने 1968 में यूरोप और अमेरिका की 70 दिनों की यात्रा की। उसी वर्ष 20–21 अगस्त को सोवियत संघ और वारसा संधि के देशों की सेना ने चेकोस्लोवाकिया पर हमला कर उदारीकरण आंदोलन (प्राग स्प्रिंग) को कुचल दिया, जिसे अलेक्जेंडर डबचेक के नेतृत्व में चलाया जा रहा था, और सोवियत नियंत्रण के तहत 'सामान्यीकरण' की एक नई प्रक्रिया शुरू हुई। इस समाचार को सुनकर जेपी अत्यंत दु:खी हो गए। उनकी पत्नी प्रभावती देवी ने अपनी डायरी में लिखा कि जेपी की आँखों में आँसू आ गए थे। उनके लिए यह एक राजनीतिक घटना नहीं बल्कि एक मानवीय त्रासदी थी जिसने उनके हृदय को छू लिया था। उन्होंने दु:खपूर्वक कहा कि सोवियत टैंक उन लोगों की स्वतंत्रता की आकांक्षाओं को कुचलने के लिए भेजे गए थे, जो 'मानव मुख वाले समाजवाद' (socialism with human face) की दिशा में प्रयासरत थे। हालाँकि

साम्यवादी क्रांति को साम्राज्यवाद विरोधी माना जाता था, लेकिन वास्तव में, पचास वर्षों के बाद भी साम्यवाद का साम्राज्यवादी चेहरा नहीं बदला था। जेपी का मानना था कि साम्यवादियों के साथ मतभेद केवल राष्ट्र के प्रति निष्ठा तक सीमित नहीं थे, बल्कि साधनों और उद्देश्यों के प्रश्न पर भी थे। साम्यवादियों का उद्देश्य था अधिनायकवाद।

ब्रिटिश राजनीति विज्ञानी और लंदन विश्वविद्यालय में राजनीति शास्त्र के प्रोफेसर डब्ल्यू.एच.मॉरिस जोन्स, जो भारतीय राजनीतिक प्रणाली के एक सजग पर्यवेक्षक थे, उन्होंने अपनी पुस्तक The Government and Politics of India (1964)में यह कहा था कि नेहरू के बाद कांग्रेस पार्टी भारतीय समाज के विघटन की प्रक्रिया को रोक नहीं पाएगी। इस जटिल परिस्थिति में केवल जयप्रकाश नारायण ही भारतीय राजनीति का मार्गदर्शन कर पाएँगे– भले ही वे सक्रिय सत्ता राजनीति से बाहर हों। जोन्स का मानना था कि नैतिकता के पैमाने पर जेपी सबसे आदर्शवादी और इसलिए गांधी के बाद सबसे अधिक सम्मानित नेता थे। यह उनका बहुआयामी व्यक्तित्व और नेतृत्व कौशल था कि भारतीय बुद्धिजीवी वर्ग उन्हें सबसे अधिक पूज्य मानता था। जोन्स ने कहा था कि जेपी एक अधीर आत्मा हैं और यदि वे अपने देश को संकट में देखेंगे, तो सक्रिय राजनीति में कूदने से नहीं हिचकिचाएँगे। जोन्स का यह आकलन जेपी के लेखन और भाषणों के माध्यम से भारत के ज्वलंत मुद्दों पर उनके हस्तक्षेप के आधार पर था, जो वे लगातार पिछले दस वर्षों से करते रहे थे (शशिभूषण, जेपी आंदोलन और भारतीय लोकतंत्र, प्रलेक प्रकाशन, दिल्ली, 2024)। सिर्फ नौ वर्ष बाद जोन्स की भविष्यवाणी सच साबित हुई। जेपी ने लोगों का नेतृत्व करते हुए तानाशाही शासन के विरुद्ध संघर्ष किया और अंततः भारत में लोकतंत्र को पुनर्स्थापित किया (1973–77)। वे जनशक्ति और लोकतंत्र के प्रतीक बन गए, और वह भी एक और अधिक उदार और नैतिक स्वरूप में।

यहाँ उल्लेखनीय है कि यही मॉरिस जोन्स पहले जेपी की प्रसिद्ध अवधारणा "A Plea for Reconstruction of Indian Polity" की तीव्र आलोचना कर चुके थे। उन्होंने The Economic Weekly के 25 जून 1960 के अंक में एक लेख लिखा था– The Unhappy Utopia-JP in Wonderland। जेपी के समर्थन में प्रसिद्ध अमेरिकी समाजशास्त्री विलियम कारपेंटर सामने आए और उन्होंने उसी पत्रिका के 4 फरवरी 1961 के अंक में लिखा: "जेपी एक वैकल्पिक स्वरूप प्रस्तुत करते हैं। चाहे उनकी योजना यह सुनिश्चित करती हो या नहीं कि लोग अधिक आदर्श लोकतांत्रिक नागरिक की तरह व्यवहार करें,

यह पूर्वानुमान से नहीं कहा जा सकता, बल्कि इस योजना को व्यवहार में लाकर ही देखा जा सकता है।" उसी अंक में मॉरिस जोन्स ने एक प्रत्युत्तर भी प्रकाशित किया, जिसमें वे अपने तर्क पर कायम रहे।

यह उल्लेख करना भी आवश्यक है कि जेपी की पुस्तक "A Plea for Reconstruction of Indian Polity" का संबंध उनके और नेहरू के बीच 1957 में हुए पत्र-व्यवहार से था, जो भारत में संसदीय लोकतंत्र की कार्यप्रणाली को लेकर हुआ था। नेहरू ने कुछ हद तक जेपी को चुनौती दी थी कि यदि उन्हें संसदीय प्रणाली अनुपयुक्त लगती है, तो वे इसका कोई बेहतर लोकतांत्रिक विकल्प प्रस्तुत करें।

जेपी का मानना था कि यह प्रणाली आम जनता की अपेक्षाओं पर खरी नहीं उतर रही है क्योंकि यह सत्ता के केंद्रीकरण, भ्रष्टाचार और कुशासन से ग्रस्त है– और सबसे बढ़कर, यह नैतिक रूप से विफल हो चुकी है। नेहरू ने संसदीय लोकतंत्र का बचाव करते हुए कहा कि इसकी कुछ कमियों के बावजूद यह भारत के लिए सबसे बेहतर उपलब्ध प्रणाली है और संपूर्ण रूप से यह ठीक काम कर रही है। 1957 में जेपी ने यूरोप और अमेरिका की यात्रा की ताकि वह वहाँ की लोकतांत्रिक कार्यप्रणाली का अध्ययन कर सकें। उन्होंने पाया कि वहाँ भी 'लोकतांत्रिक समाजवाद' के नाम पर शासन की शक्ति का केंद्रीकरण हो गया था। इन देशों में नौकरशाही का लोकतंत्रीकरण एक चुनौती बना हुआ था और जन-केंद्रित विकेंद्रीकृत शासन में सबसे बड़ा बाधक।

जेपी ऐसी प्रणाली की तलाश में थे जिसमें शासन अधिकतम सीमा तक लोगों द्वारा ही संचालित और नियंत्रित हो–जो राजनीतिक लोकतंत्र के साथ-साथ सामाजिक और आर्थिक लोकतंत्र को भी सशक्त करे। उन्होंने हमारे प्राचीन स्वायत्त ग्राम गणराज्यों और स्व-शासन की उन व्यवस्थाओं का भी अध्ययन किया जो औपनिवेशिक शासन से पहले तक अस्तित्व में थीं और सक्रिय रूप से कार्यरत थीं– जैसे ग्राम पंचायतें। श्री अरबिंदो के भारतीय संस्कृति पर किए गए महान कार्य और उनकी विकेंद्रीकरण पर आधारित सोच ने जेपी को एक वैकल्पिक शासन प्रणाली की कल्पना करने में सहायता की। यह प्रणाली विकेंद्रीकृत, जनकेंद्रित और मानवीय मूल्यों की रक्षा करने वाली होनी चाहिए।

इसी दृष्टिकोण से उनकी प्रसिद्ध अवधारणा सामने आई–A Plea for Reconstruction of Indian Polity। उन्होंने यह कार्य देश और विदेश के कई प्रमुख व्यक्तियों को भेजा, जिनमें नेहरूजी, डॉ. राजेंद्र प्रसाद, सी. राजगोपालाचारी, जे. बी. कृपलानी, डॉ. राधाकृष्णन, लालबहादुर शास्त्री, इंदिरा गांधी, मोरारजी

देसाई, देबर भाई, गंगाशरण सिंह आदि शामिल थे। यह पेपर जनसंघ सहित विभिन्न राजनीतिक दलों के नेताओं को भी भेजा गया।

भारत की आजादी के बाद जब उन्होंने स्वयं को दलगत राजनीति से दूर कर लिया, तो उन्होंने विश्व मामलों को समझने और उनमें हस्तक्षेप करने की दिशा में अधिक प्रयास किए। समाजवादी विचारधारा वाले लगभग सभी विश्व नेता उन्हें जानते थे और उनसे पत्राचार करते थे। उन दिनों अफ्रीका और एशिया के कुछ देश स्वतंत्रता के लिए संघर्ष कर रहे थे, कुछ तानाशाहियों से जूझ रहे थे, और दुनिया हिंसक शीत युद्ध की गिरफ्त में थी। 1960 में 'वार रेज़िस्टेंस इंटरनेशनल' की एक त्रैवार्षिक परिषद का आयोजन मदुरै के गांधीग्राम में हुआ। जेपी ने इसमें पूरे उत्साह के साथ भाग लिया। उनकी प्रेरणा और 'शांति सेना' के साथ काम करने के अनुभव (जिसमें चंबल घाटी की बागी समस्या भी शामिल थी) के आधार पर चर्चा करके एक प्रस्ताव पारित किया गया, जिसमें अंतरराष्ट्रीय संघर्षों के दौरान शांतिपूर्ण मध्यस्थता के लिए एक अंतरराष्ट्रीय शांति बल की स्थापना की बात कही गई। इसके परिणामस्वरूप दो वर्ष बाद लेबनान में 'वर्ल्ड पीस ब्रिगेड' की स्थापना हुई और जेपी को इसके तीन अध्यक्षों में से एक चुना गया। इस संस्था ने रोडेशिया (बाद में जिम्बाब्वे) की स्वतंत्रता के लिए अफ्रीका में एक लंबी पदयात्रा आयोजित की। इसने दिल्ली से पेकिंग तक मैत्री यात्रा भी आयोजित की थी, परंतु बर्मा (म्यांमार) ने अपने क्षेत्र में प्रवेश की अनुमति नहीं दी।

बहुत पहले जेपी ने, स्पेन के महान शांतिप्रिय नेता सल्वाडोर दे मद्रियागा के साथ मिलकर, संयुक्त राष्ट्र संघ की शांति सेना को बिना हथियारों के कार्य करने का सुझाव दिया था। यद्यपि संयुक्त राष्ट्र ने इस अपील को मान्यता दी, परंतु इसे लागू नहीं किया गया क्योंकि यह किसी सदस्य राष्ट्र द्वारा नहीं दी गई थी।

जेपी विश्व शांति के प्रति सच्ची निष्ठा रखते थे और जब भी कोई आपात स्थिति उत्पन्न होती, वे पूर्ण शक्ति के साथ उसमें भाग लेते। उनकी सेवाओं का उपयोग भारत सरकार ने भी किया। 1971 में, जब पाकिस्तान की सेना ने बंगाली जनता पर अत्याचार किए और भारत को शरणार्थियों की समस्या का सामना करना पड़ा, तब इंदिरा गांधी सरकार ने उन्हें 47 दिन की विश्व यात्रा पर भेजा ताकि वे इस मुद्दे पर अंतरराष्ट्रीय समर्थन जुटा सकें। वे 1962 में स्थापित 'इंडो-पाक रीकंसिलिएशन कमेटी' के संस्थापक अध्यक्ष भी थे। भारत-पाकिस्तान के बीच स्थायी शांति स्थापित करने के उनके प्रयासों को

1965 के युद्ध ने गहरी ठेस पहुँचाई।

अपने अनौपचारिक पद के बावजूद, जेपी का विश्व शांति में योगदान अत्यंत महत्वपूर्ण व चिरस्मरणीय था। उन्होंने वर्ल्ड पीस ब्रिगेड के माध्यम से जाम्बिया की स्वतंत्रता में भी सहायता की। जब केनेथ कौंडा जाम्बिया के राष्ट्रपति बने, तो उन्होंने जेपी को एक तार भेजा– "आपने हमारी मदद की, इसके लिए हम आपके आभारी हैं... वर्ल्ड पीस ब्रिगेड के साथ आपकी उपस्थिति का जबरदस्त प्रभाव पड़ा... आपकी सहायता से दोनों देशों के बीच संबंध और घनिष्ठ हुए।" इसी प्रकार, जेपी तंजानिया के राष्ट्रपति जूलियस न्येरेरे की तनू पार्टी के अफ्रीकी और भारतीय समुदायों के बीच मतभेदों को सुलझाने में भी सहायक रहे। उन्होंने दार-एस-सलाम में उपनिवेशवाद से संबंधित एक समिति के समक्ष गवाही देते हुए संयुक्त राष्ट्र को भी बहुत प्रभावशाली रूप से संबोधित किया। अमेरिका के गांधी संस्थान के पूर्व निदेशक और विश्व शांति के लिए निरंतर काम करने वाले चार्ल्स वॉकर ने ठीक ही कहा था कि जेपी भारत की ओर से बोल सकते थे, क्योंकि उनके लिए समस्त मानवता ही अंतिम उद्देश्य थी।

शीत युद्ध के दौरान दुनिया के देशों में बढ़ते राज्यवाद और सैन्यवाद को जयप्रकाश विश्व शांति के लिए तो खतरा मानते ही थे, परमाणु बम के उपयोग को लेकर वे चिंतित रहते थे जिससे सम्पूर्ण मानव जाति का ही विनाश हो सकता है। दूसरी ओर उनकी चिंता इस बात को लेकर भी थी कि भौतिक समृद्धि को ही मानव जीवन का उद्देश्य मान लेने से स्वतंत्रता, समानता, बंधुत्व के मूल्यों की कोई कीमत न रह जाएगी. यदि विज्ञान आधारित भौतिक विकास के साथ ही मनुष्य का आध्यात्मिक विकास नहीं हुआ तो फिर मनुष्य जाति का भविष्य ही संकट में है, ऐसा जयप्रकाश का मानना था। वे तो समाजवाद के भौतिक उद्देश्य के आगे आध्यात्मिक उद्देश्य को भी जरूरी मानते थे। वे मनुष्य जीवन के आध्यात्मिक मूल्यों को सर्वोपरि मानते थे और उसे ही विज्ञान की नियंत्रक शक्ति मानते थे। गहराई से तो देखें स्वतंत्रता, समानता, शांति, लोकतंत्र, हर प्रकार की सत्ता का विकेंद्रीकरण, समाज की उन्नति के लिए सहकारी भाव और सामूहिक प्रयास, राज्यशक्ति के ऊपर लोकशक्ति की प्रधानता, मनुष्य समाज में प्रेम-करुणा-अहिंसा की अधिक से अधिक प्रतिष्ठा– यही सूत्र एक व्यक्ति को स्थानीय नागरिक के साथ ही विश्व नागरिक बनाने के लिए जरूरी थे। राष्ट्रों के बीच मैत्री और सम भाव के कारक भी यही सूत्र थे जिनकी बदौलत दुनिया में स्थायी शांति का मार्ग प्रशस्त हो सकता था।

इसलिए जब जेपी के निधन पर संयुक्त राष्ट्र ने अपने झंडे को आधा झुकाकर उन्हें श्रद्धांजलि दी, तो यह कोई असामान्य भाव या संकेत नहीं था, बल्कि एक महान विश्व नेता के प्रति उचित सम्मान था।

(दि सिटीजेन, पोर्टल में 11 अक्टूबर 2019 को प्रकाशित। मूल अंग्रेजी परिवर्द्धित लेख का हिन्दी अनुवाद रवीन्द्रनाथ सिन्हा द्वारा।)

परिशिष्ट
बिहारवासियों के नाम चिट्ठी

प्यारे भाइयो, बहनो और युवक मित्रो!

मैं गत 20 जुलाई को काफी दिनों के बाद बिहार लौटा। पिछले साल 23 जून को मैंने पटना छोड़ा था और यहाँ से दिल्ली गया था। वहीं 26 जून को सुबह (लगभग 3 बजे) गांधी शांति प्रतिष्ठान में जहाँ मैं ठहरा हुआ था, गिरफ्तार कर लिया गया। दिल्ली से कार पर मुझे हरियाणा प्रदेश के अंतर्गत सोहना नामक स्थान पर ले जाया गया और वहाँ एक बंगले (रेस्ट हाउस) में रखा गया। सोहना पहुँचते ही मैंने देखा कि श्री मोरारजी भाई देसाई भी गिरफ्तार करके ले आये गये हैं। हम दोनों उसी बंगले में अलग-अलग कमरों में रखे गये। उनसे फिर मेरी मुलाकात नहीं हुई, बावजूद इसके कि वे उसी बंगले में रखे गये। मैंने वहाँ के पुलिस अधिकारी से, जिनके संरक्षण में हम थे, अनुरोध भी किया कि कम से कम भोजन के समय तो हम दोनों को मिलने दें। परन्तु मेरी यह छोटी-सी प्रार्थना भी अनसुनी कर दी गयी।

दिल्ली से सोहना, फिर चंडीगढ़

सोहना बंगले में केवल तीन दिन में रहा। इसी बीच मेरा हृदय रोग कुछ उभर आया था। यह रोग मुझे पहले से था। परन्तु गिरफ्तारी के पहले तक मैं सामान्यत: स्वस्थ था। जब सोहना में सरकारी डॉक्टरों ने मेरे स्वास्थ्य की परीक्षा की तो उन्हें मेरे हृदय में कुछ गड़बड़ी मालूम हुई। उनकी समझ में नहीं आया कि क्या करें। इसलिए 26 जून को दिल्ली स्थित ऑल इण्डिया इन्टीच्यूट ऑफ मेडिकल सायन्सेज में आवश्यक जाँच और चिकित्सा के लिए वे मुझे ले गये। वहाँ मेरे कुछ पूर्व परिचित डॉक्टर थे, जैसे डॉ. सुजय वी.राय (अब स्वर्गीय), डॉ. एम.एल. भाटिया आदि, जिन्होंने पहले भी मेरी चिकित्सा की थी। उनकी देखरेख में दो दिन मुझे रखा गया और 1 जुलाई की शाम को एयर फोर्स के विमान से मुझे चण्डीगढ़ पहुँचा दिया गया। वहाँ मुझे पी. जी. आई.

(पोस्ट ग्रेजुएट इन्स्टीच्यूट ऑफ मेडिकल एडुकेशन एण्ड रिसर्च) के अस्पताल में रखा गया। तब से रिहाई के दिन (12 नवम्बर, 75) तक वहीं चंडीगढ़ में मैं नजरबंद रहा।

एकाकी कारावास

चंडीगढ़ में बंदी जीवन की एक लम्बी कहानी है। अभी इतना ही कहना चाहता हूँ कि नजरबंदी के साढ़े चार महीनों के दौरान मैं बिल्कुल अकेला। यह अकेलापन ही मेरे लिए सबसे ज्यादा अखरनेवाली बात थी। चंडीगढ़ के जिलाधिकारी, अस्पताल के डॉक्टर, नर्स आदि अवश्य मुझसे मिलते थे; परंतु वे केवल मेरे स्वास्थ्य के बारे में पूछताछ कर चले जाते थे। वहाँ कोई ऐसा व्यक्ति नहीं था जिससे मैं अपने मन की बात कह सकता। साथी का यह अभाव मुझे अन्त तक खलता रहा। मैंने सरकार से अनुरोध भी किया कि मेरे साथ ऐसे किसी व्यक्ति को रहने दिया जाये जिससे मैं दो बातें कर सकूँ और अपने विचारों-भावनाओं का आदान-प्रदान कर सकूँ। देश की विभिन्न जेलों में हमारे आन्दोलन के हजारों साथी बंद पड़े थे। उनमें से ही किसी एक को चंडीगढ़ में मेरे साथ रखा जा सकता था। परन्तु सरकार ने ऐसा करना उचित नहीं समझा। इस दृष्टि से इन्दिराजी की सरकार का मेरे साथ व्यवहार विदेशी अंग्रेजी सरकार के व्यवहार से भी बुरा था। क्योंकि सन् '42 के आन्दोलन के सिलसिले में जब मैं (1943 में) गिरफ्तार होकर लाहौर किले में दाखिल हुआ तो पहले वहाँ भी कुछ महीनों तक मुझे बिल्कुल अकेला ही रखा गया और मैं सरकार से साथी की मांग करता रहा। अन्त में उस विदेशी सरकार ने मी मेरी प्रार्थना सुनी, और जब डॉ. राममनोहर लोहिया लाहौर किले में लाये गये तो हर दिन एक घंटे तक उनसे मिलने और बातचीत करने की इजाजत मुझे मिली। लेकिन इस स्वदेशी सरकार का रवैया तो अजीब रहा। हाँ, कुछ दिनों के बाद वह इसके लिए तैयार हुई कि मैं चाहूँ तो अपने निजी सेवक गुलाब यादव को साथ रख सकता हूँ। परन्तु मुझे तो सेवक से अधिक साथी की जरूरत थी। इसके अलावा गुलाब भी कैदी बनकर ही मेरे साथ रह सकता था। यानी एक बार मेरे साथ रहने पर उसको फिर बाहर जाने की इजाजत नहीं मिलती। मुझे मंजूर नहीं था कि वह मेरे साथ बिना कसूर कैदी बनकर रहे। इस प्रकार आखिर तक मुझे अकेला ही रहना पड़ा, और यही मेरे लिये सबसे बड़ी सजा थी।

चंडीगढ़ का बंदीगृह

चंडीगढ़ अस्पताल के जिस कमरे में मुझे नजरबंद रखा गया था, वहाँ

घूमने के लिए केवल एक तंग गलियारा (कॉरीडोर) था जिसके दोनों तरफ के कमरों में मेरे सशस्त्र पहरेदार रखे गये थे। हृदय का रोगी होने के कारण मैं खुली हवा में घूमना-फिरना चाहता था। बहुत आग्रह करने पर करीब ढाई महीने के बाद 18 सितम्बर को मुझे अस्पताल के ही हाते में स्थित उसके अतिथि भवन में ले जाकर रखा गया जिसके सामने के मैदान में मैं थोड़ा टहल फिर सकता था। परन्तु वहाँ मैं कुछ ही दिन रह पाया, क्योंकि अचानक एक दिन (27 सितम्बर को) मेरे पेट में भयानक दर्द शुरू हुआ। वैसे दर्द का अनुभव मुझे जीवन में पहले कभी नहीं हुआ था। डॉक्टरों ने दवाएँ दीं, जिससे दर्द कम हो गया। परन्तु 8 अक्तूबर को और फिर अक्तूबर के ही आखिरी दिनों में वैसा ही दर्द शुरू हुआ। उसके कारणों की जाँच और चिकित्सा के लिए मुझे 31 अक्तूबर को फिर अस्पताल के उसी कमरे में ले आया गया जहाँ मैं पहले था, और रिहाई के दिन तक वहीं रहा। 12 नवम्बर, '75 को उसी कमरे से अधमरा होकर मैं बाहर निकला।

मेरी रिहाई

सरकार ने मुझे तब रिहा किया जब उसे विश्वास हो गया कि मेरा रोग असाध्य है और मैं थोड़े ही दिन जीवित रहने वाला हूँ। उसने पहले मुझे एक माह के पेरौल पर छोड़ा। मैंने तो पेरौल की माँग तो नहीं की थी इसलिए जब मैंने चंडीगढ़ के अधिकारियों से पूछा कि यह पेरौल की क्या बात है, तो उन्होंने कहा पेरोल तो एक बहाना है, आप बिना शर्त छोड़े जा रहे हैं। फिर जब मैं जसलोक अस्पताल में दाखिल हुआ तो उसके बारह दिन बाद ही 4 दिसम्बर '75 को मुझ पर से नजरबन्दी का आदेश भी उठा लिया गया।

गुर्दे का रोग

रिहाई के केवल एक सप्ताह पहले मुझे बताया गया कि मेरे दोनों गुर्दे (किडनी) बेकार हो गये है। गिरफ्तारी के पूर्व गुर्दे का कोई रोग मुझे नहीं था। चंडीगढ़ में भी चार महीनों की नजरबन्दी के दौरान डॉक्टरों ने कभी नहीं बताया कि मेरे गुर्दों में कोई खराबी है। एकाएक 5 नवम्बर, '75 को आवश्यक जाँच के बाद उन्होंने घोषित किया कि मेरे दोनों गुर्दे बिल्कुल खराब हो गये हैं। आजतक मेरी समझ में नहीं आया है कि यह रोग मुझे कब, कहाँ और कैसे लग गया। चंडीगढ़ में जो दवा दी गयी वह मैंने ली, जो खाना दिया गया वह मैंने खाया, फिर मुझे क्या हो गया, समझ में नहीं आता। मेरे बहुत सारे मित्रों को यह शंका है और मुझे भी कभी-कभी सन्देह होता है कि कहीं जानबूझकर

तो मेरे गुर्दे खराब नहीं कर दिये गये! चंडीगढ़ अस्पताल के डॉक्टरों का व्यवहार मेरे प्रति बहुत अच्छा था। इसलिए उनपर मुझे अविश्वास नहीं है। कोई डॉक्टर ऐसा जघन्य कार्य कर भी कैसे सकता है? लेकिन मेरे रोग की पहचान करने में उनको बहुत देर हो गयी। बम्बई के डॉक्टरों का ख्याल है कि अगर पन्द्रह दिन पहले भी मैं जसलोक अस्पताल में पहुँच गया होता, तो मेरे गुर्दे कम से कम आंशिक रूप से बचा लिये जाते। अब यह तो भगवान् ही जाने कि अचानक मेरे गुर्दे कैसे बिल्कुल खराब हो गये। एक बात निश्चित है कि मुझे छोड़ा तभी गया जब इन्दिराजी के शासन को यह विश्वास हो गया कि मैं अब कुछ ही दिनों का मेहमान हूँ।

ईश्वर ने बचाया

चंडीगढ़ से छूटकर पहले मैं दिल्ली आल इण्डिया इन्स्टीच्यूट ऑफ मेडिकल सायंसेज में आकर पाँच-छः दिन रहा। वहाँ के डॉक्टर चाहते थे कि मैं वहीं रहकर चिकित्सा कराऊँ। सरकार भी यही चाहती थी। परन्तु मेरे भाई राजेश्वर प्रसाद को दिल्ली पर भरोसा नहीं था। मैं भी चाहता था कि बंबई जाकर जसलोक अस्पताल में चिकित्सा कराऊँ। इसलिए मेरे भाई मुझे बम्बई ले गये और वहाँ 22 नवम्बर, '75 को जसलोक अस्पताल में मैं भर्ती किया गया। चण्डीगढ़ में ही मेरी हालत खतरनाक हो गयी थी। हाथ-पैर सूज गये थे, पैरों की उँगलियाँ मुड़ गयी थीं। आँखों के नीचे का भाग सूजकर नीचे लटक गया था, यानी मैं बिल्कुल मरणासन्न था। लेकिन जसलोक अस्पताल के डॉक्टरों की सूझ-बूझ और मेहनत के फलस्वरूप मैं बचा लिया गया। हालाँकि वहाँ के डॉक्टर आज भी मुझसे कहते हैं कि हमने तो आपको नहीं बचाया, आप अपनी इच्छा शक्ति से बच गये। परन्तु मैं मानता हूँ कि ईश्वर की कृपा मुझ पर थी, इसलिए ही मैं बच पाया। पता नहीं वह और क्या काम मुझसे लेना चाहता है।

अब मशीन के सहारे जिन्दा हूँ

इस प्रकार मौत के मुँह से निकलकर मैं आपके बीच लौटा हूँ। लेकिन जैसा कि ऊपर बता चुका हूँ, मेरे दोनों गुर्दे हमेशा के लिए खराब हो चुके है, नष्ट हो चुके हैं। उनके पुनरुज्जीवित होने की आशा नहीं के बराबर है। इसलिए में कृत्रिम गुर्दा मशीन के सहारे जिन्दा हूँ और इसी के सहारे शेष जीवन व्यतीत करना होगा। इस मशीन से मेरे खून की सफाई सप्ताह में तीन दिन की जाती है जिसको डायलीसिस की क्रिया कहते हैं। चूँकि मेरे अपने गुर्दे काम नहीं करते, इस कारण मेरे खून की सफाई स्वाभाविक रीति हे नहीं हो पाती। अतः

कृत्रिम यंत्र के सहारे यह क्रिया होती है जो लगातार सात घंटे तक चलती है। यह एक बहुत ही नाजुक और थकानेवाली प्रक्रिया है। इन सात घंटों में मेरे शरीरका सारा खून एक नली के सहारे कृत्रिम गुर्दा यंत्र में जाता है और वहाँ साफ होकर दूसरी नली के सहारे शरीर में पुनः प्रवेश करता है। हर तीसरे दिन इस प्रक्रिया से मुझे गुजरना पड़ता है और जिन्दगी भर गुजरना पड़ेगा। वैसे मेरा सामान्य स्वास्थ्य पहले से अच्छा है। शरीर में कुछ शक्ति लौटी है और शाम-सुबह आध घण्टे मैं टहल-घूम सकता हूँ। सबसे खुशी और आश्चर्य की बात यह है कि मेरे हृदय की हालत पहले से अच्छी हो गयी है। शायद यही वजह है कि मैं लगातार इतने दिनों तक डायलीसिस बर्दाश्त कर सका हूँ।

धन्य जसलोक

जब तक मैं बम्बई में था, मेरी चिकित्सा जसलोक अस्पताल में निःशुल्क चलती रही। यह चिकित्सा बड़ी खर्चीली है और पिछले सात-आठ महीनों में जसलोक अस्पताल ने मुझ पर हजारों रुपये खर्च किये हैं। इसके लिए उसके ट्रस्टी बोर्ड के अध्यक्ष सेठ मथुरादास आँसूमल जो मेरे पुराने मित्र रहे हैं तथा जिन्होंने मेरी चिकित्सा में गहरी दिलचस्पी ली तथा अन्य ट्रस्टियों के प्रति मैं बहुत बहुत-बहुत आभारी हूँ और आजीवन रहूँगा। जसलोक अस्पताल के निदेशक डॉ. शांतिलाल मेहता, मुख्य गुर्दा विशेषज्ञ (नेफ्रॉलॉजिस्ट) डॉ. एम. के. मणि, शल्य चिकित्सक डॉ. कामथ तथा हृदय विशेषज्ञ डॉ. ए.बी. मेहता का एवं अन्य डॉक्टरों का भी मैं बहुत शुक्रगुजार हूँ जिनके अथक परिश्रम के फलस्वरूप मुझे यह नया जीवन प्राप्त हुआ। इस अस्पताल से मेरा आत्मीय सम्बन्ध पहले से रहा है। इसके संस्थापक स्व. सेठ लोकू मल घनश्याम चनराय मेरे प्रिय मित्र थे। उनके जैसे उदार व्यक्ति बिरले ही मिलते हैं। वे निःसन्तान थे। अतः अपनी सारी सम्पत्ति उन्होंने इस अस्पताल के निर्माण में लगा दी। इस प्रकार यह अस्पताल सेठ लोकूमल की दानशीलता का उज्ज्वल उदाहरण है। इस अस्पताल को अपना मानकर ही मैं वहाँ चिकित्सा के लिए गया था और उसके संचालकों और चिकित्सकों ने भी यह अपनापन भलीभाँति निबाहा।

स्वास्थ्य सहायता कोष

लेकिन जीवन भर जसलोक अस्पताल में चिकित्सा चले, यह तो सम्भव और उचित भी नहीं था। इसलिए मेरे मित्रों ने तय किया कि मेरे अपने निवास पर ही डायलीसिस की व्यवस्था की जाये। इसके लिये कृत्रिम गुर्दा यंत्र (डायलाइजर) तथा अन्य यंत्र पुर्जे आदि खरीदने के लिए काफी रुपये की

जरूरत थी। अतः वयोवृद्ध सर्वोदय नेता श्री रविशंकर महाराज, दादा धर्माधिकारी, श्रद्धेय केदारनाथजी तथा स्वामी आनन्द (अब स्वर्गीय) ने जनता से सहायता के लिये अपील की। कई धनिक सज्जनों ने मेरे स्वास्थ्य सहायता कोष में बड़ी बड़ी राशि देने की भी इच्छा प्रकट की। परन्तु मेरे मित्रों ने तय किया कि लोगों से एक-एक रुपये या ऐसी ही छोटी रकम का दान लेना उचित होगा। सर्वप्रथम पूज्य विनोबाजी ने एक रुपये का दान देकर इस कोष का श्रीगणेश किया। इसके बाद तो देश के कोने-कोने से दान की धारा बह निकली। जेलों में हमारे जो साथी बन्द थे और हैं, उन्होंने भी अपने भोजन का खर्च काटकर एक-एक रुपया मेरे चिकित्सा कोष में भेजा। इस प्रकार देखते-देखते तीन लाख से भी अधिक रुपये इकट्ठा हो गये। यह रकम पर्याप्त मानी गयी और इसीलिये सहायता कोष को बन्द कर देने की घोषणा की गयी। फिर भी रुपये आते रहे। तब हमारे मित्रों ने रुपये लौटाने शुरू किये और कुछ लौटाये भी गये।

प्रधानमंत्री का दान

आपने सुना ही होगा कि प्रधानमन्त्री श्रीमती इन्दिरा गाँधी ने अपने रिलीफ फंड (राहत कोष) से नब्बे हजार रूपये मेरे स्वास्थ्य सहायता कोष के लिये गाँधी शान्ति प्रतिष्ठान के मंत्री श्री राधाकृष्ण के पास गत मई महीने के प्रथम सप्ताह में भिजवाये थे। पहले तो अपने सरल स्वभाव के कारण मैंने उस रकम को स्वीकार करने की सलाह राधाकृष्णजी को दे दी। परन्तु जब मुझे पता चला कि यह रकम प्रधानमन्त्री के राहत कोष से भेजी गयी है, तो मुझे लगा कि यह सहायता लेना उचित नहीं है, क्योंकि मुझे राहत की आवश्यकता तो थी नहीं। उस समय तक लगभग तीन लाख तीस हजार रुपये देश भर की जनता के दान से जमा हो चुके थे और डायलीसिस सम्बन्धी प्रायः सभी आवश्यक यंत्र और पुर्जे भी खरीदे जा चुके थे। कोई तात्कालिक आवश्यकता प्रधानमन्त्री द्वारा भेजी गयी रकम की नहीं थी। इसलिये मैंने उनके कुल रुपये धन्यवादपूर्वक लौटा दिये। अगर इन्दिराजी ने अपने निजी कोष से कोई छोटी राशि भेजी होती तो मैं उसे सहर्ष स्वीकार कर लेता मेरे स्वास्थ्य सहायता कोष का संयोजन करनेवालों ने पहले ही यह नीति निर्धारित की थी कि बड़ी-बड़ी रकमें किसी दाता से न ली जायें। इसलिए भी प्रधानमन्त्री द्वारा भेजी गयी रकम वापस करने के अलावा मेरे सामने कोई चारा नहीं था। यह राशि लौटाते हुए मैंने प्रधानमन्त्री को एक पत्र भी लिखा था जिसमें मैंने रुपये लौटाने के कारण बताते हुए उनकी सद्भावना के लिए हार्दिक आभार प्रकट किया था। मैंने वह पत्र समाचार पत्रों में प्रकाशन के लिए भेजा भी था, लेकिन सेंसर ने उसे प्रकाशित होने नहीं

दिया। बाद में एक सरकारी प्रवक्ता का बयान अखबारों में निकला जिसमें मुझे जी भरकर गालियाँ दी गयीं, इसलिए कि मैंने प्रधानमन्त्री के राहत कोष का दान लौटा देने की धृष्टता की थी (आपकी जानकारी के लिए उस पत्र की प्रतिलिपि, जो मैंने इन्दिराजी को लिखा था, इस चिट्ठी के अन्त में दी जा रही है)।

खर्चीली चिकित्सा

इस सिलसिले में आपको यह भी बता देना चाहता हूँ कि मेरे स्वास्थ्य सहायता कोष में जो रकम इकट्ठी हुई है, वह छह व्यक्तियों की एक समिति को सुपुर्द कर दी गयी है जिसके अध्यक्ष बम्बई के एक प्रतिष्ठित नागरिक श्री शांतिलाल शाह हैं और उसके सदस्यों में सर्वश्री एस.एम. जोशी, मोइनुद्दीन हारिस, प्रभुभाई संघवी, नाराण देसाई तथा मेरे छोटे भाई राजेश्वर प्रसाद हैं। इन सब लोगों की राय से अभी तक एक लाख अस्सी हजार रुपये डायलाइजर मशीन तथा अन्य छोटे छोटे यन्त्र और पुर्जे आदि खरीदने में खर्च हो चुके हैं। बाकी जो राशि बची है, वह मेरी चिकित्सा के माहवार खर्च के लिए रखी गयी है। यह चिकित्सा इतनी खर्चीली है कि इसमें हर महीने लगभग तीन हजार रुपये का खर्च बैठता है। मुझे कभी-कभी लगता है कि क्या मेरा जीवन इतना मूल्यवान् है कि इसके लिए जनता मुझ पर इतना खर्च करे! जनता का इतना प्रेम है, इतना स्नेह है मुझ पर, यह मेरे लिए बहुत बड़ी बात है।

आप सबको धन्यवाद

मैं उन हजारों मित्रों को, जिन्होंने मेरे स्वास्थ्य कोष में दान दिया, हृदय से धन्यवाद देता हूँ और उनके इस प्रेम के लिए आभार प्रकट करता हूँ, साथ ही उन अनगिनत मित्रों के प्रति भी कृतज्ञता ज्ञापित करता हूँ जिन्होंने इन कठिन बीमारी के समय, जब मैं मौत से जूझ रहा था, मुझे शुभकामना के संदेश भेजे और मेरे आरोग्य की कामना की। आप सब लोगों के प्रेम का ही यह फल है कि मैं आज भी जीवित हूँ।

बंबई में मुझे चैन नहीं था

मैं आपको यह बता दूँ कि बंबई के डॉक्टरों की अब भी इच्छा नहीं थी कि मैं वहाँ से पटना आऊँ, क्योंकि उनको डर था कि यहाँ मेरी तबीयत ज्यादा खराब हो गई तो आवश्यक उपचार नहीं हो सकेगा। लेकिन मुझे वहाँ चैन नहीं था। मैं आपके बीच लौटना चाहता था इसलिए लौट आया। बम्बई से मेरे साथ जसलोक अस्पताल के मुख्य गुर्दा चिकित्सक डॉ. एम. के. मणि भी आये थे जिनकी देखरेख में मेरी चिकित्सा वहाँ चलती थी। उन्होंने अपने सामने यहाँ

तीन डायलीसिस करायी और यहाँ की उसकी व्यवस्था से सन्तुष्ट होकर वे वापस गये। तब से मेरा डायलीसिस का उपचार सुचारु रूप से यहाँ चल रहा हैं। मेरे दो साथियों ने डायलीसिस की विद्या अच्छी तरह सीख ली है। एक तो मेरे सचिव श्री टॉमस अब्राहम हैं, जो केरल के निवासी हैं और वर्षों से मेरी सेवा में लगे हुए हैं। दूसरी हैं, सुश्री जानकी पांडे जो उत्तराखंड की रहनेवाली हैं और यहाँ एक अर्से से सर्वोदय में काम कर रही हैं। इन दोनों ने बम्बई में रहकर डायलीसिस का प्रशिक्षण प्राप्त किया और इस वक्त यही दो मेरे मेडिकल चिकित्सक हैं, ऐसा आप कह सकते हैं।

बीमार आदमी को देखना भी गुनाह!

तो मैं आपके बीच आ गया हूँ और अब आपके बीच ही रहने की इच्छा है। मुझे अफसोस है कि उस दिन 20 जुलाई को जब मैं बम्बई से यहाँ आया तो बिहार के विभिन्न इलाकों से जो हजारों लोग मेरे स्वागत के लिए आये थे, वे मुझे देख भी नहीं पाये, उन्हें निराश लौटना पड़ा। इन बात का मुझे बहुत दुःख है और इसके लिए यहाँ का शासन जिम्मेवार है। उसने मेरे आने के पूर्व मेरे स्वागतार्थ आनेवाली जनता को रोकने या तितर-बितर करने के लिए शहर में धारा 144 लगा दी थी और अहर्निश यह एलान कराया था कि जो कोई मेरे स्वागत के लिए हवाई अड्डे पर जायेगा वह भारत रक्षा कानून के अन्तर्गत गिरफ्तार कर लिया जायेगा और उसे दो-तीन साल तक जेल की सजा भुगतनी पड़ेगी। इस हिटलरी फरमान के बावजूद जो लोग हवाई अड्डे की ओर आते हुए दीख पड़े उन्हें पुलिस ने खदेड़ दिया या गिरफ्तार कर लिया। यहाँ तक कि उस समय सड़क के किनारे भी किसी को खड़े रहने की इजाजत नहीं थी। उस दिन गिरफ्तार होनेवालों में मेरे चचेरे भाई-बहन और मेरी बहन के दामाद भी थे जिन्हें पुलिस की हाजत में कई घंटों तक बन्द रखा गया। उनका कसूर यही था कि वे मेरे स्वागतार्थ हवाई अड्डे की तरफ जा रहे थे। मैंने यह भी सुना कि अगर कहीं कुछ युवकों ने पुलिस की आज्ञा का उल्लंघन कर आगे बढ़ने की हिम्मत दिखायी या किसी ने 'जयप्रकाश जिन्दाबाद' का नारा लगाया तो उन्हें बुरी तरह पीटा गया। ऐसा तो गुलाम भारत में भी नहीं हुआ था कि एक बीमार आदमी को देखने के लिए लोग जायें और उन्हें गिरफ्तार कर लिया जाये। पाशविक शक्ति का यह नग्न प्रदर्शन हिटलरशाही को भी लजानेवाला है। परन्तु मुझे विश्वास है कि शासन की यह शर्मनाक कार्रवाई संघर्षशील जनता और जुझारू युवकों के इरादों को और पक्का करेगी, तथा शासन के प्रति उनके विरोध की भावनाओं को और तीव्र बनायेगी। यह घटना हमें एहसास कराती है

कि आजाद भारत में भी आज जनता गुलाम है, युवक गुलाम हैं और इस नयी गुलामी से मुक्त होने के लिए उन्हें नयी आहुतियाँ देनी होंगीं, नये बलिदान करने होंगे।

सारा बिहार जेल बन गया है

यों तो सारा देश तानाशाही के शिकंजे में जकड़ा हुआ है। लेकिन पटना आकर मैं महसूस कर रहा हूँ कि सारा बिहार जेल बन गया है। बिहार में पुलिस द्वारा धड़-पकड़ तो पहले से ही जारी थी पर मेरे आने के बाद उसमें और तेजी आ गयी है। मुझे बताया गया है कि पिछले दो वर्षों के दौरान जिस किसी व्यक्ति ने कभी आन्दोलन में भाग लिया था, उसको पकड़कर बन्द कर देने का निश्चय सरकार ने किया है। शायद उसे भय कि मेरी उपस्थिति से फिर कहीं उनकी भावनाओं का तार बज न उठे। जनता से मुझको और मुझसे जनता को अलग रखने की कोशिश गत जुलाई से ही चल रही है, जिस दिन में यहाँ आया। तब से ही मेरे निवास पर पुलिस की कड़ी निगरानी है। जो लोग मुझसे मिलने आते हैं, उन्हें पुलिस के लोग रोक कर पूछते हैं और उनका नाम-पता नोट करते हैं। इसलिए लोग यहाँ आने से भी डरते हैं। अधिकांश लोग तो मुझे सिर्फ देखने के लिए या स्वास्थ्य पूछने के लिए आते हैं। लेकिन पुलिस के भय से वे आ नहीं पाते, मुझे देख नहीं पाते, क्योंकि वे समझते हैं कि पुलिस उन्हें बाद में परेशान करेगी। बम्बई में तो ऐसी स्थिति नहीं थी। पता नहीं यहाँ का शासन क्यों इतना बुजदिल है, क्यों इतना भयभीत है। मैं बीमार हूँ और अपने घर आया हूँ। मैं चाहता कि सामान्य स्थिति शीघ्र लौटे। परन्तु शासन की नीतियों के कारण स्थिति सामान्य नहीं हो पाती।

उथल-पुथल का वर्ष

पिछला वर्ष देश के जीवन में और हमारे आपके जीवन में भारी उथल-पुथल का वर्ष रहा है। 25 जून, 75 तक भारत दुनिया का सबसे बड़ा लोकतंत्र था। 26 जून, 75 से वह एक अधिनायक तंत्र में परिवर्तित कर दिया गया। अभी लोकतंत्र का संपूर्ण वध तो नहीं हुआ है, लेकिन वह सिसक रहा है, दम तोड़ रहा है। समाचार पत्रों की स्वाधीनता छीन ली गयी है। न्यायपालिका की स्वतंत्रता कुण्ठित कर दी गयी है। एक झूठी इमरजेंसी के नाम पर जनता के मौलिक अधिकार कुचल दिये गये हैं और नागरिक स्वतंत्रताएँ समाप्त कर दी गयी हैं। वर्तमान लोकसभा का कार्यकाल पिछले मार्च में ही समाप्त हो चुका परन्तु इमरजेंसी के बहाने उसका कार्यकाल बढ़ाकर चुनाव टाल दिये गये हैं।

अभी तो चुनाव सिर्फ एक वर्ष के लिये टाले गये हैं, परन्तु इमरजेंसी को कायम रखकर उन्हें वर्षों टाला जा सकता है। 25जून, 75 तक जनता इस देश की मालिक थी, आप इस देश के मालिक थे, आपके वोट से इस मुल्क की किस्मत बनती बिगड़ती थी, परन्तु 26 जून, 75 से आपका यह अधिकार छिन गया है ओर लोकशाही के स्थान पर एक व्यक्ति की तानाशाही कायम हो गयी है। अब संविधान में मनमाने ढंग से संशोधन कर इस तानाशाही को स्थायी बनाने की कोशिश की जा रही है। जो लोग इस तानाशाही के खिलाफ आवाज उठा सकते थे और उठा रहे थे, उनकी जबान पर ताला लगा दिया गया है। हजारों की संख्या में ऐसे लोग मीसा, डी. आई. आर. आदि कानूनों के अन्तर्गत जेलों में बंद हैं। उनका अपराध यही है कि उन्होंने एक भ्रष्ट व्यवस्था के विरुद्ध आवाज उठायी थी और अब भ्रष्ट तानाशाही के सामने सिर झुकाने के लिए तैयार नहीं है।

आपको लाख-लाख बधाई

मेरी तथा अन्य नेताओं की गिरफ्तारी के बाद बिहार में और देश भर में जो कुछ हुआ, जनता ने और युवकों-छात्रों ने सरकार के इस अधिनायकवादी कदम के विरुद्ध जो प्रतिक्रिया जाहिर की, और जिस ढंग से उन्होंने पुलिस की आतंकपूर्ण एवं बर्बरतापूर्ण कार्रवाइयों का सामना किया, यह सारी बातें भारतीय इतिहास की अमिट कहानी बन चुकी हैं। मेरी रिहाई के बाद देश के विभिन्न भागों से जो लोग मुझसे मिलने आये, उन्होंने बताया कि 26 जून, '75 को इमरजेंसी की घोषणा के विरोध में जनता ने, युवकों और छात्रों ने काफी कुछ किया। हमारी गिरफ्तारी की खबर जब भी जहाँ पहुँची, वहाँ हड़तालें हुईं, 'बन्द' का आयोजन हुआ, जुलूस निकले, प्रदर्शन हुए और सरकार अपने शस्त्र बल से जनता के विरोध को कुचलने का प्रयत्न किया। ये सब घटनाएँ अखबारों पर सेंसरशिप के कारण प्रकाश में आयी नहीं। इसलिए खुद भारत के लोगों को ही पता नहीं है कि कहाँ क्या हुआ। जब कभी समय पलटेगा और इस देश के लोकतन्त्र का वास्तविक इतिहास लिखा जायेगा, तब ही दुनिया को मौजूदा शासन की काली करतूतों का पता चलेगा और वह यह जान सकेगी कि इस देश के लोगों ने शासकीय अत्याचारों का मुकाबला किस ढंग से किया। मैं आप सबको, बिहार की और भारत की जनता को तथा अपने बहादुर युवकों एवं छात्रों को बधाई देता हूँ जिन्होंने परिस्थिति का डटकर सामना किया और आज भी कर रहे हैं। मुझे खासकर इस बात की खुशी है कि उत्तेजनापूर्ण परिस्थिति में भी आन्दोलनकारी छात्रों और युवकों ने अपने दिमाग पर काबू रखा और

शान्तिमय आन्दोलन के अनुशासन का पालन किया। जहाँ तक मुझे जानकारी है, कहीं कोई हिंसा या तोड़-फोड़ की घटनाएँ उनकी तरफ से नहीं हुई। अपवाद स्वरूप, जहाँ-तहाँ छिटपुट वारदातें हुई होंगी। लेकिन आमतौर पर आन्दोलन के कार्यकर्ताओं ने शान्तिमय प्रतिकार के ही तरीके अपनाये। इन्दिराजी के कुछ समर्थक कहते हैं कि मेरी तथा अन्य नेताओं की गिरफ्तारी के विरुद्ध जनता ने कोई जोरदार प्रतिक्रिया जाहिर नहीं की, यानी खून की नदी नहीं बही और व्यापक पैमाने पर तोड़-फोड़ की घटनाएँ नहीं हुईं जिनकी कि उन्हें अपेक्षा थी। यह बात वे हमारे आन्दोलन का उपहास करने या उसकी पराजय बताने के लिए कहते हैं। परन्तु मैं इसे ही आन्दोलन की सबसे बड़ी विजय मानता हूँ। मुझे गर्व है कि हमारे आन्दोलन के छात्रों ओर युवकों ने संयम से काम लिया। इस बात से यह भी सिद्ध हो जाता है कि आन्दोलनकारियों के पास हिंसा और तोड़-फोड़ मचाने की कोई योजना नहीं थी, हालाँकि, इन्दिराजी के प्रचारक बार-बार इस बात को दुहराते है कि हमारी योजना व्यापक पैमाने पर हिंसा और तोड़-फोड़ करने की थी, जिसको रोकने के लिए उन्होंने इमरजेन्सी लगायी। उनका यह झूठा प्रचार जारी है, क्योंकि वे विश्वास करते हैं कि बार-बार दुहराने पर झूठ भी सच हो जाता है।

इन्दिराजी का आरोप और बिहार आन्दोलन

श्रीमती इन्दिरा गांधी की तरफ से अब भी यह प्रचार चल रहा है कि जयप्रकाश के आन्दोलन से देश की एकता को, लोकतन्त्र को भारी खतरा पैदा हो गया था, इसलिए इमरजेन्सी लागू की गयी। लेकिन सचाई यह नहीं है। आपको याद होगा कि बिहार में जो आन्दोलन हुआ वह यहाँ के छात्रों और युवकों ने शुरू किया था। मैं तो इसमें बाद में शामिल हुआ और छात्र नेताओं के बार-बार आग्रह करने पर उसकी बागडोर हाथ में ली। यह आन्दोलन जिन मांगों को लेकर शुरू हुआ था, उनमें मुख्य थीं : भ्रष्टाचार दूर हो, महँगाई खत्म हो, बेरोजगारी की समस्या हल हो, शिक्षा की व्यवस्था में आमूल परिवर्तन हो।

मैं नहीं चाहता था कि छात्रों और युवकों के आन्दोलन का नेतृत्व मैं अपने हाथ में लूँ। लेकिन जब 18 मार्च, '74 को बिहार विधानसभा के सामने सत्याग्रही छात्रों पर पुलिस ने डंडे बरसाये और दूसरी तरफ कुछ पेशेवर उपद्रवी तत्वों ने पटना शहर में जहाँ-तहाँ आगजनी की कार्रवाई की तो मेरा माथा ठनका और मैंने अपने एक वक्तव्य में उन उपद्रवी तत्वों की निन्दा करते हुए बिहार शासन को सावधान भी किया था। साथ ही 18 मार्च की घटना से जो तनाव का वातावरण पैदा हुआ था, उसे शान्ति में परिवर्तित करने के लिए मैंने

8 अप्रैल, '74 को वह ऐतिहासिक मौन जुलुस निकाला जिसका अद्‌भुत प्रभाव जनमानस और युवा मानस पर पड़ा था। यह मौन जुलूस छात्रों के आंदोलन को हिंसक तत्वों से बचाने और उसे शान्ति के तत्वों से जोड़ने की दिशा में एक प्रयास था। परन्तु बिहार के शासन ने अपना रवैया नहीं बदला। उसने छात्रों के आंदोलन को कुचलने का फैसला कर लिया था। अगर सरकार बिहार छात्र संघर्ष समिति के नेताओं को बुलाती और उनसे सहानुभूतिपूर्वक बातचीत करती तो यह आंदोलन उग्र रूप धारण नहीं करता। बातचीत करने के बदले सरकार ने आन्दोलन को कुचलने का फैसला किया और घोर दमन करना शुरू किया। इससे आंदोलन दबने के बदले उभरता गया। जनता की भरपूर सहानुभूति भी उसे मिली और छात्रों-युवकों के आन्दोलन ने एक बड़े जनान्दोलन का रूप ले लिया। सरकार की क्रूर दमनकारी नीतियों के फलस्वरूप आंदोलन का रूप अधिकाधिक सरकार विरोधी होता गया। फिर जब छात्रों ने देखा कि बिहार विधानसभा सरकार की दमन– नीति की निन्दा करने के बदले उसका समर्थन कर रही है, तब उन्होने विधान सभा के विघटन की भी माँग उठायी और बिहार के आसमान में यह आवाज गूँज उठी– 'तुम प्रतिनिधि नहीं रहे हमारे, गद्दी छोड़ दो।' जहाँ तक मेरा सम्बन्ध है, मैंने आरम्भ में छात्रों को समझाने की कोशिश की थी कि वे गुजरात की नकल न करें। आपकी जानकारी के लिए यह बता दूँ कि जब 16 मार्च 1974 को बिहार छात्र संघर्ष समिति की संचालन समिति के अधिकांश नेता मुझसे मिलने आये थे तो मैंने उनसे स्पष्ट रूप से यह कहा था कि सरकार के इस्तीफे की और विधानसभा के विघटन की माँग करना अनुचित होगा, क्योंकि उस समय तक मुझे आशा थी कि सरकारी नेताओं की सुबुद्धि जागेगी और छात्रों की माँगों के प्रति वे सहानुभूति का रुख अख्तियार करेंगे। लेकिन ऐसा नहीं हुआ। उलटे उन्होंने घोर दमन की नीति अपनायी और शांतिपूर्ण सत्याग्रही छात्रों, युवकों पर लाठी– गोली से प्रहार करना शुरू किया। और तब मैंने छात्रों के अनुरोध पर उनके आंदोलन का नेतृत्व करना स्वीकार किया।

उस दिन मेरी लाश निकल जाती

बिहार सरकार की दमनात्मक कार्रवाई से सरकार के इस्तीफे की और विधानसभा के विघटन की माँगों को बल मिला, और तब मैंने भी इन माँगों का समर्थन करने का फैसला किया। फिर तो इन माँगों के पीछे जनता का समर्थन व्यक्त करने के लिए व्यापक पैमाने पर हस्ताक्षर अभियान हुआ, बड़े-बड़े जन प्रदर्शन और जन-सभाएँ हुईं और सारा बिहार लगातार तीन दिन (3-4-5

अक्टूबर 74) बंद रहा। आपको याद होगा, 5 जून, 1974 का वह विशाल जनप्रदर्शन, जिसमें बिहार के कोने-कोने से आये हुए लाखों लोग शामिल हुए थे। राजधानी में इकट्ठा होकर उन्होंने सरकार के इस्तीफे तथा बिहार विधानसभा के विघटन की अपनी माँग दुहरायी और इस माँग के पक्ष में बिहार के हजारों गाँवों के कम से कम पचास लाख लोगों के हस्ताक्षर बिहार के राज्यपाल को समर्पित किये। परन्तु सरकार के कानों पर जूं नहीं रेंगी। अन्त में 4 नवम्बर, '74 को मेरे नेतृत्व में वह ऐतिहासिक कूच पटना में हुआ जिसको रोकने और विफल करने के लिए केन्द्रीय रक्षा पुलिस (सी.आर.पी.) ने अंधाधुन्ध अश्रुगैस के गोले और लाठियाँ बरसायीं, और सैकड़ों लोगों को घायल कर दिया। मैंने भी उनकी लाठी की मार खायी। अगर श्री नानाजी देशमुख और श्री अली हैदर तथा अन्य लोगों ने (जिनमें मेरी व्यक्तिगत सुरक्षा के लिए नियुक्त बिहार पुलिस के सिपाही भी थे) मुझे बचाने के लिय केन्द्रीय रक्षा पुलिस की लाठी का वार अपने ऊपर झेल नहीं लिया होता तो उसी दिन मेरी लाश निकल जाती या मैं बुरी तरह घायल हो जाता। यह सारा हुआ केन्द्रीय सरकार के इशारे पर, क्योंकि बिहार की सरकार में खुद ऐसा करने की हिम्मत नहीं थी।

लुधियाना, कुरुक्षेत्र, कलकत्ता

बिहार के अलावा अन्य तीन प्रदेशों में मेरे साथ ऐसा ही सलूक किया गया। आपने सुना होगा कि 29 अक्तूबर,' 74 को मैं जब लुधियाना (पंजाब) गया था, तो वहाँ लाखों की भीड़ मेरा संदेश सुनने के लिए इकट्ठी हुई थी। लुधियाना स्टेशन पर उतरते समय वहाँ इकट्ठी हुई भीड़ में किसी ने पीछे से आकर मुझे दबोचने की कोशिश की, जिससे मेरी एक पसली चनक गयी और काफी दिनों तक उसमें दर्द रहा। फिर जब उन्हीं दिनों दिल्ली से निकल कर मैं कुरुक्षेत्र (हरियाणा) में एक सभा को संबोधित करने के लिए जा रहा था, तो रास्ते में पानीपत के पास कॉंग्रेस के लठैतों ने मेरी कार को रोककर उस पर डंडे बरसाये द्य इसी प्रकार 2 अप्रैल, 1975 को कलकत्ता में युनिवर्सिटी हाल के सामने जहाँ मेरे लिए एक सभा आयोजित की गयी थी, कॉंग्रेस के गुण्डों ने मेरी कार को घेर लिया और उस पर डण्डों से अनगिनत किये। सभा के आयोजक भी क्षितीशराय चौधरी और श्री समरगुहा एम.पी. तक को उन्होंने अपने प्रहारोंसे जख्मी कर दिया था। ये घटनाएँ केन्द्रीय शासन के इशारे पर और इंदिरा जी की सहमति से हुईं, इसमें मुझे जरा भी संदेह नहीं है। आखिर मैंने क्या कसूर किया था कि मेरे साथ ऐसा सलूक किया गया? देश की आजादी की लड़ाई मैंने भी लड़ी थी और उस लड़ाई में मैं किसी से पीछे नहीं था। तो

क्या आजाद भारत में मुझे इतना भी हक नहीं है कि मैं देश भर में घूमकर सभाएँ करूँ और जनता को, युवकों को एवं छात्रों को, अपने विचार समझाऊँ? हर लोकतांत्रिक देश में नागरिकों को यह अधिकार प्राप्त है। लोकतांत्रिक भारत में यह गुनाह कैसे हो सकता है? लेकिन मेरे लिए यह गुनाह बन गया और शासकों ने मेरे ऊपर हमले करने शुरू किये।

कारवां बढ़ता गया

इस सब घटनाओं के बावजद संपूर्ण क्रान्ति का कारवां बढ़ता गया और आन्दोलन की लहर देश भर में फैलती गयी। इस सिलसिले में आपको स्मरण होगा, 6 मार्च, 75 को दिल्ली में वह ऐतिहासिक जनप्रदर्शन मेरे नेतृत्व में हुआ जिसमें देश भर से आये हुए कई लाख लोगों ने भाग लिया था। उस अवसर पर मैंने जनता की तरफ से एक मांग पत्र भी लोकसभा तथा राज्यसभा के अध्यक्षों को समर्पित किया था। वह मांग-पत्र इस चिट्ठी के अंत में दिया जा रहा है। उसमें, जैसाकि आप देखेंगे, हमने मांग की थी कि जनता के महत्वपूर्ण सामाजिक-आर्थिक अधिकारों और लोकतांत्रिक एवं नागरिक स्वतंत्रताओं की सुरक्षा हो, स्वतंत्र एवं सही चुनाव के लिए चुनाव कानून में संशोधन किये जायें, शिक्षा व्यवस्था में सुधार हो तथा राजनीतिक भ्रष्टाचार के उन्मूलन के लिये ठोस कदम उठाये जायें। इस मांग-पत्र के आइने में हमारे आन्दोलन का चेहरा कोई साफ-साफ देख सकता है। लेकिन उस पर सरकार ने विचार तक नहीं किया। फिर 5 जून,' 75 को कलकत्ते में ही एक अभूतपूर्व जन-प्रदर्शन का आयोजन हुआ जिसमें भी लाखों व्यक्ति शामिल हुए थे। आन्दोलन की तरफ से ये सारे बड़े-बड़े आयोजन बिल्कुल शान्तिपूर्वक हुए। कहीं कोई हिंसा आन्दोलनकारियों की तरफ से नहीं हुई। अगर हिंसा हुई तो इन्दिराजी के शासन की तरफ से हुई, उनके साथियों की तरफ से हुई और हमारे आन्दोलन के साथियों ने उसे शान्तिपूर्वक बर्दाश्त किया। आपको याद होगा, पटना में 5 जून, को हमारे विराट जुलूस पर कुख्यात इन्दिरा ब्रिगेड के लोगों ने गोली तक चलायी थी। लेकिन जुलुस की तरफ से किसी ने एक कंकड़ भी नहीं फेंका था। फिर भी हिंसा का आरोप इन्दिराजी हमारे आन्दोलन पर लगाती हैं। 'उल्टे चोर कोतवाल को डाँटे' वाली कहावत यहाँ चरितार्थ हुई है।

इमरजेंसी क्यों?

सरकार ने इमरजेंसी का औचित्य सिद्ध करने के लिए 'इमरजेंसी क्यों?' नाम की एक पुस्तिका प्रकाशित की है। उसमें तथ्यों को तोड़-मरोड़ कर यह

बताने की कोशिश की गयी है कि इमरजेंसी के लिए जिम्मेवार हमारा आंदोलन है। वास्तविकता यह है कि हमारे आन्दोलन से बिहार में और सारे देश में जो जन उभार हुआ, उसे देखकर सत्तावाले भयभीत हो गये। अपने आन्दोलन का संदेश, संपूर्ण क्रांति का संदेश दूसरे प्रदेशों के लोगों को सुनाने के लिए मैंने पूरे भारत की यात्राएँ की थीं। इन यात्राओं के दौरान मुझे जो अनुभव हुए, वे अकथनीय हैं और जैसा कि मैं ऊपर कह चुका हूँ, जहाँ भी मैं गया, अपार जनता की भीड़ उमड़ कर आयी। हर्षध्वनियों के साथ लोगों ने मेरा संदेश सुना और सब जगह किसी न किसी नाम से संघर्ष समितियों का निर्माण हुआ। इस प्रकार एक देशव्यापी आन्दोलन, किसी तात्कालिक या पक्षीय हेतु (party interest) की सिद्धि के लिए नहीं, बल्कि समाज में एक सर्वाङ्गीण परिवर्तन के लिए, उभरने लगा था। सत्तावालों ने इसको अपने लिये एक चुनौती मान लिया और हर प्रकार से उसे दबा देने का प्रयत्न किया।

इलाहाबाद उच्च न्यायालय का निर्णय

इसी बीच इन्दिराजी के चुनाव के विरुद्ध इलाहाबाद उच्च न्यायालय का वह ऐतिहासिक निर्णय हुआ जिसके अनुसार उनपर चुनाव में भ्रष्टाचार के दो आरोप सिद्ध हुए। उन्हें लोकसभा की सदस्यता से वंचित कर दिया गया। इन दो आरोपों में एक तो यह था कि इन्दिराजी ने श्री यशपाल कपूर जैसे सरकारी सेवक की सेवाओं का उपयोग अपने व्यक्तिगत चुनाव के काम के लिए किया जो लोक प्रतिनिधित्व अधिनियम के अनुसार एक भ्रष्ट आचरण था। दूसरा आरोप यह था कि जब इन्दिराजी अपने रायबरेली क्षेत्र में भाषण देने गयीं तो उत्तरप्रदेश सरकार ने सरकारी पैसे से उनकी चुनाव सभा का प्रबन्ध किया था और उनके लिए मंच बनवाया था। लोक प्रतिनिधित्व कानून के अनुसार यह भी एक भ्रष्ट आचरण था। इन्दिराजी के विरुद्ध और भी कई आरोप लगाये गये थे; परन्तु उनमें से ये दो सिद्ध हुए और इसी पर इलाहाबाद उच्च न्यायालय ने उनके चुनाव को रद्द कर दिया। इस निर्णय के बाद इन्दिराजी को प्रधानमन्त्री के पद से स्वतः हट जाना चाहिए था। अगर ऐसा वे करतीं तो जनता की नजर में उनकी इज्जत बढ़ जाती। परन्तु इसके बदले उन्होंने किसी भी कीमत पर प्रधानमन्त्री के पद पर बने रहने का निश्चय किया

इन्दिराजी से इस्तीफे की मांग

हमारे आन्दोलन का एक मुख्य उद्देश्य था भ्रष्टाचार के विरुद्ध संघर्ष करना। इसलिए जब उच्च न्यायालय ने इन्दिरा जी को भ्रष्ट घोषित किया तो

हमारे लिए चुप रहना असम्भव हो गया और तब हमने भी एक बयान देकर यह माँग की कि इन्दिरा जी को प्रधानमन्त्री पद से हट जाना चाहिए। यह ठीक है कि इन्दिराजी ने इलाहाबाद उच्च न्यायालय के फैसले के विरुद्ध सर्वोच्च न्यायालय में अपील दायर कर उस फैसले से कानूनी बचाव प्राप्त कर लिया था। परन्तु हमारा कहना था कि जिस व्यक्ति पर भ्रष्टाचार का कलंक लग चुका हो, वह कलंकित व्यक्ति प्रधानमन्त्री की गद्दी पर बैठे, यह उस पद की प्रतिष्ठा के विरुद्ध है। इसलिए हमने यह माँग की कि जब तक सर्वोच्च न्यायालय का निर्णय नहीं हो जाता और वह इन्दिराजी को भ्रष्टाचार के आरोप से मुक्त नहीं कर देता, तब तक प्रधानमन्त्री की गद्दी पर उन्हें नहीं बैठना चाहिए (आज भी मेरी यह राय कायम है कि इन्दिराजी को उस समय त्यागपत्र देकर हट जाना चाहिए था)। लेकिन त्याग पत्र देना तो दूर, उन्होंने और उनके समर्थकों ने, भाड़े के लोगों को बुला कर उनसे यह नारा लगवाना शुरू किया कि वे प्रधानमन्त्री पद पर बनी रहें। ऐसी परिस्थिति में आंदोलन समर्थक विपक्षी दलों ने 26 जून, '75 से 5 जुलाई, '75 तक देशभर में 'लोक शिक्षण सप्ताह' मनाने का निश्चय किया। इस सप्ताह के दौरान सारे देश में जिला स्तर तक सभाएँ और प्रदर्शन करने का कार्यक्रम था। उद्देश्य इतना ही था कि जनता को इलाहाबाद उच्च न्यायालय के निर्णय का महत्व समझाया जाए और इन्दिराजी के (सर्वोच्च न्यायालय द्वारा उनकी अपील पर निर्णय होने तक) पदत्याग के पक्ष में जनमत तैयार किया जाए। तदनुसार विरोधी पक्षों के नेता विभिन्न राज्यों में जाकर सभाएँ करनेवाले थे। दिल्ली में भी सभाएँ करने की योजना थी। इन्दिराजी के निवास के सामने भी शांतिपूर्ण प्रदर्शन करने की योजना थी। इसके लिए सत्याग्रही भर्ती किये जाते और वे प्रदर्शन में भाग लेकर गिरफ्तार होते। इससे अधिक कुछ नहीं होनेवाला था। ऐसा तो स्वतन्त्र भारत में हमेशा होता रहा है। इसमें कोई नयी बात तो नहीं थी। हाँ, एक नयी बात यह थी कि इलाहाबाद उच्च न्यायालय के निर्णय के बाद चारों ओर से यह आवाज उठने लगी थी कि इन्दिराजी पर भ्रष्टाचार के आरोप सिद्ध हुए हैं, इसलिए वे इस्तीफा देकर हट जायें। स्वयं सर्वोच्च न्यायालय ने इलाहाबाद उच्च न्यायालय के निर्णय के स्थगन का सशर्त आदेश (कंडीशनल स्टे आर्डर) दिया था। विरोधी पक्ष भी एकजुट हो गये थे, जैसा पहले कभी नहीं हुआ था। गुजरात में जनता मोर्चे की विजय का उदाहरण सामने था। यह सब देखकर इन्दिराजी तथा उनके मित्रों को भय हुआ कि अगर लोकतन्त्र कायम रहा तो अगले चुनाव में जनता उन्हें तथा उनके दल को निकाल बाहर करेगी। इसलिये उन्होंने लोकतन्त्र को ही समाप्त

करने का निश्चय किया। तदनुसार 26 जून, '75 को इन्दिराजी की सलाह पर राष्ट्रपति ने इमरजेंसी की घोषणा कर दी और मुझे तथा आन्दोलन-समर्थक विपक्षी दलों के नेताओं एवं हजारों कार्यकर्ताओं, सामाजिक सेवकों तथा बड़ी संख्या में छात्रों-युवकों को गिरफ्तार कर जेलों में बंद कर दिया गया। इस सिलसिले में पूरे देश में डेढ़-दो लाख व्यक्ति गिरफतार किये गये और उनमें से हजारों आज भी जेलों में बंद हैं।

जब भ्रष्टाचार शिष्टाचार बन गया

कुछ लोग यह कहते हैं कि जब सर्वोच्च न्यायालय में इन्दिराजी ने अपील दायर कर दी थी तो उस पर निर्णय होने के पूर्व उससे इस्तीफे की माँग करना अनुचित था, क्योंकि आखिर सर्वोच्च न्यायालय ने इन्दिराजी को भ्रष्टाचार के आरोपों से मुक्त ही कर दिया। सच तो यह है कि सर्वोच्च न्यायालय ने इन्दिराजी की अपील पर निर्णय तब दिया, जब वे संसद से (जिसमें उनके दल का भारी बहुमत है) लोकप्रतिनिधित्व अधिनियम में एक ऐसा संशोधन पास कराने में सफल हो गईं जिसके प्रभाव से उन पर लगाये गये भ्रष्टाचार के आरोप शिष्टाचार में बदल गये। (यह भी भारत के इतिहास में एक अभूतपूर्व घटना है!) अगर यह संशोधन पास नहीं हुआ होता और सर्वोच्च न्यायालय की स्वतन्त्रता कायम रहती तो बहुत संभव है कि इलाहाबाद उच्च न्यायालय का फैसला कायम रहता और इन्दिराजी को हटना पड़ता। इन्दिराजी को अपने दल पर भी भरोसा नहीं था। उनके दल के भी बहुत सारे संसद सदस्य यह चाहते थे कि वह प्रधानमन्त्री पद से इस्तीफा देकर लोकतांत्रिक परम्परा की रक्षा करें और उनके स्थान पर कांग्रेस दल का कोई दूसरा नेता प्रधानमन्त्री बने। परन्तु वह इसके लिए तैयार नहीं हुईं, क्योंकि उन्हें भय था कि एक बार हटने पर वह फिर प्रधानमन्त्री नहीं बन पायेंगी। इसलिए इमरजेंसी लगाकर उन्होंने विपक्षी दलों के नेताओं के साथ-साथ कांग्रेस दल के नेता सर्वश्री चन्द्रशेखर एम.पी. , रामधन और आगे चलकर मोहन धारिया को भी पकड़कर जेल में बन्द कर दिया। इस प्रकार तथा अन्य प्रकार से अपने दल के साँसदों को भयभीत कर उन्होंने उनसे मनमाने संशोधन पास करा लिए। इमरजेंसी उनकी व्यक्तिगत सत्ता की हिफाजत के लिए अनिवार्य बन गयी थी।

हकीकत यह है

इंदिराजी बार-बार बार यह मिथ्या आरोप लगाती हैं कि मेरे आंदोलन से देश में हिंसा का वातावरण बना। यह आरोप पूर्णतः गलत और निराधार है।

हकीकत यह है कि आरम्भ में कुछ राजनीतिक तत्वों ने, जो आज इन्दिराजी के सबसे बड़े समर्थक बने हुए हैं, बिहार के आंदोलन को हिंसक मोड़ देने की कोशिश की थी। लेकिन वे सफल नहीं हुए। कई उत्तेजनाकारी घटनाओं के बावजूद आंदोलन का शांतिपूर्ण रूप अब तक कायम रहा। आज भले ही कांग्रेसी लोग मुझे गालियाँ देते हैं, लेकिन उस समय एक जिम्मेवार कांग्रेस नेता ने यह कबूल किया था कि अगर जयप्रकाश इस आंदोलन में नहीं होते तो सारा बिहार जलकर खाक हो गया होता। इस आंदोलन के दौरान पूरे प्रदेश में सामूहिक सत्याग्रह, धरना और उपवास के कार्यक्रम चले। सामूहिक सत्याग्रह को तोड़ने के लिए पुलिस ने दर्जनों जगह लाठी-गोली चलाकर सैकड़ों सत्याग्रहियों को घायल किया और बिहार में कम से कम डेढ़ सौ व्यक्ति पुलिस की गोली खाकर शहीद हुए। लेकिन जहाँ तक मुझे जानकारी है आंदोलनकारियों की तरफ से कहीं कोई हिंसक कार्रवाई नहीं हुईं, क्योंकि हमारे आंदोलन का नारा था : "हमला चाहे जैसा होगा, हाथ हमारा नहीं उठेगा" और मुझे इस बात का गौरव है कि हमारे छात्रों और युवकों ने इस नारे को अपने आचरण से सिद्ध कर दिखाया। हिंसा की केवल एक घटना छपरा जिले में हुई थी, जहाँ एक पुलिस सिपाही जनता के आक्रोश का शिकार हो गया। मैंने इस घटना की सार्वजनिक रूप से निन्दा की थी और उस मृत सिपाही की विधवा को पाँच हजार रुपये की सहायता भी भेजी थी। जब बिहार विधानसभा के सदस्यों से इस्तीफा दिलाने के लिए सत्याग्रह का आयोजन किया गया तो मैं इस बात पर बराबर बल देता रहा कि शांतिपूर्ण सत्याग्रह की मर्यादा भंग न हो। अगर कहीं कुछ युवकों ने इस मर्यादा का अतिक्रमण किया तो मैंने और मेरे साथियों ने उसकी तत्काल निन्दा की ओर स्थिति को नियन्त्रण से बाहर नहीं जाने दिया। आपको शायद याद होगा कि एक बार जब बिहार विधानसभा के फाटक पर सत्याग्रह के क्रम में एक विधायक का कुर्ता फट गया, तो मैंने इस घटना के लिए खेद प्रकट करते हुए विधानसभा के अध्यक्ष श्री हरिनाथ मिश्र को पत्र लिखकर पूरे सदन से क्षमा याचना की थी और मेरा वह पत्र सदन में पढ़कर सुनाया भी गया था। फिर भी अगर आज कोई कहे कि इस आन्दोलन से हिंसा का वातावरण बना, तो यह सरासर मिथ्या और मनगढ़न्त आरोप हैं। वास्तविकता यह है कि हमारे आन्दोलन से युवकों और छात्रों के आक्रोश को एक शान्तिमय दिशा मिली, अन्यथा उनका असंतोष भड़ककर भयानक विस्फोट का रूप ले सकता था।

इमरजेंसी की ढाल, पुलिस और सेना

इन्दिराजी का और उनके शासन का एक मुख्य आरोप यह है कि मैंने पुलिस और सेना को विद्रोह करने के लिए उकसाने का प्रयास किया था। यह भी एक मिथ्या आरोप है। मैंने पुलिस या सेना के जवानों से यह कभी नहीं कहा कि वे मौजूदा शासन के खिलाफ विद्रोह कर दें और हमारे आन्दोलन में शामिल हो जाएँ। इमरजेंसी के पहले अपने सार्वजनिक भाषणों और वक्तव्यों मैं मैंने हमेशा इसी बात पर बल दिया था कि पुलिस के जवानों को गैरकानूनी आदेशों का पालन नहीं करना चाहिए। यह पुलिस ऐक्ट में ही लिखा हुआ है कि अगर पुलिस का कोई आदमी गैरकानूनी आदेश का पालन करता है, तो वह सजा का भागी हो सकता है। अपने भाषणों में मैंने पुलिस ऐक्ट की ही बात दुहराई थी। इमरजेंसी के दौरान और उसके पहले भी पुलिस के लोगों ने ऊपर के अधिकारियों के आदेश पर शान्तिपूर्ण सत्याग्रही जनता और युवकों पर जिस बेरहमी से प्रहार किये हैं, उसे देखकर कोई भी कहेगा कि पुलिस को ऐसे आदेशों का पालन नहीं करना चाहिए और मैं मानता हूँ कि यह कहना अपराध नहीं है। जहाँ तक सेना का सम्बन्ध है, मैंने यही बार-बार कहा है कि सेना को देश के प्रति, राष्ट्रीय झंडे के प्रति और संविधान के प्रति वफादार रहना चाहिए। अगर किसी दल की सरकार अपने दलीय हितों को आगे बढ़ाने या लोकतंत्र को दबाकर अपने दल की तानाशाही कायम करने के लिए सेना का इस्तेमाल करना चाहे, तो सेना का कर्तव्य है कि वह लोकतन्त्र की रक्षा करे, क्योंकि हमारा संविधान लोकतांत्रिक है। यह कहने की जरूरत मुझे तब पड़ी, जब मैंने अनुभव किया कि इन्दिराजी सेना का इस्तेमाल लोकतन्त्र को कुचलने के लिए कर सकती हैं। सीमा सुरक्षा सेना (बी.एस.एफ.) का इस्तेमाल तो उन्होंने हमारे आन्दोलन को दबाने के लिए किया ही है। इसलिए मैंने सेना से और पुलिस से जो कुछ कहा है, वह विद्रोह भड़काने के लिए नहीं, बल्कि एक विद्रोही परिस्थिति से देश को बचाने के लिए कहा है। अगर यह कहना गुनाह है तो मैं उसे कबूल करता हूँ। इन्दिराजी ने हमारे आन्दोलन पर दर्जनों आरोप लगाये हैं और वे सारे आरोप निराधार और मिथ्या हैं, यह मैं पूरी जिम्मेवारी के साथ कह रहा हूँ। मुझे इस बात की खुशी है कि उनके लाख प्रयास के बावजूद बिहार की और भारत की जनता यही मानती है कि अपनी व्यक्तिगत तानाशाही का औचित्य सिद्ध करने के लिए इन्दिराजी ने मिथ्या आरोप लगाये हैं, और मात्र अपने पद और सत्ता की रक्षा के लिए उन्होंने इमरजेंसी लगा रखी है और समाचार पत्रों का मुँह बन्द कर दिया है।

फासिस्ट कौन है?

सरकार द्वारा प्रकाशित 'इमरजेंसी क्यों?' नाम की पुस्तिका में अनेक झूठी और मनगढ़न्त बातें कही गयी हैं। उनमें एक यह है कि हमारे आन्दोलन में आनन्दमार्गी भी शामिल है। मैंने बार-बार इस बात का खण्डन किया है। फिर भी इन्दिराजी के प्रचारक आनन्दमार्ग को हमारे आन्दोलन से जोड़ने का कुत्सित प्रयास करते ही रहते हैं। आनन्दमार्ग न तो कभी हमारे आन्दोलन में था और न आज है। आनन्दमार्ग के सिद्धान्त और व्यवहार को मैंने बराबर अस्वीकार किया है और आज भी करता हूँ।

जहाँ तक आर.एस.एस.(राष्ट्रीय स्वंसेवक संघ) की बात है, यह ठीक है कि वर्षो पूर्व मैं इस संगठन का विरोधी था, और उसकी कठोर शब्दों में आलोचना किया करता था। परन्तु दुनिया में कोई चीज अपरिवर्तनशील (स्टेटिक) नहीं है। संगठन के भी रूप और सिद्धांत बदलते हैं और मैं मानता हूँ कि अनुभवों से गुजरकर आर.एस.एस. भी बदला है और बदल रहा है। यह संगठन पहले जो भी रहा हो, आज बिल्कुल ही नहीं है, जो पहले था। आज उसके स्वयंसेवक अपनी प्रार्थना में जिन प्रातःस्मरणीय महापुरुषों के नाम लेते हैं, उनमें महात्मा गांधी भी हैं। आर.एस.एस. और जनसंघ पर सम्प्रदायवादी होने का आरोप अक्सर लगाया जाता है। अतः अपने संपूर्ण क्रान्ति के आन्दोलन में उन्हें शामिल कर मैंने उनको 'डी-कम्युनलाइज' करने, यानी उनको असाम्प्रदायिक बनाने की कोशिश की है। इन दोनों जमातों के युवकों ने इस आन्दोलन में मुसलिम छात्रों और युवकों के साथ कंधे से कंधा मिलाकर काम किया है और एक साथ काम करने के दौरान एक दूसरे की गलतफहमी दूर हुई है तथा पारस्परिक विश्वास बढ़ा है। सर्वधर्म समभाव (जिसे अंग्रेजी में सेक्यूलरिज्म कहते हैं) के आदर्श को इस आन्दोलन की ओर से यह एक बड़ी देन मिली है, इसे कोई भी तटस्थ व्यक्ति स्वीकार करेगा। इस प्रकार जनसंघ और आर. एस.एस. को संपूर्ण क्रान्ति के 'सेक्यूलर' आन्दोलन में शरीक कर मैंने सेक्युलरिज्म की बुनियाद को मजबूत बनाने की कोशिश की है। सम्प्रदायवाद को मिटाने की जो कोशिशें अब तक हुई हैं, उनसे भिन्न मेरी यह कोशिश है और मैं जानता हूँ कि मेरी यह कोशिश अधिक रचनात्मक हैं।

इन्दिराजी और उनके छुटभैयों ने हमारे आन्दोलन को अक्सर फासिस्ट कहा है, इसलिए कि हमने जनसंघ और आर.एस.एस. का साथ अपने आन्दोलन में लिया है। आज इन्दिराजी का जो भी विरोध करता है वह प्रतिक्रियावादी और फासिस्ट बन जाता है। फासिज्म का उदय सर्वप्रथम मुसोलिनी और हिटलर के

देशों में हुआ था। वहाँ का इतिहास जानने और समझनेवाले बताते हैं कि इन्दिराजी आज उन्हीं फासिस्ट देवताओं के चरणचिन्हों पर चल रही हैं। इसलिए अगर इस देश को फाजिस्म का खतरा है तो इन्दिराजी की तरफ से है। लोकतन्त्र को कुचलकर फासिज्म की बुनियाद उन्हीं के कर-कमलों से डाली जा रही है।

बीस सूत्री कार्यक्रम

इन्दिरा जी का दावा है कि इमरजेंसी के दौरान बीस सूत्री कार्यक्रम लागू कर उन्होंने देश का बहुत कल्याण किया है। इमरजेंसी से होनेवाले जो आर्थिक लाभ गिनाये जाते हैं, उनमें मुख्य हैं : मुद्रा स्फीति पर नियंत्रण, उत्पादन में वृद्धि, कार्य में अनुशासन आदि। सबसे बड़ा लाभ तो स्वयं बीस सूत्री कार्यक्रम है जिसका बहुत ढोल पीटा जा रहा है। इसे प्रधानमंत्री का क्रांतिकारी कार्यक्रम बताया गया है। वास्तव में यह कुछ पुराने और कुछ नये कार्यक्रम की खिचड़ी है और कोई सुनियोजित कार्यक्रम नहीं है। इनमें से कुछ कार्यक्रम गाँवों के लिए हैं और कुछ शहरों के लिए। ग्रामीण कार्यक्रम का एक मुख्य मुद्दा है भूमि हदबन्दी कानून पर अमल और अतिरिक्त जमीन का भूमिहीनों के बीच वितरण। 30 जून, 76 तक करीब साढ़े चालीस लाख एकड़ जमीन को हदबन्दी कानून के अन्तर्गत 'अतिरिक्त' (सरप्लस) घोषित कर बाँटने का लक्ष्य निर्धारित किया गया था। 21 जून' 76 तक सरकारी आँकड़ों के अनुसार करीब 18 लाख एकड़ जमीन को सरकार ने अतिरिक्त घोषित किया। कहा गया है कि इसमें से दस लाख एकड़ सरकार के कब्जे में आयी और उसमें मात्र चार लाख बासठ हजार एकड़ जमीन दो लाख बीस हजार भूमिहीन परिवारों में बाँटी गयी। इस मामले में भी कुछ राज्य पीछे हैं और उनमें एक बिहार तो है ही। सरकार के ये आँकड़े भी कितने सही हैं, यह भगवान जाने, क्योंकि इमरजेंसी में सरकार को झूठ बोलने की छूट मिली हुई है। अगर मान लिया जाए कि सरकार जो कहती है वह ठीक है तो भी यह प्रगति नगण्य मानी जायेगी। क्योंकि देश मे सरकारी रिपोर्ट के ही अनुसार लगभग चार करोड़ सत्तर लाख भूमिहीन खेत मजदूर हैं। उनमें से दो सवा दो लाख मजदूरों को एक दो एकड़ जमीन मिल भी गयी तो इससे भूमिहीनता की विराट समस्या पर क्या असर होने वाला है?

लेकिन अगर यह भी मान लिया जाए कि सरकार के बीस सूत्री कार्यक्रम से देश को लाभ हो रहा है, तो इसको इमरजेंसी का लाभ बताना गलत है। एक विद्वान पत्रकार श्री वी.जी. वर्गीज ने अभी हाल के अपने एक लेख में (जो गत 3 जुलाई, '76 के अँग्रेजी साप्ताहिक 'कामर्स' में प्रकाशित हुआ है) लिखा है

कि सरकार ने मुद्रास्फीति पर काबू करने के लिए जो कार्रवाई की, वह इमरजेंसी के पहले ही (सितम्बर 1974 में) शुरू हो गयी थी इमरजेंसी की घोषणा होने के पूर्व काफी हद तक प्रभावी हो चुकी थी। तस्कर व्यापार के विरुद्ध भी जो कार्रवाई हुई, वह इमरजेंसी के बहुत पहले आरम्भ हो गयी थी। और जहाँ तक उत्पादन में, खासकर अनाज के उत्पादन में वृद्धि होने की बात है, उसका मुख्य कारण यह है कि अच्छी वर्षा के फलस्वरूप लगातार अच्छी फसलें हुईं। मुद्रा स्फीति पर भी इसी कारण काबू किया जा सका है।

सरकार दावा करती है कि इमरजेंसी के कारण देश में अनुशासन का वातावरण बना है और उससे आर्थिक विकास में मदद मिली है। श्री वर्गीज के अनुसार 'डिसिप्लीन डज नाट इक्वल ग्रोथ,' यानी अनुशासन बराबर विकास के, ऐसा नहीं होता। सरकार का यह दावा भी सही नहीं है कि इमरजेंसी से अनुशासन की भावना पैदा हुई है। भय से लादा गया अनुशासन अनुशासन नहीं है। अनुशासन का वास्तविक अर्थ स्वानुशासन या आत्मानुशासन है जो कर्तव्य या दायित्व की भावना से उपजता है। इमरजेंसी के दौरान भ्रष्टाचार जिस गति से बढ़ा है और जिस परिमाण में बढ़ा है, वही सरकार के इस दावे को खंडित कर देता है। मैं नहीं कहता कि बीस सूत्री कार्यक्रम गलत है और उसे क्रियान्वित नहीं किया जाना चाहिए। वह अवश्य क्रियान्वित किया जाए। परन्तु केवल प्रचार के बल पर या इमरजेंसी का भय दिखाकर उसे अमल में नहीं लाया जा सकता। आम जनता का हार्दिक सहयोग हासिल किये बिना ये बीस सूत्री बीस साल में भी पूरे नहीं होंगे। इसलिए अगर इन्दिराजी सचमुच इस कार्यक्रम को सफल बनाना चाहती हैं तो उन्हें अपना रास्ता बदलना होगा और लोकशाही की ओर लौटना होगा। जनता को और सरकार को भी यह समझ लेना चाहिए कि बीस सूत्री कार्यक्रम से थोड़ी राहत भले ही मिल जाए हमारी कोई बुनियादी समस्या नहीं हल होगी उनके लिए पूरी आर्थिक नीति बदलनी पढ़ेगी।

इन्दिराजी का समाजवाद

इन्दिराजी के अनेक नारों में एक मुख्य नारा समाजावद हैं। समाजवाद की टोपी पहनकर आज हर कोई समाजवादी बन जाता है। इन्दिरा जी भी समाजवादी होने का दावा करती हैं और अपने विरोधियों को वे प्रतिक्रियावादी बताती हैं। परन्तु उनके समाजवाद में गरीबों की गरीबी और अमीरों की अमीरी निरन्तर बढ़ रही है। यह समाजवाद के नहीं पूँजीवाद के लक्षण है। इन्दिराजी के पीछे आज भारत का पूँजीवाद खड़ा है, और वह उनकी आर्थिक नीतियों में

विश्वास जाहिर करता है। यह स्पष्ट है कि इन्दिरा जी के समाजवाद और पूँजीवाद के बीच कोई फर्क नहीं रह गया है। तभी तो इलाहाबाद उच्च न्यायालय के फैसले के बाद जब इन्दिराजी से इस्तीफे की माँग की जाने लगी, तो सर्वप्रथम भारतीय पूँजीपतियों की संस्था इण्डियन चेम्बर ऑफ कामर्स एण्ड इण्डस्ट्रीज ने यह प्रस्ताव पारित किया कि इंदिराजी को इस्तीफा नहीं देना चाहिए। इंदिराजी जिसे समाजवाद कहती हैं, वह वास्तव में सरकारवाद या राज्यवाद है। सम्पत्ति का सरकारीकरण या केंद्रीकरण समाजवाद हरगिज नहीं है। असली समाजवाद की व्यवस्था वह है जो आर्थिक समता एवं आर्थिक स्वतंत्रता की बुनियाद पर खड़ी होती है। आज, जो कई सरकारी उद्योग चल रहे है वे पूँजीवाद के सिद्धान्तों पर चल रहे हैं। वेतन में विषमता और श्रमिकों का शोषण पूँजीवाद के मुख्य लक्षण हैं और ये दोनों लक्षण इंदिराजी के समाजवादी ढाँचे में मौजूद है। समाजवाद का, विशेष कर लोकतांत्रिक समाजवाद जिसका दावा इन्दिराजी करती हैं, का एक अनिवार्य पहलू यह है कि उसमें वैयक्तिक स्वतंत्रता बनी रहे। आज जिस ढंग से वैयक्तिक स्वतंत्रता और नागरिक अधिकारों को कुचला जा रहा है वह सिद्ध करता है कि इन्दिराजी का समाजवाद लोकतंत्र का विरोधी है। भारत की जनता ऐसे समाजवाद को कभी स्वीकार नहीं करेगी।

'इमरजेंसी क्यों?' नाम की पुस्तिका में मेरे उस चौदह सूत्री कार्यक्रम की भी चर्चा की गयी है जो मैंने प्रधानमन्त्री जवाहर लाल नेहरू के सामने पेश किया था। नेहरूजी ने उसे कबूल नहीं किया, इसलिए उनकी सरकार के साथ सहयोग करने की बातचीत विफल हो गयी। आज मैं पीछे मुड़कर देखता हूँ तो लगता है कि अगर उन कार्यक्रमों को भी जोर जबरदस्ती से, जनता का सहयोग हासिल किये बिना, क्रियान्वित किया जाता, और समाजवाद के मानवीय मूल्यों का ख्याल नहीं रखा जाता, तो इस देश में समाजवाद के नाम पर एक भयानक राज्यवाद कायम होता। मैं ऐसे समाजवाद में विश्वास करता हूँ जिसमें आर्थिक सत्ता स्वयं श्रमिक जनता के हाथों में हो ओर व्यक्ति की स्वतंत्रता एवं नागरिक आजादी सुरक्षित रहे। मेरी राय में समाजवादी क्रांति तभी सफल होगी जब उस क्रांति के फलस्वरूप आर्थिक सत्ता (और राजनीतिक सत्ता भी) जनता के हाथों में होगी और वह बिना किसी बाहरी हस्तक्षेप के अपने भाग्य का निर्माण करने में समर्थ होगी। आज जिस संपूर्ण क्रांति की बात मैं कर रहा हूँ, उसमें वह क्रान्ति भी निहित है जिसके गर्भ से वास्तविक समता एवं मानवीय स्वतंत्रता पर आधारित समाजवाद जन्म ग्रहण करेगा।

यह समाजवाद नहीं, व्यक्तिवाद है

अब स्पष्ट हो गया है कि भ्रष्टाचार, महंगाई, बेरोजगारी, शिक्षा आदि समस्याओं को हल करने के लिए देश की राजनीति बदलनी होगी, अर्थ नीति और शिक्षा नीति बदलनी होगी और इस बदल की दिशा होगी महात्मा गाँधी की दिशा, राजनीतिक एवं आर्थिक सत्ता के विकेन्द्रीकरण की दिशा! आज सारी सत्ता मुट्ठीभर लोगों के हाथों में, बल्कि यों कहिये, एक व्यक्ति के हाथों में केन्द्रित हो गयी है। यह समाजवाद नहीं, व्यक्तिवाद है, शुद्ध प्रतिक्रियावाद है, अधिनायकवाद है। सत्ता का यह घोर केन्द्रीकरण समाज और व्यक्ति के अस्तित्व के लिए खतरा है। हमारी स्वतन्त्रता, लोकतंत्र और राष्ट्र की एकता के लिए भी खतरा है। एक केन्द्र से इतने बड़े देश पर नियंत्रण रखना सम्भव नहीं है। इतिहास साक्षी है कि एक केन्द्र से भारत पर शासन करने की कोशिश कभी पूरी तरह सफल नहीं हुई। ऐसे केन्द्रित राज्य बहुत दिन टिक नहीं पाये। यही कारण है कि हमारे संविधान निर्माताओं ने स्वतंत्र भारत की राज्य व्यवस्था को एक संघीय रूप प्रदान किया था। परन्तु आज उसे एकतन्त्रीय रूप देने की कोशिश हो रही है। राज्य सरकारें अब केन्द्र की दासीमात्र रह गयी हैं। विधान सभाओं का अस्तित्व भी केन्द्रीय शासन की मर्जी पर रह गया है, केन्द्र जब चाहे राज्य सरकारों को बरखास्त कर सकता है और विधानसभाओं को विघटित कर सकता है। इसकी सबसे ताजा मिसाल तामिलनाडु है जहाँ द्रमुक सरकार को मनमाने ढंग से बरखास्त कर वहाँ की विधानसभा को विघटित कर दिया गया। इंदिरा जी कहती हैं कि तामिलनाडु की सरकार भ्रष्ट हो गयी थी, इसलिए उसको बरखास्त किया गया। और, विधानसभा को विघटित क्यों किया गया? इसलिए कि उसमें द्रमुक पार्टी का बहुमत था। बिहार आंदोलन ने भी यहाँ की भ्रष्ट सरकार को तो हटाने और उसकी समर्थक विधानसभा को विघटित करने की माँग की थी। यह माँग बिहार की जनता ने की थी, इसलिए वह अपराध बन गयी। लेकिन तामिलनाडु में यही अपराध इन्दिराजी का अधिकार बन गया।

भ्रष्टाचार बढ़ रहा है

हमने भ्रष्टाचार के विरुद्ध आवाज उठायी थी। भ्रष्टाचार निवारण हमारे आन्दोलन का एक मुख्य लक्ष्य था द्य इमरजेंसी के दौरान भ्रष्टाचार भयानक रूप से बढ़ा है और बढ़ रहा है। कारण यह है कि अब भ्रष्टाचारी अफसरों, भ्रष्ट राजनीतिक नेताओं और मंत्रियों के खिलाफ कोई आवाज उठा नहीं सकता। इन्दिराजी ने अपनी तानाशाही को बरकरार रखने के लिए नौकरशाही को, पुलिस अधिकारियों को तथा दूसरे सरकारी अफसरों को इतने अधिकार दे

दिये हैं कि वे निरंकुश बन गये हैं। कुछ पुलिस तथा अन्य सरकारी अधिकारी भी अच्छे लोग हैं और वे जनता के साथ बहुत बुरा बर्ताव नहीं करते, क्योंकि उनकी भी समस्याएँ हैं और वे समझते हैं कि यह आन्दोलन उनके लिए भी था और है। परन्तु आम तौर से मौजूदा प्रशासन के अधिकारी कानून और व्यवस्था कायम रखने के नाम पर तानाशाह के जैसा बर्ताव करते हैं। ये छोटे-छोटे तानाशाह दिल्ली की सर्वोच्च तानाशाह के प्रति वफादार हैं और ये उनके ही इशारे पर काम करते हैं, उनके शब्द ही इन अधिकारियों के लिए कानून हैं। वे और किसी कानून का अनुशासन नहीं मानते। आज अनुशासन की बातें बहुत होती हैं। जनता को, युवकों को, छात्रों को अनुशासित करने के लिये इमरजेंसी तक लागू की गयी है। परन्तु इस तथाकथित अनुशासन पर्व में अनुशासन को सबसे अधिक भंग अगर किसी ने किया है तो हमारे शासकों ने किया है और आज भी कर रहे हैं। जनता अनुशासित हो, युवक और छात्र अनुशासित हों, लेकिन सत्ता निरंकुश रहे तो कैसे चलेगा? यह निरंकुश सत्ता ऊपर से नीचे तक भ्रष्टाचार पर पल रही है। कुछ थोड़े तस्कर व्यापारियों या भ्रष्ट अधिकारियों के विरुद्ध प्रशासनिक कार्रवाई करने मात्र से भ्रष्टाचार मिट नहीं सकता। यह तो हाथी के दिखावटी दाँत हैं। उसके असली दाँतों को तोड़ने की कोशिश नहीं होती।

भ्रष्टाचार की गंगोत्री

भ्रष्टाचार पर रोक लगाने की बातें बहुत हुई है। लेकिन भष्टाचार बढ़ता ही गया है। ग्यारह वर्ष पूर्व इस सवाल पर संतानम् कमिटी बैठी। उसने रिपोर्ट भी दी लेकिन उसके सुझावों को ईमानदारी से अमल में लाने की कोशिश आज तक नहीं हुईं। कुछ राज्यों में लोकायुक्त कानून बना है और वह लागू भी हुआ है। परंतु उसके अधिकार इतने सीमित हैं और इस कानून में इतने छिद्र हैं कि लोकायुक्त भी भष्टाचार के विरुद्ध कोई प्रभावी कार्रवाई नहीं कर सकता। वह राज्य के मुख्यमंत्री के भष्टाचार की जाँच तक नहीं कर सकता। मानो, एक हाथ से उसको अधिकार देकर दूसरे हाथ से छीन लिया गया है। केन्द्र में भी लोकपाल बिल बना है, परन्तु वह अभी कानून का रूप भी नहीं ले पाया है। उस बिल के मुताबिक लोकपाल को भी यह अधिकार नहीं होगा कि वह प्रधानमंत्री के भ्रष्टाचार की जाँच कर सके। यानी भ्रष्टाचार की गंगोत्री जहाँ है, वही क्षेत्र लोकायुक्त और लोकपाल के अधिकारक्षेत्र के बाहर रखा गया है। तो फिर भ्रष्टाचार कैसे मिटेगा, क्योंकर मिटेगा? कुछ वर्ष पूर्व मैंने अपनी एक मुलाकात में इन्दिराजी से कहा था कि अगर भ्रष्टाचार मिटाना है तो संतानम्

कमिटी के सुझावों को ईमान्दारी से लागू करायें और लोकायुक्त एवं लोकपाल को मुख्यमन्त्री तथा प्रधानमन्त्री के भ्रष्टाचार की जाँच करने का भी हक दिया जाये। परन्तु मेरी कौन सुनता है?

अधिकार दिया नहीं लिया जाता है

इस प्रकार एक सिद्धांतहीन और भ्रष्ट राजनीति इस देश में चलायी जा रही है और जनतन्त्र को कुण्ठित कर एक सर्वसत्तावादी व्यक्तितंत्र का निर्माण किया जा रहा है। इसको रोकने का एक ही उपाय है कि आप सजग और संगठित होकर अपनी आवाज बुलंद करें और उन अधिकारों की माँग करें जो छीने गये हैं और छीने जा रहें हैं। कहते है, अधिकार दिया नहीं, लिया जाता है। इसलिए आपको भी अपना अधिकार लेना होगा, अपनी संगठित शक्ति से हासिल करना होगा। आज शासन की तरफ से नागरिकों के कर्तव्य पर बहुत जोर दिया जा रहा है, और संविधान में भी नागरिकों के कुछ 'बुनियादी कर्तव्य' दाखिल किये जा रहे हैं। जाहिर है कि यह सब जनता के गले में तानाशाही का शिकंजा मजबूत बनाने के लिए किया जा रहा है। जनता को कर्तव्य का उपदेश देनेवालों का पहला कर्तव्य यह है कि वे जनता को उनके छीने गये अधिकार लौटा दें और वह लोकतन्त्र वापस कर दें जो हमने राष्ट्रीय आजादी के साथ हासिल किया था। कर्तव्य जनता के लिये और अधिकार इन्दिराजी के लिये या उनके मुट्ठी भर अमलबरदारों के लिये, यह तो नहीं चल सकता। जनता अपना कर्तव्य करेगी, लेकिन अपने अधिकार खोकर नहीं। अपने खोये हुये अधिकारों को हासिल करना ही आज उसका सबसे महान और बुनियादी कर्तव्य है।

अधिकारों की प्राप्ति के लिये हमें सर्वप्रथम भय का त्याग करना होगा। हमने जिस तरीके से राष्ट्रीय आजादी हासिल की थी उसी तरीके से हम लोकतांत्रिक आजादी, नागरिक आजादी भी हासिल कर सकते हैं। गांधीजी के नेतृत्व में आजादी के लिये लाखों लोग जेल गये और जेलें भर गयीं। हमारे आन्दोलन के सिलसिले में भी डेढ़-दो लाख लोग जेल गये। जानकार लोग बताते है कि आजादी की लड़ाई के दौरान भी एक समय में इससे अधिक जेल नहीं गये थे। लेकिन अब इतना ही काफी नहीं है। मौजूदा सरकार विदेशी अंग्रेज सरकार से भी ज्यादा जालिम है। अंग्रेज सरकार पर ब्रिटिश संसद का अंकुश था। वर्तमान शासन तो निरंकुश है। ऐसे शासन से अधिकार प्राप्त करने के लिये और भी बड़ी कुर्बानी करने के लिए तैयार होना होगा। जेल का भय त्यागना तो पहली शर्त है।

रोटी बनाम आजादी

इन्दिराजी के समर्थक बार-बार यह कहते हैं कि जनता को रोटी चाहिये और इसका प्रबन्ध उनकी सरकार कर रही है। जनता को नागरिक अधिकारों से क्या मतलब? इन अधिकारों की माँग तो वे थोड़े से लोग करते हैं जो विरोधी दलों के है या जो शहरों में बैठकर बहस और आलोचना करने के आदी हैं। इन्दिराजी के लोकतंत्र की कल्पना यह है कि जनता मूक पशु की तरह जीये, और जो कोई शासन की आलोचना करता है, उसके लिये जेल के दरवाजे खोल दिये जायें। बोलने का अधिकार केवल उन्हें हो जो इन्दिराजी के 'जी हुजूर' बनकर उनकी प्रशंसा का पुल बाँध सकते हों और उनका तथा उनके वंश का जय-जयकार कर सकते हों। क्या ऐसा ही लोकतन्त्र आपको चाहिए? अगर नहीं तो आपको स्पष्ट कहना होगा कि हमें सिर्फ रोटी नहीं, वैयक्तिक आजादी चाहिये, नागरिक स्वतन्त्रता चाहिये। हम मूक पशु तरह नहीं, आजाद इन्सान की तरह जीना चाहते है। हमें रोटी का अधिकार चाहिये, भीख नहीं और इस अधिकार के साथ-साथ वे सारी स्वतन्त्रताएँ चाहिएँ जो एक स्वतन्त्र देश के नागरिकों के लिए जरूरी है।

इमरजेंसी उठाने का सवाल

लोग मुझसे अक्सर पूछते हैं कि इमरजेंसी कब हटेगी कैसे हटेगी? इन्दिराजी बराबर यह कहती हैं कि इमरजेंसी हमेशा कायम नहीं रहेगी। लेकिन वे यह नहीं बतातीं कि वह कब हटायी जाएगी। अभी तक विपक्षी दलों के तथा हमारे आन्दोलन के हजारों लोगों को उन्होंने आंतरिक शांति व सुरक्षा के नाम पर नजरबंद रखा है और उनकी नजरबंदी बढ़ायी जा रही है। पिछले साल 26 जून को इमरजेंसी लागू करते समय इन्दिराजो ने कहा था कि आंतरिक स्थिति में सुधार होते ही आपात स्थिति की घोषणा समाप्त हो जायगी। लेकिन अभी तक वह कायम है। क्यों कायम है यह लोगों की समझ में नहीं आता। आज सारे देश में शान्ति है और कहीं तोड़-फोड़ की घटना नहीं हो रही है। अगर यह मान भी लिया जाय कि इमरजेंसी के पहले देश में अशांति थी तो अब वह स्थिति नहीं है। तोड़-फोड़ न तो इमरजेंसी के पहले हो रहा था और न अब हो रहा है। फिर भी इमरजेंसी क्यों नहीं उठायी जा रही है, क्यों अखबारों पर सेंसरशिप लगी हुई है और क्यों राजनीतिक बंदियों को रिहा नहीं किया जा रहा है? अभी तक कुछ अपवादों को छोड़ वे ही नेता रिहा किये गये हैं जिनका स्वास्थ्य जेल में खराब हो गया था या जो मरणासन्न हो गये थे। इसका एक

उदाहरण तो मैं ही हूँ। मेरे अलावा सर्वश्री नवकृष्ण चौधरी, अटलबिहारी वाजपेयी1, अशोक मेहता आदि जेल में बुरी तरह अस्वस्थ हो जाने के बाद ही रिहा किये गये और आज भी वे पूरी तरह स्वस्थ नहीं हुए हैं। कई लोग तो जेल में बीमार होकर मर भी गये। चंडीगढ़ के एक बड़े वकील श्री सी. एल. लखनपाल का देहान्त अभी हाल में ही चण्डीगढ़ जेल में हो गया। बिहार में प्रोफेसर रामचन्द्र शाही की मृत्यु कुछ दिन पूर्व दरभंगा जेल में हो गयी। और भी कई लोगों की मृत्यु जेलों में हुई है। अभी-अभी बिहार के सर्वोदय नेता श्री वैद्यनाथ प्रसाद चौधरी की मृत्यु वाराणसी में हुई। जेल में जब उनका स्वास्थ्य काफी खराब हो गया, तभी उनको छोड़ा गया। आखिर इन लोगों ने कौन-सा अपराध किया था कि इन्हें जेलों में सड़ाकर मौत के दरवाजे तक पहुँचा दिया गया? इन्दिराजी चाहती क्या है, यह समझ में नहीं आता।

बातचीत के लिए पहल

वम्बई में जब मैं था, तो मेरे कई मित्रों ने मुझे सलाह दी कि वर्तमान राजनीतिक गतिरोध को दूर करने के लिए मैं ही अपनी ओर से पहल करूँ। इन्दिराजी ने भी कुछ महीने पूर्व लोकसभा में बयान दिया था कि वे विरोधी पक्ष से बातचीत करने के लिए तैयार हैं। उस पर से मैंने विगत 18 जनवरी, '76 को इन्दिराजी को इस आशय का एक पत्र लिखा कि राजनीतिक गतिरोध को भंग करने हेतु बातचीत करने के लिए मैं तैयार हूँ, लेकिन यह तभी सम्भव है जब अपने वरिष्ठ सहयोगियों से, जो जेलों में बन्द है, सलाह परामर्श करने का असर मुझे मिले। यह पत्र मैंने समाजवादी नेता श्री एन. जी. गोरे के हाथ इन्दिराजी के पास भेजा था। अभी तक उस पत्र का कोई उत्तर नहीं मिला। अगर इन्दिराजी ने यह तय कर लिया है कि इस देश में अब लोकशाही नहीं, तानाशाही ही चलेगी; तो फिर विरोधी पक्ष से बातचीत करने की जरूरत नहीं, लेकिन वे तो बार-बार लोकतन्त्र की और संसदीय लोकतन्त्र की दुहाई देती हैं। अगर इन्दिराजी सचमुच चाहती हैं कि इस देश में संसदीय लोकतन्त्र चले तो विरोधी पक्षों को दबाने और मिटाने के बदले उनका सहयोग हासिल करना चाहिए और लोकतन्त्र को पटरी पर लाने के लिए खुले मानस से उनके साथ बातचीत करनी चाहिए। जब इमरजेंसी उठाने और राजनीतिक बन्दियों को रिहा करने का सवाल उठाया जाता है तो इन्दिराजी कहती हैं कि अभी तक विरोधी

---

1. जेल से रिहा होने के बाद श्री बाजपेयी अपने निवास पर ही बंदी के रूप में रहे हैं और नजरबन्दी के आदेश से उन्हें अभी तक मुक्ति नहीं मिली है।

दलों के लोगों और अन्य आन्दोलनकारियों का विचार नहीं बदला है, वे अपने विचारों पर कायम हैं। तो क्या वे समझती हैं कि किसी को जेल में डाल देने से उसका विचार बदल जाएगा? क्या महात्मा गांधी और जवाहर लाल नेहरू के विचार अंग्रेजों की जेल में रहने के कारण बदल गये थे? अगर नहीं तो आज इन्दिराजी के जेल में जो बन्द हैं, उनका विचार कैसे बदल जाएगा? भारत जैसे देश की प्रधानमन्त्री के मुंह से ऐसी बात निकले, यह शर्म की बात है। अगर किसी का विचार वे बदलना चाहती हैं तो वह पारस्परिक समझदारी पैदा करने से बदल सकता है, बातचीत करने से बदल सकता है।

हार कबूल नहीं

लेकिन अभी तक ऐसा कोई संकेत प्रधानमंत्री की ओर से नहीं मिला है कि वे इमरजेंसी उठाने और सामान्य स्थिति वापस लाने के सवाल पर खुले मानस से बातचीत करने के लिए तैयार हैं। कुछ सूत्रों के अनुसार शायद इन्दिराजी यह महसूस करती हैं कि जयप्रकाश नारायण तो अब भी 'वार पाथ' पर हैं, युद्ध के मार्ग पर हैं, तो उनसे बातचीत क्या होगी? मेरा उत्तर है कि बातचीत की जरूरत तभी होती है जब दोनों पक्ष युद्ध के मार्ग पर होते हैं। मैं तो एक घायल सिपाही हूँ द्य युद्ध तो मैं कर नहीं सकता। लेकिन लोकतन्त्र की बापसी के लिए और उन सारे अधिकारों की प्राप्ति के लिए, जो जनता ने खोये हैं, मैं शहीद होने के लिए तैयार हूँ। जब तक हमारे हजारों साथी जेलों मैं बन्द हैं, तब तक युद्ध जारी है और यह दोनों तरफ से जारी है। अभी हाल में इन्दिराजी ने कहा था कि विरोधी पक्ष हार तो गया है, लेकिन उसने हार कबूल नहीं की है। जवाहर लाल नेहरू की बेटी होकर भी वे ऐसी बातें करती हैं और महात्मा गांधी के देश के लोगों से कहती हैं। मैं मानता हूँ कि गाँधी का असर अब भी इस देश की जनता पर और युवकों पर कुछ बाकी है, और जब तक वह असर है, गांधी का कोई भी अनुयायी किसी हिटलर के सामने भी घुटने नहीं टेकेगा। हम सत्याग्रही हैं और गांधी का यह वचन हमें याद है कि सत्याग्रह में हार नहीं होती। इमरजेंसी घोषित होने के बाद उसके विरुद्ध देश में जगह-जगह सत्याग्रह का आयोजन किया गया और उसमें भाग लेनेवाले हजारों व्यक्ति गिरफ्तार होकर जेल गये। विशेषकर बिहार में 2 अक्तूबर, '75 से सत्याग्रह का एक दौर चला जिसमें लगभग तीन हजार व्यक्ति गिरफ्तार हुए। 14 नवम्बर, '75 से 26 जनवरी, 76 तक देशव्यापी सत्याग्रह का एक लम्बा दौर चला जिसमें कोई सड़सठ हजार व्यक्ति शामिल हुए और गिरफ्तार हुए। इमरजेंसी के खिलाफ सत्याग्रह का एक शानदार नमूना पंजाब ने पेश किया है

जिसका श्रेय शिरोमणि अकाली दल के साथियों को है। वहाँ 26 जून,'75 से ही सत्याग्रह चल रहा हैं, और आये दिन लोग सत्याग्रह करके जेल जा रहे हैं। ऐसे सातत्यपूर्ण सत्याग्रह का उदाहरण आजादी के आन्दोलन में भी मिलना कठिन है। आज ऊपर से भले ही लगता हो कि स्थापित सत्ता के मुकाबले हमारा आन्दोलन पीछे हटा है परन्तु जरा गहराई से देखिये तो जाहिर होगा कि वास्तव में हम एक कदम आगे ही बढ़े हैं। इस आन्दोलन से देश में अद्‌भुत जन-जागृति हुई हैं। श्री धीरेन्द्र भाई मजुमदार, जो इस देश के एक बड़े नेता और विचारक है, अपने अनुभव से बताते हैं कि भारतीय जनता के मन पर इस आन्दोलन का प्रभाव सन् 1942 के आन्दोलन से भी अधिक व्यापक और गहरा हुआ है और आज वह पहले से अधिक जाग्रत है। इसलिए हार कबूल करने का सवाल ही हमारे लिए नहीं उठता।

आचार्य सम्मेलन और विनोबा

आपने आचार्य सम्मेलन के बारे में सुना होगा जो विगत 16, 17, 18 जनवरी को पवनार आश्रम में विनोबाजी की प्रेरणा से आयोजित हुआ था। सम्मेलन में विनोबाजी के आमन्त्रण पर देश के विभिन्न क्षेत्रों से आए हुए आचार्यो ने भाग लिया था। विनोबाजी की परिभाषा के अनुसार 'आचार्य वह है जो निष्पक्ष हो, निर्भय हो, और निर्भीक हो, ऐसे आचायों ने देश की परिस्थिति पर तीन दिनों तक तटस्थ दृष्टिकोण से विचार किया और सर्वसम्मति से एक निवेदन (प्रस्ताव) स्वीकृत किया जिसमें और बातों के अलावा यह कहा गया कि इमरजेंसी शीघ्र हटायी जाए, समाचार पत्रों पर से पाबन्दी उठायी जाए, जेलों में जो कार्यकर्ता हजारों की संख्या में पड़े हैं, उन्हें मुक्त किया जाए और सही एवं स्वतन्त्र चुनाव कराये जाएँ द्य यह निवेदन लेकर विनोबाजी के एक निकट सहयोगी डॉ. श्रीमन्नारायण इन्दिराजी से मिलने के लिए दिल्ली गए। सप्ताह भर रहे लेकिन इन्दिराजी उनसे नहीं मिलीं। कुछ दिन बाद वे खुद विनोबाजी से जाकर मिलीं और उनसे बातचीत की। बाद में पता चला कि इस बातचीत से विनोबाजी के मन में यह धारणा बनी थी कि इमरजेंसी 26 जून, '76 तक उठा ली जाएगी और जेलों में पड़े राजबंदी भी छोड़ दिये जाएँगे। लेकिन विनोबाजी की यह आशा पूरी नहीं हुई।

'अनुशासन पर्व' की व्याख्या

मैं आपसे यह सब इसलिए कह रहा हूँ कि ये सारी बातें आपके जीवन से ताल्लुक रखती हैं। आप जानते होगे कि विनोबाजी ने हमारे आन्दोलन के

प्रति आरंभ से ही एक तटस्थ रुख अपनाया था। उनकी इस तटस्थता का अर्थ आम लोगों ने यह लगाया कि वे इदिराजी के समर्थक हो गए हैं। और जब आपात काल को उन्होंने 'अनुशासन पर्व' की संज्ञा दी तो लोगों की यह धारणा और भी पुष्ट हो गयी तथा उन्हें 'सरकारी संत' तक की उपाधि मिलने लगी। सरकार ने भी तथाकथित अनुशासन पर्व का ढोल खूब पीटा। बाद में विनोबाजी ने अपने मौन काल की समाप्ति पर अनुशासन पर्व की व्याख्या की और अनुशासन का वास्तविक अर्थ बताया। उन्होंने कहा कि शासन को आचार्यों का अनुशासन कबूल करना चाहिए और अगर वह ऐसा नहीं करता तो ऐसे शासन के विरुद्ध नागरिकों को सत्याग्रह करने का अधिकार है। विनोबाजी की इस व्याख्या से अनुशासन पर्व के बारे में तथा खुद उनकी भूमिका के बारे में भ्रम निवारण हुआ है। संभवत: आगामी 2 अक्तूबर, 76 को एक दूसरा आचार्य सम्मेलन विनोबाजी के सान्निध्य में होगा। इस सम्मेलन के प्रस्ताव को भी यदि सरकार मान्य नहीं करेगी तो विनोबाजी स्वयं सत्याग्रह करेंगे, ऐसा संकेत मिला है। उनके सत्याग्रह से भारतीय जनता को आगे बढ़ने की एक दिशा भिलेगी, ऐसी आशा है।

विनोबा बनाम जे.पी. का प्रश्न नहीं

इमरजेंसी के दौरान एक आम धारणा यह बनी कि विनोबाजी तथा मेरे बीच वर्तमान परिस्थिति के मूल्यांकन और उसके समाधान के प्रश्न पर गहरा मतभेद हैं। मुझे इस बात की खुशी है कि यह भ्रम अब दूर हो रहा है। वास्तव में हम दोनों के बीच बुनियादी प्रश्नों पर कोई बड़ा मतभेद या विचार भेद नहीं है। परन्तु मेरे और उनके 'अप्रोच' में, सोचने के ढंग में फर्क रहा है। आप जानते हैं कि विनोबाजी एक सन्त हैं, आध्यात्मिक पुरुष हैं, वे किसी प्रश्न पर आध्यात्मिक दृष्टिकोण से विचार करते हैं। लेकिन मैं तो सामाजिक दृष्टिकोण से विचार करता हूँ। इसलिए हम दोनों के काम करने के तरीकों में भी फर्क पड़ जाता है। इस फर्क के कारण हमारे साथियों में भी मतभेद पैदा होते हैं और हुए हैं। परन्तु आज हमारा देश जिस विकट परिस्थिति में पड़ा है, उससे उबारने के लिए विनोबाजी के आध्यात्मिक नेतृत्व की जरूरत है। इसलिए सब लोगों से मेरी प्रार्थना है कि विनोबाजी जो कुछ कहते या करते हैं उस पर गंभीरतापूर्वक विचार करते हुए जो उचित मालूम पड़े वह करना चाहिए।

गोवध बन्दी का सवाल

मिसाल के लिए अभी गोवध बन्दी का सवाल विनोबा जी ने उठाया है

और संकल्प जाहिर किया है कि अगर 19 सितम्बर' 76 तक (जो उनका जन्मदिन है) सरकार ने देश भर में गोवध बन्दी की घोषणा नहीं की तो वे उस दिन से आमरण उपवास शुरू करेंगे। उनके इस संकल्प का समाचार सरकार ने अखबारों में छपने नहीं दिया, और जब पवनार आश्रम की पत्रिका 'मैत्री' में यह समाचार प्रकाशित हुआ तो सरकार के आदेशानुसार पुलिस 'मैत्री' की लगभग चार हजार प्रतियाँ उठा ले गयी। फिर बाद में इन्दिराजी को सुबुद्धि हुई और 'मैत्री' की प्रतियाँ लोटा दी गयीं। सर्व सेवा संघ के कार्यकारी अध्यक्ष श्री रा. कृ. पाटिल ने मुझे यहाँ बताया कि गोवध बन्दी के सवाल पर सरकार विचार कर रही है। अगर उसने विनोबा की माँग स्वीकार कर ली तो ठीक है, अन्यथा 11 सितम्बर से उनका उपवास अनिश्चित काल ने लिए शुरू हो जायेगा। इस सवाल पर मैंने विनोबाजी का समर्थन किया है और मुझे विश्वास है कि देश भर के लोग और सब धर्मों के लोग उनका समर्थन करेंगे, क्योंकि गोवध बन्दी का सवाल कोई साम्प्रदायिक सवाल तो है नहीं। सरकार से उनकी माँग यही है कि इस संबंध में संविधान और सर्वोच्च न्यायालय का जो निर्णय है, उसको ही वह सारे देश में क्रियान्वित करे। भारत के अधिकांश प्रदेशों में गोवध बन्दी पहले से लागू है। थोड़े से प्रदेश हैं जैसे महाराष्ट्र, पश्चिम बंगाल, केरल, तामिलनाडु आदि जहाँ गोवध बन्दी लागू नहीं है। अगर सरकार इन प्रदेशों में भी उसे लागू कर देती है तो विनोबाजी का उपवास टल जायेगा। लेकिन अगर सरकार की दुराग्रही नीति के कारण वह नहीं हुआ तो विनोबाजी उपवास करेंगे, और इसके लिए हमें तैयार रहना चाहिए।[1]

अब कार्यक्रम क्या हो?

आंदोलन के साथी या सहयोगी मित्र बार-बार आकर मुझसे पूछते है कि 'अब कार्यक्रम क्या होगा, कुछ नया कार्यक्रम दीजिए।' नया कार्यक्रम देना तो आसान है। लेकिन उसपर अमल अभीष्ट या व्यापक पैमाने पर होगा, यह अभी संभव है क्या? आज तो चारों तरफ भय छाया हुआ है, और अधिकांश जनता लोकतन्त्र के अपने बुनियादी अधिकारों से अनभिज्ञ है और उस तरफ से उदासीन है। व्यक्ति स्वातंत्र्य का क्या महत्व है और एक स्वतन्त्र देश के लिए वह कितना अनिवार्य हैं, यह शायद सौ में नब्बे लोग महसूस नहीं करते। ऐसी परिस्थिति में सजग और जाग्रत लोगों का सबसे महत्वपूर्ण और आवश्यक कर्तव्य है कि वे देहातों और शहरों की जनता के बीच जाएँ और उनसे

1. इस सवाल पर विनोबाजो तथा श्रीमती इन्दिरा गांधी की सरकार के बीच समझौता हो गया है जिसके फलस्वरूप विनोबाजी का प्रस्तावित उपवास टल गया।

व्यक्तिगत सम्पर्क कर ये बातें उन्हे समझाएँ। आज सभाएँ हो नहीं सकतीं, सेंसरशिप की कठोर पाबन्दियों के कारण समाचार पत्रों में हमारी बातें छप नहीं सकतीं, इसलिए व्यक्तिगत सम्पर्क के द्वारा ही जनता का शिक्षण और प्रबोधन किया जा सकता है।

अपने खोये अधिकारों की माँग करें

एक प्रश्न जिसे इस समय व्यापक रूप से उठाने की आवश्यकता है यह चुनाव का प्रश्न। अपने संविधान के अनुसार हर वयस्क नागरिक को हर पाँच साल पर लोकसभा और विधान सभा के लिए अपने प्रतिनिधि चुनने का अधिकार है। पाँच वर्षों में एक ही बार उसको यह मौका मिलता है। भारतीय लोकतंत्र के वर्तमान ढाँचे के अन्दर उसकी और कोई सक्रिय भूमिका नहीं है। लेकिन उसका यह अधिकार भी आज छिन गया है। अभी जो लोकसभा चल रही है, उसका कार्यकाल पिछले मार्च में ही समाप्त हो चुका है। इमरजेंसी का फायदा उठाकर प्रधानमन्त्री ने उसका कार्यकाल एक वर्ष के लिये बढ़ा दिया है और चुनाव टाल दिए हैं। अगर जनता की ओर से इसके विरुद्ध जोरदार आवाज नहीं उठायी गयी तो लोक सभा का कार्यकाल बढ़ाया जाता रहेगा और जनता अपने अधिकारों से वंचित रहेगी। जनता की उदासीनता से लाभ उठाकर तानाशाही को अपना आसन और भी मजबूत करने का मौका मिल रहा है। इन्दिराजी की यह तानाशाही लोकमत के समर्थन पर कायम नहीं है; वह जनता की उदासीनता के कारण कायम है। इसलिए इमरजेंसी उठाने और अगले फरवरी मार्च में चुनाव कराने की माँग करना प्रत्येक नागरिक का एक महत्वपूर्ण और बुनियादी कर्तव्य है। यह एक संवैधानिक कानून संगत कार्यक्रम हो सकता है और इसमें आप सब लोग निडर होकर भाग ले सकते हैं।

संपूर्ण क्रांति सतत् क्रांति

शुरू से ही अपने भाषणों में मैं कहता रहा हूँ कि हमारा आन्दोलन संपूर्ण क्रांति के लिए है। यानी समाज और व्यक्ति के जीवन के हर पहलू में क्रांतिकारी परिवर्तन हो और व्यक्ति का, समाज का विकास हो, दोनों ऊँचा उठें, इसके लिये यह आन्दोलन है। यह आंदोलन केवल शासन बदलने के लिए नहीं, समाज और व्यक्ति को बदलने लिए है। इसलिए मैंने इसको संपूर्ण क्रान्ति का नाम दिया है। आप इसे समग्र क्रान्ति भी कह सकते हैं। समग्र और संपूर्ण में अर्थ की भिन्नता तो जरूर है, लेकिन मेरे लिए दोनों लगभग एक ही हैं। समग्र क्रांति भी संपूर्ण हो सकती है। उसमें अगर पूर्णता जोड़ दी जाये तो संपूर्ण

समग्र क्रान्ति हुई। यह कोई एक दिन में, एक दो साल में होनेवाली बात नहीं है। इसके लिए लम्बे अर्से तक संघर्ष चलाना होगा, जूझना होगा, और साथ-साथ रचनात्मक एवं सृजनात्मक काम करने होंगे। संघर्ष और रचना की दोहरी प्रक्रिया संपूर्ण क्रांति को फलीभूत करने के लिए आवश्यक है। अभी तो ऐसी परिस्थिति है कि जनता भयभीत है और नेता तथा कार्यकर्त्ता हजारों की संख्या में जेलों में बंद है। तो संभव है कि पिछले साल जिस रूप में क्रांति चल रही थी, उस रूप में इसको चलानेवालों की अनुपस्थिति में वह न चले। परन्तु चूँकि हर क्षेत्र में क्रांति करनी है इसलिए आप सब लोगों से मेरा निवेदन है कि देश और समाज के लिए आप यदि सोचते हैं तो आपमें से हर एक को इस क्रान्ति में योगदान करना चाहिए। मिसाल के तोर पर शिक्षा का ही क्षेत्र लीजिए। प्राथमिक से लेकर विश्वविद्यालय तक की शिक्षा में आमूल परिवर्तन होने चाहिएँ, ऐसी एक आम राय है, शिक्षाशास्त्रियों की भी राय है, कोठारी कमीशन की भी राय थी। लेकिन इस दिशा में बहुत थोड़ा ही हुआ है। इस प्रश्न को लेकर विद्यार्थियों में घोर असन्तोष है। क्योंकि यह शिक्षा दोषपूर्ण है और उनका भविष्य अन्धकारमय है। उनके असन्तोष को अभी दबा दिया गया है। परन्तु असन्तोष तो उनके मन में कायम है और वह फिर कभी-न-कभी समय पाकर उभरेगा। इससे समस्या का हल हो जायेगा, ऐसी बात तो नहीं है। लेकिन इस प्रकार की बातें, इस प्रकार के विस्फोट जब होते हैं तो समाज को, समाज के नेताओं को चेतावनी मिलती है कि अब संभल जाओ, सर्वनाश होगा, रास्ता अपना बदलो, कुछ सोचो, समझो, कुछ करो।

इसी प्रकार और भी समस्याएँ, खासकर हरिजन और आदिवासी जनता की आर्थिक और सामाजिक समस्याएँ हैं। आर्थिक दृष्टि से वे गरीब और पिछड़े हुए तो हैं ही। सामाजिक दृष्टि से उनकी हालत और भी भयानक है। आज भी हरिजनों के साथ सवर्णों का दुर्व्यवहार होता है और उन्हें अस्पृश्य समझकर अलग रखा जाता है। इतना ही नहीं, उनके प्रति सवर्णों का आक्रोश कभी कभी भयानक रूप ले लेता है। हरिजनों को जीवित जला देने की अनेक घटनाएँ हुई हैं ओर होती रहती हैं। सम्पूर्ण क्रान्ति के सिपाहियों को इस विस्फोटक स्थिति का रचनात्मक हल ढूँढ़ना होगा। इसके लिए उन्हें हरिजन और आदिवासी जनता के जीवन में प्रवेश करना होगा और अपनी सेवाओं से उनका दिल जीत कर भारतीय समाज की मुख्य धारा में उन्हें ले जाना होगा। यह एक ऐसी रचनात्मक सेवा है जिसके बिना सम्पूर्ण कान्ति अधूरी रह जायेगी।

जन आन्दोलन फिर उभरेगा

अभी तो मैं देखता हूँ कि इस दिशा में जो लोग कुछ कर सकते थे, जेलों में बन्द हैं और जो शासन में हैं, वे चाहे श्रीमती इन्दिरा गांधी हों या और कोई हो, यही समझते हैं कि जनता को दबा करके रखना चाहिए, जनता पर शासन करना चाहिए; हम शासक हैं इसलिए जनता को शांतिमय रहकर हमारा आदेश पालन करना चाहिए। जनता का सहयोग प्राप्त करने की बातें बहुत होती हैं। लेकिन इस प्रकार जनता को गुलाम रखकर उसका सहयोग प्राप्त करना तो असम्भव है। यह स्थिति कब तक चलेगी, मैं नहीं कह सकता। जैसा कि मैंने ऊपर कहा है अभी लोकतन्त्र का सम्पूर्ण वध तो नहीं हुआ है लेकिन उसको समाप्त करने की पूरी कोशिश की जा रही है। पर मुझे विश्वास है 'लोक' के ऊपर, जनता के ऊपर। मैं मानता हूँ कि यह स्थिति जनता को असह्य होगी। फिर, आज हो, कल हो या परसों हों, निकट भविष्य में ही जन आंदोलन फिर उभरेगा। वह चाहे विस्फोट के रूप में हो या उसका शांतिमय रूप हो, आंदोलन फिर से छिड़नेवाला है और परिवर्तन होनेवाला है, इसमें मुझे तनिक भी सन्देह नहीं है।

जनता जागे, युवक जागें

जहाँ तक शासन की बात है, वह जो कुछ ठीक समझेगा वही करेगा। हम तो अपनी राय ही दे सकते हैं। लेकिन जहाँ तक जनता का सम्बन्ध है, उसको जाग्रत होना चाहिए। युवकों को भी जाग्रत होना चाहिए। उन्हें समझना चाहिए कि देश किधर जा रहा है और उनकी क्या जिम्मेदारी है। ये सब बहुत गंभीर बातें है जिन पर उनको ध्यान देना चाहिए। अगर देश के युवक, देश की जनता शहर और देहात की आम जनता जाग्रत और संगठित हो तो परिस्थिति बदल सकती है और वह बदलकर रहेगी, ऐसी आशा और विश्वास मुझे है।

अब प्रश्न है कि वर्तमान परिस्थिति में सम्पूर्ण क्रांति के लिए क्या करें। सम्पूर्ण क्रांति के चार पहलू हैं। संघर्षात्मक, रचनात्मक, प्रचारात्मक, और संगठनात्मक। आज की स्थिति में हमें रचनात्मक पहलू पर अपनी शक्ति केंद्रित करनी चाहिए। मिसाल के लिए तिलक-दहेज प्रथा, जाति भेद, अस्पृश्यता, सम्प्रदायवाद आदि बुराइयों के विरुद्ध जनमानस और युवा मानस तैयार करना तथा सामाजिक एवं सांस्कृतिक एकीकरण की दिशा में सामूहिक प्रयत्न करना हमारे कार्यक्रम का एक प्रमुख अंग होना चाहिए। संपूर्ण क्रांति सतत क्रान्ति है, वह निरन्तर चलेगी और हमारे व्यक्तिगत एवं सामाजिक जीवन को बदलती

चलेगी। इस क्रांति में ठहराव नहीं है, विराम नहीं है, पूर्ण विराम तो हरगिज नहीं है। परिस्थिति के अनुसार उसके रूप बदलेंगे, कार्यक्रम बदलेंगे, प्रक्रियाएँ बदलेंगी और वक्त आने पर नयी शक्तियों का ऐसा उभार होगा जो परिवर्तन के रथ को धक्का मारकर आगे बढ़ा देगा द्य संपूर्ण क्रान्ति के सिपाही उस क्षण की प्रतीक्षा करें सतत कार्यरत रहकर।

क्रांति का अगला केन्द्र गाँव

यह तो हमारे कार्यक्रम का सामाजिक पक्ष हुआ। उसके आर्थिक पक्ष पर भी हमारा ध्यान जाना चाहिए। जनता की समस्याएँ, किसानों और मजदूरों की समस्याएँ इमरजेंमी के दौरान और भी जटिल हो गयी हैं। आन्दोलन के दबाव से और पिछले साल अच्छी वर्षा होने के कारण महँगाई पर तो कुछ रोक लगी है और मुद्रा स्फीति भी कुछ थमी है। लेकिन अनाज को छोड़, दूसरी चीजों के दाम ऊँचे ही हैं। नतीजा यह है कि इस देश का सबसे बड़ा वर्ग किसान वर्ग आर्थिक दृष्टि से तबाह और परेशान है। फिर भी बन्दूक के नोक पर उससे ऋण वसूले जा रहें हैं, वर्षों का बकाया लगान अदा कराया जा रहा है और नहीं देने पर गाय-बैल की कुर्की जब्ती की जा रही है। दूसरी तरफ मजदूर वर्ग भी परेशान है। उसके बोनस का हक छीन लिया गया। लेकिन वह आवाज नहीं उठा सकता, क्योंकि इमरजेंसी लगी हुई है। सरकार कहती है कि ओद्योगिक उत्पादन बढ़ा है, अगर बढ़ा है तो उनका हिस्सा मजदूरों को क्यों नहीं मिल रहा है? मजदूरों के वेतन में वृद्धि होने के बदले कटौती हुई है। और कई कारखाने बन्द हो जाने के कारण बेकार होनेवाले मजदूरों की संख्या कई लाख तक पहुँच गयी है। एक प्रसिद्ध अर्थशास्त्री श्री अशोक मित्रा (जो पहले भारत सरकार के मुख्य आर्थिक सलाह कार थे) कहते हैं कि सरकार के आर्थिक दावे भ्रमपूर्ण हैं। उत्पादित वस्तुओं की माँग और खपत में ऐसी गिरावट आजादी के बाद पहले कभी नहीं हुई थी। उनके अनुसार आम लोगों की क्रय शक्ति 1967 के अकाल के समय जो थी, उससे भी आज कम हो गयी है, और इस स्थिति का मुख्य कारण यह है कि वर्तमान आर्थिक व्यवस्था बड़े-बड़े संपत्तिशाली वर्गों के हितों को ही रक्षा करती है। इस व्यवस्था में आमदनी और संपत्ति का पुनर्वितरण नहीं हो रहा है, इसलिए साधनों की और मनुष्य-शक्ति की बर्बादी हो रही है। गाँव के खेतिहर मजदूरों का तो और बुरा हाल है और हरिजन तथा आदिवासी जनता के जीवन में भी कोई फर्क नहीं पड़ा है, बावजूद इसके कि उनके ही कल्याण की बातें सबसे ज्यादा की जा रही है। भूमिसुधार और

भूमिहीन मजदूरों के बीच जमीन बाँटने का शोर खूब मचाया गया है। अखबारों में जमीन बाँटने की खबरें रोज छप रही हैं। लेकिन जानकार सूत्रों के अनुसार यह सारा कागज पर ही अधिक हो रहा है, जमीन पर कम।

मौजूदा शासन समाज के कमजोर वर्गों का सबसे बड़ा हितैषी होने का दावा करता है परन्तु कमजोर वर्ग आज भी उतने ही कमजोर हैं, जितने कि पहले थे। कुछ वर्ष पूर्व 1961 में जब पण्डित नेहरू प्रधानमन्त्री थे, कमजोर वर्गों की स्थिति की जाँच करने और उनको ऊपर उठाने के लिए, सुझाव देने के लिए एक कमिटी या अध्ययन मंडल[1] (study group) केन्द्रीय सरकार ने नियुक्त किया था और मुझे ही उसका अध्यक्ष बनाया था। अध्ययन मंडल ने परिश्रम करके रिपोर्ट तैयार की और अपनी सिफारिशें प्रस्तुत कीं। लेकिन आज तक उनपर अमल नहीं हुआ। इस अनुभव के बाद मैंने तय कर लिया था कि किसी सरकारी कमिटी में भाग नहीं लूँगा। अब, सम्पूर्ण क्रांति का एक सिपाही होने के नाते मैं मानता हूँ कि यह क्रान्ति सर्वप्रथम उनको ऊपर उठाने के लिये है, जो समाज का सबसे कमजोर अंग है, और जो विकास की सबसे निचली सीढ़ी पर रह गया है। ऐसी परिस्थिति में हमारे कार्यक्रम की दिशा क्या होनी चाहिए, यह जाहिर है। हम गाँवों में जायें, किसानों और मजदूरों के बीच जायें, हरिजन और आदिवासी जनता के बीच जायें और उनके दुख दर्द को बाँटने के लिए जो भी संभव हो वह करें।

नये दल का निर्माण

अन्त में एक और विषय की चर्चा करके इस चिट्ठी को मैं समाप्त करूँगा। आपने सुना ही होगा कि बम्बई में मैंने एक नये राजनीतिक दल के निर्माण की घोषणा की थी। अभी नया दल बना तो नहीं है, लेकिन उसके बनने की आशा है। इस आन्दोलन के दौरान जिन राजनीतिक दलों का सक्रिय सहयोग मिला उनमें समाजवादी दल, भारतीय जनसंघ, संगठन कांग्रेस, भारतीय लोकदल, क्रांतिकारी समाजवादी दल (आर. एस. पी.), सोशलिस्ट यूनिटी सेन्टर, कम्यूनिस्ट पार्टी मार्क्सवादी, मार्क्सवादी समन्वय समिति (कोआर्डिनेशन कमिटी), शिरोमणि अकाली दल आदि हैं। इनमें से समाजवादी, जनसंघ, भारतीय लोकदल और संगठन कांग्रेस के प्रतिनिधियों तथा कुछ निर्दलीय राजनेताओं को बैठक1 गत 20-21 मार्च को बम्बई में मेरी उपस्थिति में हुई थी और उन्होंने सब को मिलाकर एक नया दल बनाने का निश्चय प्रकट किया था। तदनुसार एक

1. Study Group on the Welfare of the Weaker Sections of the village community-

संचालन समिति गठित की गयी, जिनके सदस्य थे सर्वश्री एन.जी. गोरे (समाजवादी) ओमप्रकाश त्यागी(जनसंघ), एच.एम. पटेल (भालोद) और शांतिभूषण (संगठन कांग्रेस)। श्री गोरे उसके संयोजक थे। इस समिति ने प्रस्तावित नये दल के लिए नीति और कार्यक्रम की रूपरेखा तैयार की और उसे विभिन्न दलों के सदस्यों के बीच प्रसारित किया। फिर 22-23 मई को इन चार दलों के प्रतिनिधियों की दूसरी बैठक बम्बई में ही हुई। बैठक ने सर्वसम्मति से एक प्रस्ताव पारित कर मुझसे अनुरोध किया था कि मैं ही एक नये दल के निर्माण की घोषणा कर दूँ। तदनुसार 25 मई को मैंने अपने निवास पर एक पत्रकार सम्मेलन चुलाकर नये दल की घोषणा कर दी, यद्यपि उसका नामकरण भी अभी नहीं हो पाया था। इस दल के निर्माण के लिए एक बुनियादी शर्त यह थी कि सर्वप्रथम उपर्युक्त चार दलों के सदस्य व्यक्तिगत रूप से नये दल में शामिल हो जायेंगे और उन दलों को विघटित कर दिया जायेगा। यह भी तय हुआ था कि नये दल का दरवाजा आंदोलन समर्थक अन्य दलों के लिए तथा उन लोगों के लिए खुला रहेगा जो कांग्रेस से निकलकर आये हैं, या जो कभी किसी दल में नहीं रहे हैं, परन्तु इस आंदोलन से गुजरे हैं। लेकिन इस बीच कुछ ऐसी बातें हुईं जिनके कारण नये दल के निर्माण की प्रक्रिया आगे नहीं बढ़ पायी है। मुझे विश्वास है कि नया दल बनकर रहेगा, क्योंकि परिस्थिति की आकांक्षा है कि ऐसा एक मजबूत विरोधी दल बने जो सत्तारूढ़ कांग्रेस का राजनीतिक विकल्प हो सके।

मेरी भूमिका

जब से नये दल के निर्माण की घोषणा मैंने की है, मेरे बारे में यह भ्रम फैला है कि अब मैं दलीय राजनीति में भाग लेने लगा हूँ। मैं वर्षों से निर्दलीय मंच से काम कर रहा हूँ और दल एवं सत्ता की राजनीति से अलग रहा हूँ। फिर भी मैं हमेशा यह मानता रहा हूँ कि अगर इस देश में संसदीय लोकतन्त्र को सफलतापूर्वक चलाना है तो एक मजबूत विरोधी दल का होना अत्यावश्यक है। एक ऐसे दल के निर्माण की कोशिशें पहले भी हुई हैं और उनका मैंने सदैव स्वागत किया है। परन्तु बिहार आंदोलन के सिलसिले में जब आन्दोलन समर्थक दल एक-दूसरे के नजदीक आये और संघर्ष की आग से गुजरे तो उन्होंने महसूस किया कि उनके एकजुट होने का समय आ गया है। इस दिशा में पहले कदम के तौर पर गुजरात में 'जनता मोर्चा' बना और तब से विभिन्न आंदोलन

---

1. इस बैठक में क्रांतिकारी समाजवादी दल के नेता श्री त्रिदिव चौधरी तथा द्रमुक के सांसद इड़ा सेझियन पर्यवेक्षक के रूप में शामिल हुए थे।

समर्थक दलों के एकीकरण की बात जोरों से चल रही है।

शायद आपमें से कुछ लोगों को याद होगा कि बिहार आंदोलन के क्रम में एक निर्दलीय जन आंदोलन की आवश्यकता पर बल देने के साथ-साथ मैं यह भी कहता रहा हूँ कि इस आंदोलन के गर्भ से एक नयी राजनीतिक शक्ति का उदय होगा। अब सम्भव है, वह राजनीतिक शक्ति एक नये दल के रूप में उभरकर सामने आये।

इस सिलसिले में एक बात का जिक्र कर देना मैं आवश्यक समझता हूँ। मैं आज भी अपने उस पुराने संकल्प पर दृढ़ हूँ कि दलीय सत्ता की राजनीति में स्वयं भाग नहीं लूँगा। यानी, मैं न तो कभी चुनाव लड़ूँगा और न सत्ता ग्रहण करूँगा। सत्ता की आकांक्षा मैंने कभी नहीं की क्योंकि मैंने हमेशा राज्य सत्ता के बजाय जन सत्ता पर भरोसा किया है और इस जन शक्ति के द्वारा ही सामाजिक परिवर्तन एवं निर्माण की समस्याओं को हल करने का सपना देखा है। बिहार आंदोलन के मार्फत मैंने उसी दिशा में प्रयास किया है, परन्तु लोकतांत्रिक सन्दर्भ में, विशेषकर संसदीय लोकतन्त्र के सन्दर्भ में, एक राजनीतिक विकल्प की आवश्यकता मैंने हमेशा स्वीकार की है और आज उसको तीव्रता से महसूस कर रहा हूँ। वर्तमान परिस्थिति में, जब सत्तारूढ़ दल लोकशाही को तानाशाही में बदलने पर उतारू है, एक ऐसे दल का होना अनिवार्य है जो लोकतंत्र में निष्ठा रखे और जनता की राजनीतिक आकांक्षाओं का प्रतीक बनकर मौजूदा तानाशाही से संघर्ष करने तथा उसे पराजित करने की क्षमता हासिल कर सके।

युवा संगठनों का एकीकरण

राजनीतिक दलों के एकीकरण की दिशा में प्रयास करते हुए मैंने तीव्रता से यह महसूस किया है कि इन दलों से संबंधित या प्रभावित जो युवा संगठन हैं, उन्हें भी एक हो जाना चाहिए। बिहार आंदोलन के क्रम में और अब इमरजेंसी के विरोध में जिन युवा संगठनों ने सक्रिय भूमिका निभायी है, उनमें छात्र संघर्ष समिति के अलावा समाजवादी युवजन सभा (दोनों गुट), विद्यार्थी परिषद, युवा कांग्रेस (संगठन) तरुण शान्ति सेना, राष्ट्रीय स्वयंसेवक संघ, नवनिर्माण समिति, लोहिया विचार मंच, डेमोक्रेटिक स्टूडेंट्स आरगनाइजेशन, स्टुडेंट्स फेडरेशन ऑफ इण्डिया आदि हैं। आंदोलन के गर्भ से निर्दलीय छात्र-युवा संघर्ष वाहिनी पैदा हुई। तरुण शान्ति सेना के युवक संघर्ष वाहिनी में विलीन हो चुके हैं। लोहिया विचार मंच के युवकों ने भी संघर्ष वाहिनी में शामिल होने का निश्चय किया है। बाकी जो युवा संगठन किसी दल से

सम्बन्धित या प्रभावित हैं, उनके एकीकरण का विचार मैंने प्रस्तुत किया है। अगर यह विचार फलीभूत हुआ तो देश में एक विराट युवा शक्ति का उदय होगा और वह शक्ति अजेय होगी।

निर्दलीय लोक मंच, युवा मंच

मैं जब दलीय एकीकरण की बात कहता हूँ तो इसका अर्थ यह कदापि नहीं है कि मैंने निर्दलीय लोक मंच और युवा मंच के निर्माण का विचार छोड़ दिया है या उसकी आवश्यकता अब महसूस नहीं करता। मैं मानता हूँ कि इस प्रकार का मंच तो हर हालत में जरूरी है। अगर आज विरोधी पक्ष भी सत्तारूढ़ हो जाये तो उस पर अंकुश रखने के लिए इस निर्दलीय मंच की आवश्यकता होगी। यह मंच एक तरफ तो लोकतन्त्र के प्रहरी का काम करेगा और जनता के प्रतिनिधियों को सही मार्ग पर रखने का प्रयत्न करेगा, दूसरी तरफ वह सम्पूर्ण क्रान्ति का वाहक होगा और परिवर्तन की शक्तियों को सङ्गठित कर उसकी प्रक्रिया को सतत् आगे बढ़ाने में सहायक होगा। इस दृष्टि से सोचने पर आंदोलन के दोनों मोर्चों का, राजनीतिक दलों और जनता के निर्दलीय मोर्चे का महत्व स्पष्ट हो जायेगा।

मैं तो अब घायल सिपाही हूँ

चिट्ठी समाप्त करने के पूर्व एक और बात आपसे, खासकर अपने छात्र एवं युवक मित्रों से कहना चाहता हूँ। स्थापित सत्ता के विरुद्ध यह संघर्ष तो आपने ही छेड़ा था। मैं तो बाद में, आपके आमंत्रण पर, इसमें शामिल हुआ। उस समय भी मैंने कहा था कि इस संघर्ष का, इस क्रांति का नेतृत्व आपको स्वयं करना है। परन्तु आपके बार-बार आग्रह करने पर मैंने आपका सारथी बनना स्वीकार किया। अब तो मैं एक घायल सिपाही हूँ। ऐसी हालत में चाहते हुए भी मैं कितना कर सकूँगा? सम्पूर्ण क्रांति की लम्बी लड़ाई के लिए नयी शक्ति चाहिए। गाँव से लेकर प्रदेश और देश तक नये नेतृत्व की जरूरत है। हर गाँव, हर शहर, हर विद्यालय और हर कारखाने में ऐसे लोगों को सामने आना चाहिए जो सम्पूर्ण क्रांति के मूल्यों को स्वीकार करते हों, लोकतंत्र और नागरिक स्वतंत्रता में निष्ठा रखते हों, तथा संकीर्ण स्वार्थों से ऊपर उठकर नया बिहार और नया भारत बनाने में अपनी शक्ति लगाने को तैयार हों। मैं जबतक जिन्दा हूँ आपके साथ हूँ चर्चा के लिए, सलाह-मशविरे के लिए, लेकिन इतना समझ लीजिए कि जुआ आपके कंधों पर है, और क्रांति का रथ आपको ही खींचना है। यह लड़ाई, जैसा कि मैं पहले भी आपसे कह चुका हूँ, बहुत लम्बी है।

इसका लक्ष्य मात्र सत्ता परिवर्तन करना नहीं, समाज का सर्वांगीण परिवर्तन करना है। इसलिए लम्बे अर्से तक जूझने की तैयारी आपकी होनी चाहिए। इतिहास की शक्तियाँ आपके पक्ष में हैं। अतः आप पूरे आत्मविश्वास के साथ आगे बढ़ते जायें। आपकी विजय निश्चित है।

इन शब्दों के साथ मैं आपमें से प्रत्येक भाई-बहन को अपनी मङ्गलकामनाएँ भेजता हूँ और आशा करता हूँ कि मुझ पर आपका प्रेम बना रहेगा। अब तक का सारा जीवन मैंने आपकी सेवा में, इस देश की सेवा में लगाया है अब भी आपकी कुछ सेवा कर सकूँ, यही तमन्ना मेरे मन में है। भगवान् से प्रार्थना है कि वह मुझे इतना बल दे कि मेरा शेष जीवन भी आपके कुछ काम आ जाये।

आपका सस्नेह

जयप्रकाश नारायण

महिला चर्खा समिति, पटना

28 अगस्त, 1976

पुनश्च :
संवैधानिक संशोधन का प्रश्न और चुनाव

चिट्ठी समाप्त करने के बाद मेरे ध्यान में कई बातें आयीं जिनके बारे में आप से कुछ कहना जरूरी समझता हूँ।

एक तो संविधान को संशोधित करने का सवाल है। आपने सुना होगा कि इन्दिरा जी वर्तमान लोकसभा से ही संविधान को बुनियादी रूप से संशोधित करा लेना चाहती हैं। लोकसभा का कार्यकाल पिछले मार्च महीने में ही समाप्त हो चुका है। परन्तु इमरजेंसी को अनुचित रीति से कायम रखकर उसका कार्यकाल बढ़ा दिया गया है। वर्तमान लोकसभा को संविधान में कोई संशोधन करने का हक नहीं है, क्योंकि इसके लिए उसको जनता का आदेश नहीं है, मैण्डेट नहीं है, जो भी मैण्डेट था, वह समाप्त हो चुका है। जनता सर्वोपारि है, इसलिए संविधान में कोई भी संशोधन या परिवर्तन करने के लिए जनता से पूछना चाहिए। इसका एक तरीका यह है कि अभीष्ट संशोधन आम जनता के सामने पेश किये जाएँ और उन पर जनता का मत लिया जाए। इस पद्धति को अंग्रेजी में 'रेफरेण्डम' कहते हैं। दूसरा तरीका यह है कि अभीष्ट संशोधन पर विचार करने और निर्णय लेने के लिए एक नयी संविधान सभा बुलायी जाए। इसके पूर्व उन संशोधनों को देश की जनता के बीच प्रचारित किया जाए। उन पर राष्ट्रीय चर्चाएँ हों, और विरोधी पक्षों को तथा अन्य समुदायों को राय प्रकट करने का अवसर मिले। इस प्रकार से चुनी गयी संविधान सभा को ही संविधान में बुनियादी संशोधन या परिवर्तन करने का अधिकार होना चाहिए।

लोकसभा भी संविधान में कुछ गैर बुनियादी संशोधन कर सकती है, बशर्ते आम चुनाव के समय अभीष्ट संशोधन निर्वाचक जनता के सामने पेश किये जाएँ और जनता उन पर राय प्रकट करे। वर्तमान लोकसभा के चुनाव के समय वे संशोधन, जो आज सत्तारूढ़ दल पारित कराना चाहता है, जनता के सामने नहीं रखे गये थे। इसलिए इस लोकसभा को उन्हें पारित करने का कतई

अधिकार नहीं है।

लेकिन इन्दिराजी इसी लोकसभा से वे सारे संशोधन पास करा लेने के लिए उतारू हैं, क्योंकि उन्हें यह भरोसा नहीं है कि आगे जो लोकसभा चुनी जायेगी इसमें उनके दल को दो-तिहाई बहुमत मिल सकेगा जो किसी भी संशोधन को पारित करने के लिए जरूरी है। आज देश में इमरजेंसी लागू है, समाचार पत्रों पर कठोर सेंसरशिप लगी हुई है, विरोधी पक्षों के नेता जेलों में बन्द हैं, जो बाहर हैं, उन्हें सभा करने की, अखबारों में बयान देने की इजाजत नहीं है। लोकसभा में भी यदि विरोध पक्ष के लोग कोई विचार प्रकट करते हैं तो वह अखबारों में छपने नहीं दिया जाता। ऐसी परिस्थिति में प्रमुख विरोधी पक्षों ने संशोधनों के प्रश्न पर संसद की चर्चाओं में भाग लेने से इनकार किया है। उनका यह निर्णय बिल्कुल उचित है। लेकिन इन्दिराजी पर उनके इस निर्णय का कोई असर नहीं दीखता। उन्होंने इस अवैध लोकसभा के चालू अधिवेशन में ही संशोधन विधेयक पेश करने का निश्चय किया है।श1

मैं खुद संविधान में समुचित संशोधन का हिमायती रहा हूँ। लेकिन मेरी दृष्टि से इन संशोधनों का लक्ष्य लोकतंत्र को मजबूत बनाने का होना चाहिए, इमरजेंसी लागू करने लिए कौन-सी स्थितियाँ जरूरी हैं, इसको संविधान में स्पष्टतापूर्वक अंकित करने की आवश्यकता है। इसी प्रकार इमरजेंसी के अन्तर्गत जो अधिकार शासन को सौंपे गये हैं, उनके दुरुपयोग के लिए संविधान में कुछ स्पष्ट मर्यादाओं का उल्लेख होना चाहिए। आज उन मर्यादाओं के अभाव में

इमरजेंसी के अधिकार का उपयोग दलीय या व्यक्तिगत हितों की पूर्ति के लिए किया जा रहा है। फिर, संविधान में सुरक्षित मौलिक अधिकारों एवं नागरिक स्वतंत्रताओं को इमरजेंसी में कहाँ तक स्थगित किया जा सकता है, इस सम्बन्ध में भी आवश्यक निर्देश संविधान में होने चाहिए। आज तो संविधान की ही धाराओं का इस्तेमाल संविधान के बुनियादी ढाँचे को तोड़ने के लिए किया जा रहा है, और जनता के अधिकार सीमित किये जा रहे हैं। संविधान के ढाँचे में जो छिद्र हैं, जिधर से जनता के अधिकार निकल कर शासक दल के हाथों में इकट्ठे हो रहे हैं, उन छिद्रों को बन्द करना जरूरी है। इन उद्देश्यों तथा अन्य ऐसे उद्देश्य की पूर्ति के लिए अगर संविधान में संशोधन होते हैं तो मैं उनका स्वागत करूँगा।

इन्दिरा जी समाजवाद की बातें बहुत करती हैं। उन्होंने भारतीय संविधान की प्रस्तावना (प्रीऐम्बल) में समाजवाद शब्द को दाखिल कराने का निश्चय

किया है। मैं भी समाजवाद का हिमायती हूँ। लेकिन इन्दिराजी का समाजवाद, जैसा कि मैं ऊपर लिख चुका है, सरकारवाद या राज्यवाद का पर्याय है। ऐसे समाजवाद को संविधान पर आरोपित कर वे सत्ता पर अपनी पकड़ मजबूत बनाना चाहती हैं। जहाँ तक संपत्ति के अधिकार का सम्बन्ध है, मैं हमेशा इस बात का हिमायती रहा हूँ कि सम्पत्ति के अधिकार को मौलिक अधिकारों की सूची से अलग किया जाना चाहिए। लेकिन बाकी जो मौलिक अधिकार और स्वतन्त्रताएँ हैं, जैसे भाषण एवं अभिव्यक्ति की स्वतन्त्रता, कहीं जाने आने की स्वतन्त्रता, संघ बनाने और सभा करने की स्वतन्त्रता आदि उन पर कोई आँच नहीं आनी चाहिए।

लेकिन चाहे जो भी संशोधन हम या वे संविधान में कराना चाहें उनके लिए जनता का आदेश लेना एक अनिवार्य शर्त है। जनता के आदेश के बिना संविधान का एक शब्द भी बदलना अनुचित है, अवैधानिक है, अलोकतांत्रिक है।

इन्दिराजी संविधान को संशोधित करने के लिए इतनी व्यग्र इसलिए हैं कि वे इन संशोधनों के द्वारा अपनी सत्ता को सुरक्षित रखना चाहती हैं द्य स्पष्टत: उनकी मंशा यह है कि जनता के अधिकारों एवं नागरिक स्वतंत्रताओं को तथा न्यायपालिका की स्वाधीनता को सीमित कर भारतीय लोकतन्त्र को ऐसा लूला-लंगड़ा बना दिया जाए कि उनकी सत्ता को कोई चुनौती नहीं दे सके और इस देश का शासन हमेशा के लिए उनके हाथों में और उनके बाद उनके वंश के हाथों में रहे। इमरजेंसी लागू होने के बाद भारत की राजनीति में श्री संजय गांधी का प्रवेश जिस ढंग से हुआ है और जिस प्रकार से उन्हें ऊपर उछाला जा रहा है, उससे यह जाहिर है कि इन्दिराजी चाहती हैं कि उनके बाद उनके सुपुत्र प्रधानमन्त्री के सिहासन पर बैठें।

इस प्रकार हमारे देश में लोकतन्त्र के स्थान पर एक व्यक्तितन्त्र या वंशतन्त्र को प्रतिष्ठित किया जा रहा है, एक राजतन्त्र की बुनियाद डाली जा रही है। अब जनता को तय करना है, युवकों को तय करना है कि इस देश में क्या चलेगा लोकतंत्र या राजतन्त्र? अगर लोकतन्त्र चलेगा तो आज संसद से जो कुछ कराया जा रहा है, उसके खिलाफ जोरदार आवाज उठानी होगी और तानाशाही के बढ़ते हुए चरण को पीछे ढकेलना होगा। यह आप अपनी संगठित शक्ति से ही कर सकते हैं। हमारे शासकों में यह हिम्मत नहीं है कि वे लोकतंत्र की नकाब को उतार फेंके और तानाशाही का ताज पहन लें। इन्दिराजी लोकतंत्र

1. गत 1 सितम्बर 1976 को लोकसभा में संविधान (42 वाँ संशोधन) विधेयक विधिमन्त्री श्री हरिभाऊ गोखले द्वारा प्रस्तुत भी किया गया।

के नाम पर राजतन्त्र चलाना चाहती है। इसलिए यह सम्भव है कि संविधान को बदलकर उसे अपनी व्यक्तिगत तानाशाही के अनुकूल बना लेने के बाद आम चुनाव कराने की घोषणा वे कर दें। शासकों की ओर से यह बार-बार कहा गया है कि इमरजेंसी के रहते हुए भी चुनाव हो सकते हैं। इमरजेंसी में चुनाव तो नहीं, चुनाव का नाटक अवश्य हो सकता है, क्योंकि अगर इमरजेंसी कायम रहती है तो सभा सम्मेलन पर रोक लगी रहेगी, विरोधी पक्षों को सभा करने की इजाजत नहीं दी जायेगी और अगर दी भी गयी तो जनता को उनकी सभा में आने नहीं दिया जायेगा। कानून और व्यवस्था कायम करने के नाम पर सरकारी एवं पुलिस अधिकारियों से कुछ भी कराया सकता है। वे सड़क पर लोगों का चलना-फिरना भी बन्द कर दे सकते हैं। ऐसा उन्होंने बार-बार किया है। ऐसी स्थिति में स्वतन्त्र और सही ढंग से चुनाव नहीं हो सकता। यह भी सम्भव है कि सरकार इमरजेंसी उठाने को घोषणा भी कर दे, लेकिन व्यवहार में इमरजेंसी लागू रखकर विरोधी पक्ष को कुछ नहीं करने दिया जाये। अभी उस दिन 18 अगस्त को श्रीमती गांधी ने कोलम्बो में भारतीय समुदाय के सामने भाषण करते हुए कहा कि इमरजेंसी बहुत ढीली कर दी गयी है और समाचारपत्रों पर अब सेंसरशिप नहीं है। ये दोनों बातें गलत हैं। सेंसरशिप का यह हाल है कि समाचारपत्रों में इन्दिरा जी तथा उनके दल के लोगों के अलावा और किसी के भाषण वक्तव्य नहीं छपते। भाषण वक्तव्य छपना तो दूर, विरोधी लोगों के नाम तक नहीं छाते। मेरा ही उदाहरण लीजिये। उस दिन (20 जुलाई को) मैं साल भर के बाद पटना, बीमार होकर लौटा। लेकिन पटना के अखबारों में यह खबर नहीं छपने दी गयी कि मैं यहाँ आया हूँ। बिहार के बहुत सारे लोगों को अभी तक यह मालूम नहीं कि मैं डेढ़ महीने से पटना में हूँ। पटना के फोटोग्राफरों को हुक्म है कि जयप्रकाश नारायण का वे चित्र नहीं ले सकते। ऐसी कठोर पाबन्दियाँ समाचारपत्रों पर लगी हुई हैं, फोटोग्राफरों पर लगी हुई हैं। लेकिन इन्दिरा जी दुनिया से कह रही हैं कि यहाँ सेंसरशिप नहीं है। जिस देश की प्रधानमन्त्री इस तरह झूठ बोलती हों, वहाँ क्या नहीं हो सकता। मुझे भय है कि किसी दिन दुनिया से वे कह देंगी कि इमरजेंसी बिल्कुल उठा ली गयी, है लेकिन वह लागू रहेगी, जिस तरह आज सेंसरशिप लागू है और प्रचार किया जा रहा है कि सेंसरशिप समाप्त कर दी गयी है।

अब सवाल यह है कि इमरजेंसी और सेंसरशिप लागू रहते हुए चुनाव की घोषगा हो गयी तो आप क्या करेंगे? विरोधी पक्षों के लोग क्या करेंगे? इस प्रश्न पर विरोधी पक्षों ने अभी तक कोई निर्णय नहीं किया है। अभी तो यह पता नहीं

है कि चुनाव होंगे या नहीं। अगर चुनाव होंगे तो फिर उन्हें सोचना होगा और तय करना होगा कि उन्हें उस परिस्थिति में क्या करना है। मेरी तो राय है कि हर परिस्थिति में स्वतन्त्र और सही चुनाव हों; इसके लिए आपको डटना चाहिए, युवकों तथा छात्रों को भय त्याग कर आगे आना चाहिए और चुनाव में होने वाली धाँधली को रोकना चाहिए। लोकतन्त्र को वापस लाने के लिए और उसकी हिफाजत के लिए यह आवश्यक है कि आप निडर बनें, हर युवक और छात्र निडर बने, भारत का और बिहार का बच्चा-बच्चा निडर बने। मुझे यह भरोसा है कि इस देश के युवक और छात्र किसी भी कीमत पर लोकतन्त्र के झंडे को झुकने नहीं देंगे और वैयक्तिक एवं नागरिक स्वतन्त्रता की मशाल को अपनी आहुति देकर भी जलायें रखेंगे।

पटना– जयप्रकाश 2 सितम्बर, '76

www.ingramcontent.com/pod-product-compliance
Lightning Source LLC
LaVergne TN
LVHW090351051026
849518LV00006B/2101
9789358696400